Sir Arthur Conan Doyle

Os arquivos de Sherlock Holmes

Tradução:
CASEMIRO LINARTH

A ORTOGRAFIA DESTE LIVRO FOI ATUALIZADA SEGUNDO O
ACORDO ORTOGRÁFICO DA LÍNGUA PORTUGUESA DE 1990,
QUE PASSOU A VIGORAR EM 2009.

Sir Arthur Conan Doyle

Os arquivos de Sherlock Holmes

LITERATURA UNIVERSAL

MARTIN CLARET

© *Copyright* desta tradução: Editora Martin Claret Ltda., 2011.
Título original: *The Case-Book of Sherlock Holmes.*
Primeira publicação nas revistas *Strand Magazine,* Inglaterra e *Collier's Weekly Magazine, Liberty* e *Hearst's International Magazine,* Estados Unidos, de outubro de 1921 a março de 1927.

Conselho Editorial
Martin Claret

Produção Editorial
Taís Gasparetti

Capa
Ilustração: Alexandre Camanho

Miolo
Tradução: Casemiro Linarth
Revisão: Isaías Zilli / Estúdio João-de-Barro
Projeto Gráfico: José Duarte T. de Castro
Editoração Eletrônica: Editora Martin Claret
Impressão e Acabamento: Paulus Gráfica

**Dados Internacionais de Catalogação na Publicação (CIP)
(Câmara Brasileira do Livro, SP, Brasil)**

Doyle, Arthur Conan, Sir, 1859-1930.
Os arquivos de Sherlock Holmes / Sir Arthur
Conan Doyle; tradução Casemiro Linarth. — São Paulo:
Martin Claret, 2011. — (Coleção clássicos de bolso)

Título original: The case-book of Sherlock Holmes.
"Texto integral"
ISBN 978-85-7232-826-5

1. Ficção policial e de mistério (Literatura inglesa)
I. Título. II. Série.

11-06246   CDD-823.0872

Índices para catálogo sistemático:

1. Ficção policial e de mistério : Literatura
inglesa   823.0872

EDITORA MARTIN CLARET LTDA.
Rua Alegrete, 62 – Bairro Sumaré – CEP: 01254-010 – São Paulo – SP
Tel.: (11) 3672-8144 – Fax: (11) 3673-7146
www.martinclaret.com.br / editorial@martinclaret.com.br
6ª REIMPRESSÃO - 2018

Sumário

Os arquivos de Sherlock Holmes

Prefácio	9
A pedra Mazarino	13
O problema da ponte de Thor	34
O homem que andava de rastros	64
O vampiro de Sussex	89
Os três Garridebs	109
O cliente ilustre	130
Os três frontões	161
O soldado pálido	182
A juba do leão	206
O fabricante de tintas aposentado	230
A inquilina de rosto coberto	248
O velho solar de Shoscombe	262

Os arquivos de
Sherlock Holmes

Prefácio

Receio que Sherlock Holmes se converta num daqueles tenores populares que, tendo sobrevivido à sua época, são sempre tentados a repetir suas reverências de despedida diante do seu público indulgente. Isso tem de acabar, e Sherlock Holmes deve seguir o caminho de toda natureza humana, no plano material ou no da ficção.

Gostamos de pensar que existe um limbo fantástico para as criaturas da imaginação, um lugar desconhecido e incrível onde os *beaux* de Fielding[1] ainda podem cortejar as *belles* de Richardson,[2] onde os heróis de Scott[3] ainda podem andar

---

[1] Henry Fielding (1707-1754) foi um escritor, dramaturgo, poeta e jornalista inglês, conhecido por suas obras satíricas e humorísticas. É considerado, com o seu contemporâneo Samuel Richardson, um dos criadores do romance realista inglês. Autor de *Tom Jones, enjeitado*. (N. do T.)

[2] Samuel Richardson (1689-1761) foi um escritor inglês, rival de Henry Fielding no mundo literário de Londres. Escreveu o primeiro romance aos 51 anos e logo se tornou um dos escritores mais populares e admirados da época. Autor de *Pamela ou a virtude premiada*, *Clarissa ou a história de uma jovem* e *A história de sir Charles Grandison*. (N. do T.)

[3] Sir Walter Scott (1771-1832) foi um escritor, dramaturgo e poeta escocês. É o pai do romance histórico escocês e o inglês. Escreveu, entre muitas outras obras, *Ivanhoé*, *Rob Roy*, *A dama do lago* e *Waverley*. (N. do T.)

empertigados, e os *Cockneys* encantadores de Dickens[4] ainda fazem rir, e os mundanos de Thackeray[5] prosseguem as suas trajetórias repreensíveis. Sherlock e o seu Watson talvez encontrem durante algum tempo um canto humilde neste Valhalla,[6] deixando o palco que abandonaram para um detetive mais astuto com um companheiro ainda menos astuto.

A carreira de Sherlock Holmes foi longa, embora seja possível exagerá-la, como fazem os senhores decrépitos que se aproximam de mim e declaram que as aventuras dele constituíram a leitura da sua infância, mas seu elogio não desperta em mim a reação que parecem esperar. Ninguém gosta de ver a sua idade tratada de maneira tão rude.

A realidade fria é que Holmes fez a sua estreia com *Um estudo em vermelho* e *O signo dos quatro*, dois livros pequenos que apareceram entre 1887 e 1889. Foi em 1891 que "Um escândalo na Boêmia", o primeiro de uma longa série de contos curtos, saiu no *The Strand Magazine*. Parece que os leitores gostaram e pediram mais. Por isso, daquela data em diante, há trinta e nove anos, tais contos têm sido produzidos numa série descontínua que agora contém nada menos que cinquenta e seis histórias, reeditadas nas *Aventuras*,

---

[4] Charles John Huffam Dickens (1812-1870) foi o romancista inglês mais popular da era vitoriana e um dos mais conhecidos da literatura universal. Criou alguns dos personagens mais famosos da literatura inglesa. Usou com grande habilidade o humor e a ironia, e denunciou a hipocrisia da sociedade e as desigualdades sociais. (N. do T.)

[5] William Makepeace Thackeray (1811-1863) foi um dos romancistas ingleses mais importantes da era vitoriana. É conhecido por suas obras satíricas, sobretudo *A feira das vaidades*, um retrato crítico da classe média britânica. Possui um humor irônico corrosivo e um estilo realista. (N. do T.)

[6] Na mitologia escandinava, Valhalla é a mansão para onde são levados os que morreram gloriosamente em combate. Durante o dia, eles lutam, matam-se e renascem. À noite, bebem o hidromel, comem carne de javali e se divertem, servidos pelas Valquírias. (N. do T.)

Memórias, *A volta* e *O último adeus*. Ainda restam estas 12, publicadas nos últimos anos, que são editadas aqui com o título *Os arquivos de Sherlock Holmes*.

Holmes iniciou as suas aventuras em plena era vitoriana.[7] Elas se prolongaram durante o curto reinado de Eduardo e conseguiram manter o seu lugar mesmo nos dias agitados em que vivemos. Assim, pode-se afirmar que aqueles que leram sobre ele pela primeira vez quando eram jovens viveram para ver os próprios filhos adultos acompanharem as mesmas aventuras na mesma revista. É um exemplo surpreendente da paciência e da fidelidade dos leitores ingleses.

Ao concluir as *Memórias*, eu estava totalmente decidido a dar um fim a Holmes, pois sentia que as minhas energias literárias não deveriam ser direcionadas em demasia para um só canal. Aquele rosto pálido e de traços marcantes e aquela figura com membros desengonçados estavam ocupando uma parte desmedida da minha imaginação. Executei a proeza, mas, felizmente, nenhum médico-legista se pronunciou sobre o cadáver. E assim, depois de um longo intervalo, não tive dificuldade de atender aos pedidos lisonjeiros e explicar o meu gesto temerário.

Nunca lamentei isso, porque pude comprovar, na prática, que esses contos mais leves não me impediram de explorar, até o limite da minha capacidade, outros ramos da literatura tão diferentes como a história, a poesia, o romance histórico, a investigação psíquica e o drama. Se Holmes não tivesse existido, eu não poderia ter feito mais, embora ele talvez se tenha colocado um pouco no caminho do reconhecimento do meu trabalho literário mais sério.

Adeus, pois, a Sherlock Holmes, leitor. Agradeço-lhe a sua constância no passado e espero que tenha recebido algum retorno na forma de distração das preocupações da

---

[7] A era vitoriana é o período do reinado da rainha Vitória, de 1837 a 1901. Coincide com a Revolução Industrial e o ápice do Império Britânico. (N. do T.)

vida e de mudança estimulante de pensamento, o que só pode ser encontrado no reino maravilhoso do romance.

A PEDRA MAZARINO

Era uma satisfação para o dr. Watson encontrar-se uma vez mais na sala em desordem do primeiro andar de Baker Street, ponto de partida de tantas aventuras memoráveis. Olhou de relance ao redor: os gráficos científicos na parede, a mesa com os produtos químicos corroída pelos ácidos, o estojo do violino encostado num canto, o balde de carvão com os cachimbos e o tabaco, como em outros tempos. Por fim, os seus olhos pousaram no rosto bem-disposto e sorridente de Billy, o criado jovem, porém perspicaz e cheio de tato, que ajudara em parte a preencher o vazio da solidão e do isolamento em que a figura taciturna do grande detetive vivia.

— Parece que nada mudou, Billy. Você também não muda. Espero que o mesmo possa ser dito dele.

Billy olhou um pouco preocupado para a porta fechada do quarto.

— Acho que está na cama e dormindo — disse.

Eram sete horas da noite de um belo dia de verão, mas o dr. Watson estava suficientemente familiarizado com a irregularidade dos horários do velho amigo para experimentar a menor surpresa.

— Isto significa um novo caso, suponho.

— Sim, senhor. Um caso no qual vem trabalhando arduamente. Fico assustado com a saúde dele. Está pálido e magro, e não come nada. "Quando vai querer jantar, sr. Holmes?", a sra. Hudson perguntou. "Às 7h30, depois de amanhã", respondeu. O senhor conhece a maneira dele de proceder quando está concentrado num caso.

— Sim, Billy, conheço.

— Está seguindo alguém. Ontem saiu como operário à procura de emprego. Hoje se disfarçou de velha. Sinceramente, quase me enganou, justamente eu, que agora deveria conhecê-lo.

Billy apontou com um sorriso uma sombrinha enorme encostada no sofá.

— Ela faz parte dos apetrechos da velha — acrescentou.

— Mas de que tipo de caso se trata?

Billy baixou a voz, como se fosse confidenciar um grande segredo de Estado.

— Não me incomodo em contar-lhe, senhor, desde que fique entre nós. É o caso do diamante da Coroa.

— O quê? O roubo da joia que vale cem mil libras?

— Sim, senhor. É preciso recuperá-la, senhor. Porque o primeiro-ministro e o ministro do Interior estiveram sentados neste mesmo sofá aqui. O sr. Holmes os recebeu com muita gentileza. Colocou-os logo à vontade e prometeu fazer o possível. Depois há o lorde Cantlemere...

— Ah!

— Sim, doutor. O senhor sabe o que isso significa. É um arrogante, se posso me expressar assim. Entendo-me bem com o primeiro-ministro e não tenho nada contra o ministro do Interior, que me deu a impressão de ser um homem amável e atencioso. Mas não consigo suportar esse lorde. Ninguém consegue, nem mesmo o sr. Holmes. Ele não acredita no sr. Holmes e não queria que lhe entregassem o caso. Ficaria contente se ele fracassasse.

— E o sr. Holmes sabe disso?

— O sr. Holmes sempre sabe o que há para saber.

— Bem, esperamos que ele não falhe e que lorde Cantlemere fique frustrado. Mas diga-me, Billy, para que serve a cortina que cobre a janela?

— O sr. Holmes a instalou há três dias. Pusemos algo curioso atrás dela.

Billy adiantou-se e afastou a cortina que escondia o vão da janela.

O dr. Watson não conseguiu reprimir um grito de assombro. Apareceu uma reprodução em tamanho natural do seu velho amigo vestido de roupão, com três quartos do rosto voltados para a janela e olhando para baixo, como se estivesse lendo um livro invisível, enquanto o corpo se encontrava enterrado na poltrona. Billy desprendeu a cabeça e a segurou no ar.

— Nós a dispomos em ângulos diferentes, para parecer mais real. Eu não me atreveria a tocá-la se a persiana não estivesse baixada. Mas, quando ela está levantada, é possível ver o sr. Holmes falso do outro lado da rua.

— Já recorremos a um truque parecido antes.[1]

— Não no meu tempo — observou Billy.

Ele abriu as cortinas e olhou para a rua.

— Há pessoas que nos observam de longe. Posso ver alguém neste momento pela janela. Olhe o senhor mesmo.

Watson deu um passo para a frente, no momento em que a porta do quarto se abriu e deixou a figura alta e magra de Holmes passar. Tinha o rosto pálido e abatido, mas com os passos e o porte dispostos de sempre. Com um salto alcançou a janela e baixou a persiana.

— Basta, Billy! — disse. — Correu perigo de morte, rapaz, e ainda não posso ficar sem você. Então, Watson? É bom revê-lo nestes velhos aposentos. Vem num momento crítico.

— É o que me parece.

— Pode ir, Billy. Este rapaz é um problema, Watson. Até que ponto tenho justificativa para expô-lo ao perigo?

— Perigo de que, Holmes?

---

[1] Ver *A volta de Sherlock Holmes*, "A casa vazia", Editora Martin Claret. (N. do T.)

— De morte súbita. Estou esperando algo esta noite.
— Esperando o quê?
— Ser assassinado, Watson.
— Não, não, você está brincando, Holmes.
— Até mesmo o meu limitado senso de humor pode criar brincadeiras melhores que essa. Mas, enquanto esperamos a minha morte, um pouco de conforto não é proibido, não é? O álcool é permitido? O isqueiro e os charutos estão no lugar de sempre. Deixe-me vê-lo mais uma vez na sua poltrona preferida. Espero que não tenha aprendido a desprezar o meu cachimbo e o meu tabaco deplorável. Substituíram as minhas refeições nestes dias.
— Mas por que não comeu?
— Porque as faculdades se tornam mais apuradas quando as fazemos jejuar. Como médico, meu caro Watson, deve admitir que, o que a digestão faz o sangue ganhar, é perdido para o cérebro. Sou cérebro, Watson. O resto de mim é mero apêndice do meu cérebro. Portanto, é o cérebro que devo considerar.
— E esse perigo, Holmes?
— Ah, sim. Caso alguma coisa aconteça, talvez seja bom que tenha na memória o nome e o endereço do assassino. Poderá comunicá-los à Scotland Yard, com as minhas recomendações e a minha bênção. O seu nome é Sylvius, conde Negretto Sylvius. Escreva o nome, meu velho, escreva. Moorside Gardens, 136, Noroeste. Anotou?
O rosto franco de Watson estava atormentado pela angústia. Conhecia muito bem os riscos enormes que Holmes corria e tinha consciência de que o que ele dizia pecava mais por falta do que por excesso. Watson foi sempre homem de ação e mostrou-se à altura da ocasião.
— Conte comigo, Holmes. Não tenho nada para fazer durante um dia ou dois.
— A sua moral não evolui, Watson. Aos outros vícios acrescenta agora a mentira? Você apresenta todos os sinais de um médico muito ocupado, chamado a todas as horas do dia e da noite por seus pacientes.

— Não são casos tão importantes. Não pode mandar prender esse indivíduo?
— Sim, Watson, posso. É isso o que o preocupa tanto.
— Por que não o manda prender, então?
— Porque não sei onde está o diamante.
—Ah, Billy me contou: a joia da Coroa que desapareceu.
— Sim, a grande pedra amarela de Mazarino. Lancei a rede e apanhei os meus peixes. Mas não tenho a pedra. Então de que adianta prendê-los? Certamente, o mundo ficaria melhor se os tirássemos de circulação. Mas eles não me interessam. É o diamante que eu quero.
— E o conde Sylvius é um de seus peixes?
— Sim. Um tubarão. Ele morde. O outro é Sam Merton, o pugilista. Sam não é um mau sujeito, mas o conde o vem usando. Sam não é um tubarão. É um cadoz grande, estúpido e impetuoso. Mas, mesmo assim, caiu na minha rede como os demais.
— Por onde esse conde Sylvius anda?
— Estive ao lado dele a manhã inteira. Você deveria ter-me visto como uma velha senhora, Watson. Nunca fui tão convincente. Ele mesmo ergueu do chão a minha sombrinha uma vez. "Com a sua permissão, madame", disse-me, num sotaque meio italiano, você sabe, e com as maneiras elegantes do sul quando está de bom humor, e como demônio encarnado no estado de espírito oposto. A vida está cheia de acontecimentos esdrúxulos, Watson.
— Poderia ter ocorrido uma tragédia.
— Poderia. Segui-o até a oficina do velho Straubenzee, nas Minories. Straubenzee fabricou a espingarda de ar comprimido, uma bela obra de arte, creio, e tenho todos os motivos para pensar que ela está na janela da frente neste momento. Viu o boneco? Billy certamente o mostrou a você. Bem, ele pode receber uma bala na sua cabeça magnífica a qualquer momento. Ah, Billy, o que é?

O rapaz reapareceu na sala trazendo um cartão de visita numa bandeja. Holmes olhou para o cartão com as sobrancelhas levantadas e um sorriso irônico.

— O homem em pessoa. Eu mal podia esperar por isso. Ele aceitou a provocação, Watson. É um homem de topete. Talvez já tenha ouvido falar da sua reputação como atirador de grande habilidade. Na verdade, seria um final triunfante para a sua ficha esportiva excelente acrescentar-me à sua lista. É a prova de que sente a ponta do meu pé nos seus calcanhares.

— Chame a polícia.

— Talvez eu a chame. Mas não agora. Quer olhar com cuidado pela janela, Watson? Vê alguém perambulando pela rua?

Watson observou cautelosamente, rodeando a borda da cortina.

— Sim, há um sujeito robusto ao lado da porta.

— Deve ser Sam Merton, o fiel, mas um tanto estúpido, Sam. Onde está o tal cavalheiro, Billy?

— Na sala de estar, senhor.

— Faça-o entrar, quando eu tocar a campainha.

— Sim, senhor.

— Introduza-o mesmo que eu não esteja na sala.

— Sim, senhor.

Watson esperou que a porta se fechasse e então se virou sério para o amigo.

— Olha, Holmes, isto é simplesmente impossível. Esse é um homem disposto a tudo, que não recua diante de nada. Talvez tenha vindo matá-lo.

— Isso não me surpreenderia.

— Insisto em ficar com você.

— Seria um incômodo terrível.

— Incômodo para ele?

— Não, meu caro. Para mim.

— Bem, não posso deixá-lo, Holmes.

— Pode, sim, Watson. E o fará, porque nunca deixou de jogar o jogo. Tenho certeza de que o jogará até o fim. Esse homem veio com os seus objetivos próprios, mas pode ficar por um motivo meu.

Holmes apanhou o seu caderno de anotações e rabiscou algumas linhas.

— Pegue um cabriolé e vá à Scotland Yard. Entregue isso a Youghal, do Departamento de Investigações Criminais. Volte com a polícia. A prisão do cúmplice ocorrerá em seguida.

— Farei isso com prazer.

— Antes que volte, talvez eu tenha o tempo suficiente para descobrir onde a pedra está.

Holmes tocou a campainha.

— Acho que devemos sair pelo quarto. Esta segunda saída é muito útil em certas ocasiões. Prefiro ver o meu tubarão sem que ele me veja e tenho, como você sabe, a minha própria maneira de consegui-lo.

Foi, portanto, numa sala vazia que Billy, instantes mais tarde, introduziu o conde Sylvius. O famoso atirador, esportista e *playboy* era alto, moreno, com um bigode preto formidável que escondia uma boca cruel de lábios finos e tinha um nariz longo e curvo como o bico de uma águia. Vestia-se bem, porém a gravata brilhante, o alfinete cintilante e os anéis reluzentes produziam um efeito extravagante.

Quando a porta fechou-se atrás dele, olhou em volta com olhos ferozes e assustados, como se suspeitasse de uma armadilha a cada passo. Teve um sobressalto violento quando viu a cabeça impassível e a gola do roupão que se projetavam acima da poltrona em frente da janela. Primeiro a sua expressão foi de puro espanto. Depois o clarão de uma esperança horrível cintilou nos seus olhos sinistros e homicidas. Deu uma olhada rápida ao redor para ter certeza de que não havia testemunhas. Em seguida, na ponta dos pés, com a bengala grossa meio erguida, aproximou-se da figura silenciosa. Já se agachava para tomar impulso e desferir o golpe final quando uma voz fria e sarcástica o interpelou pela porta aberta do quarto.

— Não o quebre, conde! Não o quebre!

O assassino recuou, com o rosto conturbado pela surpresa. Por um instante levantou a bengala pesada como se fosse transferir a sua violência da cópia para o original. Mas havia algo nos olhos cinzentos e firmes e no sorriso zombeteiro que o obrigou a baixar a mão.

— É uma bela obra de arte — comentou Holmes, avançando em direção ao boneco de cera. — Foi Tavernier, o modelador francês, quem o fez. Ele é tão hábil para trabalhar com cera como seu amigo Straubenzee o é para fabricar espingardas de ar comprimido.

— Espingardas de ar comprimido, senhor? O que quer dizer?

— Ponha o chapéu e a bengala ao lado da mesa. Obrigado. Sente-se, por favor. Não se incomodaria de pôr de lado também o seu revólver? Ah, muito bem, se prefere sentar-se em cima dele. Sua visita vem mesmo a calhar, pois eu queria muito ter uns minutos de prosa com o senhor.

O conde franziu a testa. As sobrancelhas caíram, ameaçadoras.

— Eu também desejava trocar algumas palavras com você, Holmes. Por isso vim aqui. Não negarei que tinha a intenção de atacá-lo.

Holmes balançou as pernas longas e colocou os calcanhares na borda da mesa.

— Deduzi que a sua cabeça imaginava um projeto desse tipo — disse ele. — Mas por que me dispensa suas atenções pessoais?

— Porque saiu do seu caminho para me incomodar. Porque pôs seus agentes no meu caminho.

— Meus agentes? Asseguro-lhe que não.

— Tolice! Mandei segui-los. É um jogo que pode ser jogado a dois, Holmes.

— É um pequeno detalhe, conde Sylvius. Mas talvez pudesse dirigir-se a mim corretamente. O senhor há de entender que, com meu trabalho rotineiro, devo encontrar-me em termos familiares com metade da coleção policial de retratos de delinquentes e há de convir que as exceções são odiosas.

— Muito bem, então, sr. Holmes.

— Ótimo! Mas lhe asseguro que está enganado a respeito dos meus supostos agentes.

O conde Sylvius riu com desdém.

— Outras pessoas possuem uma capacidade de observação igual à sua. Ontem era um velho esportista. Hoje uma mulher velha. Eles me seguem por todos os lados.

— Na verdade, o senhor me elogia. O velho barão Dowson disse, na noite antes de ser enforcado, que no meu caso a lei havia ganhado o que o palco perdeu. E agora o senhor me aplaude por minhas modestas interpretações.

— Então era o senhor? O senhor mesmo?

Holmes deu de ombros.

— O senhor pode ver no canto a sombrinha que de modo tão cortês me entregou nas Minories antes de começar a ter suspeitas.

— Se soubesse, o senhor nunca...

— Eu nunca mais veria esta casa humilde novamente. Eu tinha consciência disso. Todos deixamos escapar oportunidades e lamentamos mais tarde. Mas o senhor não me reconheceu, e agora estamos frente a frente.

As sobrancelhas carregadas do conde se contraíram mais pesadamente sobre os olhos ameaçadores.

— O que disse só piora a situação. Não eram seus agentes, mas o senhor mesmo, intrometido! O senhor admite que vem me seguindo. Por quê?

— Ora vamos, conde. O senhor costumava abater leões a tiros na África.

— Sim, e daí?

— Mas por quê?

— Por quê? O esporte, a emoção, o perigo...

— E também, sem dúvida, para livrar a região de uma praga.

— Exatamente.

— São os meus motivos, em poucas palavras.

O conde pôs-se de pé e a sua mão dirigiu-se involuntariamente para o bolso onde estava o revólver.

— Sente-se, senhor, sente-se. Há outro motivo, mais prático. Quero o diamante amarelo.

O conde Sylvius voltou a recostar-se na cadeira com um sorriso perverso.

— Dou-lhe a minha palavra — disse.

— O senhor sabia a razão pela qual eu o seguia. O verdadeiro motivo da sua vinda aqui esta noite é descobrir o que sei sobre o assunto e se a minha eliminação é absolutamente necessária. Bem, reconheço que, do seu ponto de vista, a minha eliminação é absolutamente indispensável, pois sei tudo, menos uma pequena coisa, que o senhor vai contar-me.

— Ah, é mesmo? E qual é, por favor, essa pequena coisa que está faltando?

— Onde se encontra atualmente o diamante da Coroa.

O conde lançou um olhar cáustico para o interlocutor.

— Ah, o senhor quer saber, não é? Como diabos quer que eu lhe informe?

— O senhor pode e vai informar-me.

— Acha mesmo?

— O senhor não pode enganar-me, conde Sylvius.

Os olhos de Holmes, que o fixavam, contraíram-se e iluminaram-se até parecerem dois pontos ameaçadores de aço.

— O senhor é para mim como vidro laminado. Posso ver até o fundo da sua mente.

— Então, é claro, sabe onde está o diamante.

Holmes bateu palmas, divertindo-se, e apontou um dedo irônico.

— Então o senhor sabe. Acaba de admitir.

— Não admito nada.

— Vamos, conde, se for razoável, podemos fazer negócio. Se não, vai machucar-se.

O conde Sylvius ergueu os olhos para o teto.

— E o senhor fala em enganar! — suspirou.

Holmes observou-o pensativo, como um mestre de xadrez que medita sobre o lance final. Depois abriu a gaveta da mesa e tirou um caderno grosso de apontamentos.

— Sabe o que guardo neste caderno?

— Não, senhor, não sei.

— O senhor.

— Eu?

— Sim, *o senhor*. O senhor está inteiro aqui, com cada ato da sua vida desprezível e perigosa.

— Diabos o carreguem, Holmes! — gritou o conde, com os olhos em chamas. — A minha paciência tem limites.

— Está tudo aqui, conde. Os fatos reais sobre a morte da velha sra. Harold, que lhe deixou a propriedade de Blymer em herança. Propriedade que o senhor dilapidou rapidamente no jogo.

— Está sonhando.

— E toda a história da vida da srta. Minnie Warrender.

— Conversa fiada! Não pode fazer nada com isso.

— Aqui encontro muito mais, conde. Por exemplo, o roubo no trem de luxo da Riviera em 13 de fevereiro de 1892. Aqui está o cheque falsificado que sacou no mesmo ano no Crédit Lyonnais.

— Não. Está equivocado nesse ponto.

— Então estou certo sobre os outros. Ora, conde, o senhor é um jogador de cartas. Quando o adversário possui todos os trunfos, o senhor poupa tempo se desistir.

— O que tem a ver toda essa conversa com a joia de que falou?

— Devagar, conde. Modere a sua impaciência. Deixe-me marcar os pontos à minha maneira monótona. Já tenho tudo isso contra o senhor. Mas, sobretudo, tenho uma documentação perfeita contra o senhor e o seu guarda-costas fanfarrão no caso do diamante da Coroa.

— Tem mesmo?

— Sei quem foi o cocheiro que o conduziu até Whitehall e o cocheiro que o trouxe de volta. Conheço o porteiro que o viu perto da vitrina. Conheço Ikey Sanders, que se recusou a cortar o diamante para o senhor. Ikey o delatou e o jogo terminou.

As veias se incharam na testa do conde. As mãos escuras e peludas se fecharam com força sob o efeito de uma forte emoção contida. Tentou falar, mas as palavras não tomaram forma na sua boca.

— Esta é a mão que estou jogando — disse Holmes. —

Pus as minhas cartas sobre a mesa. Falta uma: o rei de ouros. Não sei onde está o diamante.

— E não saberá jamais.

— Não? Ora, seja razoável, conde. Considere a situação. Ficará preso durante 20 anos. Sam Merton também. Que proveito tirará do diamante nesse período? Absolutamente nenhum. Mas, se o devolver, bem, eu acobertaria um crime. Não queremos o senhor nem Sam. Queremos a pedra. Entregue-a e, pelo menos no que se refere a mim, pode partir livre e permanecer assim, desde que se comporte decentemente no futuro. Se cometer um novo deslize, tanto pior, será o último. Mas, desta vez, a minha tarefa é recuperar a pedra, não o botar na cadeia.

— E se me recusar?

— Então, infelizmente, será o senhor, e não a pedra.

Billy apareceu em resposta a um toque de campainha.

— Creio, conde, que não seria mau se Sam, seu amigo, tomasse parte nesta conversa. Afinal, os interesses dele estão em jogo. Billy, verá um sujeito alto e feio em frente à porta. Peça-lhe que suba.

— E se ele não quiser vir, senhor?

— Nada de violência, Billy. Não seja ríspido com ele. Se lhe declarar que o conde Sylvius precisa dele, certamente subirá.

— O que vai fazer agora? — indagou o conde depois de Billy desaparecer.

— Meu amigo Watson esteve comigo até há pouco. Disse-lhe que tinha na minha rede um tubarão e um cadoz. Agora estou puxando a rede e os dois sobem juntos.

O conde levantou-se da cadeira e pôs a mão atrás das costas. Holmes apontou na sua direção um objeto que sobressaía no bolso do seu roupão.

— Holmes, você não morrerá em sua cama.

— Tive muitas vezes a mesma ideia. Mas é tão importante morrer na própria cama? Depois de tudo, conde, a sua própria saída deste mundo será mais provavelmente na vertical do que na horizontal. Mas paremos com essas antecipações mórbidas do futuro. Por que não nos abandonamos sem restrições às alegrias do presente?

Um clarão repentino de animal selvagem surgiu nos olhos escuros e ameaçadores do mestre do crime. Quanto mais Holmes parecia crescer aos seus olhos, mais tenso ele ficava e se preparava para tudo.

— De nada adianta afagar o seu revólver, meu amigo — disse Holmes, com voz calma. — Sabe perfeitamente que não se atreveria a usá-lo, mesmo que eu lhe desse tempo para sacá-lo. Os revólveres são instrumentos abomináveis e barulhentos, conde. É melhor ficar com as espingardas de ar comprimido. Ah, creio que ouço o passo de fada do seu estimável parceiro. Bom dia, sr. Merton. Devia estar muito aborrecido na rua, não é verdade?

O lutador de boxe era um jovem de constituição forte que tinha um rosto largo, estúpido e obstinado. Permaneceu sem jeito na porta, olhando ao redor com expressão embaraçada. A atitude afável de Holmes era uma experiência nova para ele e, embora percebesse vagamente que era hostil, não sabia como reagir. Virou-se para o seu companheiro mais astuto em busca de ajuda.

— Qual é o jogo agora, conde? O que este sujeito quer? O que está acontecendo?

A sua voz era grave e rouca.

O conde encolheu os ombros e foi Holmes quem respondeu.

— Para resumir a situação, sr. Merton, diria que está tudo terminado.

O pugilista continuou a dirigir-se ao seu companheiro.

— Este sujeito está tentando ser engraçado ou o quê? Não estou com vontade de rir.

— Espero que não — disse Holmes. — Posso até lhe prometer que, quanto mais a noite avançar, menos graça achará nas coisas. Agora ouça, conde Sylvius. Sou um homem muito ocupado e não posso perder tempo. Vou ao meu quarto. Peço-lhes que, na minha ausência, sintam-se como se estivessem em casa. O senhor pode explicar a situação ao seu amigo sem o incômodo da minha presença. Enquanto isso, vou ensaiar a *Barcarola* de Hoffmann[2] no meu violino. Daqui a cinco minutos voltarei para ouvir a sua resposta definitiva. O senhor compreendeu bem a alternativa, não é? Ou nos entrega a pedra, ou o prendemos.

Holmes retirou-se, apanhando o violino no canto ao passar. Alguns instantes mais tarde, as primeiras notas lamurientas da mais obsessiva de todas as melodias vieram do outro lado da porta fechada.

— O que está acontecendo? — perguntou Merton, com ansiedade, quando o seu companheiro virou-se para ele. — Será que ele sabe sobre a pedra?

— Ele sabe coisas demais. Não tenho certeza se já não sabe tudo sobre ela.

— Meu Deus!

O rosto pálido do lutador de boxe perdeu a cor.

— Ikey Sanders nos denunciou.

— Ah, é mesmo? Eu o partirei em pedaços, mesmo que vá para a forca.

— Isso não nos ajudará muito. Precisamos decidir o que vamos fazer.

— Um momento — disse o pugilista, olhando desconfiado para a porta do quarto. — É um sujeito matreiro que quer vigiar-nos. Será que não nos está ouvindo?

— Como pode ouvir com essa música?

— É verdade. Talvez haja alguém atrás de uma cortina. Há cortinas demais nesta sala.

Enquanto olhava ao redor, notou pela primeira vez o boneco na janela. Parou e arregalou os olhos, apontando-o com o dedo, assustado demais para pronunciar uma palavra.

---

[2] *Barcarola* é a ária mais famosa da ópera *Os contos de Hoffmann* (*Les contes d'Hoffmann*, em francês), com música de Jacques Offenbach (1819-1880) e livreto de Jules Barbier, baseada em três contos do escritor alemão Ernst Theodor Amadeus Wilhelm Hoffmann (1776-1822). A sua estreia ocorreu em 1881, em Paris. (N. do T.)

— Ora, é só uma reprodução — observou o conde.

— É falso, não é? Bem, isso me assusta. Parece que saiu do museu de cera Madame Tussauds.[3] Formidável! É a reprodução fiel dele, com roupão e tudo. Mas as cortinas, conde!

— Ah, deixe as cortinas para lá. Estamos perdendo nosso tempo, que já é pouco. Ele pode nos mandar para a cadeia por causa dessa pedra.

— Claro que pode.

— Mas nos deixará escapar se lhe dissermos onde ela está.

— O quê! Desistir da pedra? Desistir de cem mil libras?

— É uma coisa ou outra.

Merton coçou a cabeça rapada.

— Ele está sozinho ali dentro. Só temos que entrar. Quando nos livrarmos dele, não teremos mais nada a temer.

O conde fez sinal de que não.

— Ele está armado e prevenido. Se atirarmos nele, teremos dificuldade de sair de um lugar como este. Além disso, é provável que a polícia esteja a par das provas que ele reuniu contra nós. Ouça! O que é isto?

Um ruído vago pareceu vir da janela. Os dois homens escutaram, porém estava tudo calmo. A não ser a figura estranha sentada na poltrona, com certeza ninguém se encontrava na sala.

— É alguma coisa na rua — disse Merton. — Agora é com o senhor, chefe, que tem cabeça boa. Certamente vai encontrar um jeito de sairmos daqui. Se assentar-lhe um golpe não serve, o assunto é com o senhor.

— Já enganei homens melhores do que ele — retorquiu o conde. — A pedra está no meu bolso secreto. Não quis

---

[3] O Museu de Madame Tussauds é um importante museu de cera, fundado em 1835, em Londres, por Marie Tussaud. Possui a maior coleção de bonecos de cera de figuras históricas e celebridades atuais, estrelas do cinema, astros do esporte e assassinos famosos. (N. do T.)

correr o risco de me separar dela. Ela pode estar fora da Inglaterra nesta noite e ser cortada em quatro pedaços em Amsterdã antes de domingo. Ele não sabe nada sobre Van Seddar.

— Pensei que Van Seddar só ia partir na semana que vem.

— Deveria ser assim. Mas agora ele precisa viajar no próximo navio. Um de nós dois deve correr com a pedra a Lime Street e dizer isso a ele.

— Mas o fundo falso não está pronto.

— Bem, ele deve levar a pedra como está e correr o risco. Não temos mais um minuto a perder.

De novo, com o senso do perigo que se torna um verdadeiro instinto no caçador, ele parou e olhou em direção à janela. Sim, era seguramente da rua que viera o som fraco de instantes atrás.

— Quanto a Holmes — prosseguiu o conde —, podemos enganá-lo facilmente. O cretino não nos mandará prender se recuperar a pedra. Bem, vamos prometer-lhe a joia. Vamos lançá-lo numa pista falsa e, antes que ele perceba que segue o caminho errado, a pedra estará na Holanda, e nós, fora do país.

— Isto soa bem aos meus ouvidos! — exclamou Sam Merton, com um sorriso largo.

— Pode ir e dizer ao holandês que se mexa. Vou ver esse otário e ocupá-lo com uma confissão falsa. Direi a ele que a pedra está em Liverpool. Essa maldita música triste me ataca os nervos. Quando ele descobrir que a pedra não está em Liverpool, já estará em Amsterdã, e nós estaremos na água azul. Volte rapidamente para cá em seguida. Aqui está a pedra.

— Eu me pergunto como se atreve a carregá-la consigo.

— Onde ela estaria em maior segurança? Se pudemos tirá-la de Whitehall, alguém mais poderia roubá-la em minha casa.

— Deixe-me olhá-la um pouco.

O conde Sylvius lançou um olhar pouco lisonjeiro para o cúmplice e ignorou a mão suja que se estendia para ele.

— O quê? Acha que vou guardá-la para mim? Olhe aqui, senhor, estou ficando um pouco cansado dos seus modos.

— Ora, Sam, eu não quis ofendê-lo. Não podemos nos dar ao luxo de brigar neste momento. Venha até a janela se quer ver a joia de maneira adequada. Agora, segure-a contra a luz. Aqui.

— Obrigado.

De um salto, Holmes levantou-se da poltrona do boneco e se apoderou da joia preciosa. Segurou-a com uma mão e com a outra apontou um revólver para a cabeça do conde. Os dois bandidos recuaram cambaleando, estupefatos. Antes que se recuperassem do susto, Holmes apertou a campainha elétrica.

— Sem violência, senhores. Sem violência, por favor. Respeitem os meus móveis. Deve ser evidente para os senhores que a situação não tem saída. A polícia está esperando lá embaixo.

A perplexidade do conde superou o medo e a fúria.

— Mas, como, diabos...? — balbuciou.

— A sua surpresa é muito natural. O senhor não sabia que uma segunda porta do meu quarto abre atrás desta cortina. Imaginei que deveria ter-me ouvido quando desloquei o boneco, mas a sorte estava do meu lado. Isso me permitiu ouvir a conversa animada, que teria sido penosamente embaraçosa se desconfiassem da minha presença.

O conde fez um gesto de resignação.

— Você venceu, Holmes. Creio que é o diabo em pessoa.

— Se não ele, pelo menos um de seus parentes próximos — retorquiu Holmes com um sorriso amável.

A inteligência lenta de Sam Merton começava a entender a situação. Como passos pesados se faziam ouvir na escada, ele rompeu enfim o silêncio.

— Acho que nos demos mal! — disse. — Não consigo entender: e essa música insuportável de violino? Ainda a estou ouvindo.

— Está absolutamente certo — respondeu Holmes. — Deixe-o tocar. Estes gramofones modernos são uma invenção extraordinária.

A polícia entrou na sala, as algemas estalaram nos pulsos dos criminosos e estes foram levados para o carro que aguardava na rua. Watson permaneceu com Holmes e o cumprimentou pela folha nova que ele acrescentava aos seus lauréis. Mas a conversa deles foi interrompida pelo imperturbável Billy, que entrou com um cartão de visita numa bandeja.

— Lorde Cantlemere, senhor.

— Faça-o subir, Billy. Este é um nobre eminente que representa os interesses mais altos — disse Holmes. — É uma pessoa excelente e leal, mas pertence ao velho sistema. Vamos torná-lo um pouco menos rígido? Será que podemos nos atrever a tomar certas liberdades com ele? Devemos supor que ele não sabe nada do que acaba de acontecer.

A porta se abriu e deu passagem a um homem magro de rosto austero e estreito, com costeletas caídas à moda antiga e de uma cor preta lustrosa[4] que dificilmente se harmonizavam com os ombros curvos e o andar vacilante. Holmes adiantou-se com amabilidade e apertou uma mão insensível.

— Como vai, lorde Cantlemere? Faz frio nesta época do ano, mas aqui dentro a temperatura é muito mais amena. Posso apanhar o seu casaco?

— Não, obrigado. Não vou tirá-lo.

Holmes apoiou a mão com insistência na manga do casaco.

— Permita-me, por favor. Meu amigo, o dr. Watson, diria ao senhor que essas mudanças de temperatura são muito traiçoeiras.

Sua Excelência livrou-se com certa impaciência.

— Estou muito bem, senhor. Não vou demorar-me. Entrei simplesmente para saber como vai evoluindo a tarefa da qual o senhor mesmo se encarregou.

---

[4] Característica de meados da época da rainha Vitória na Grã-Bretanha (1837-1901), período conhecido por padrões sociais rígidos. (N. do T.)

— Está difícil, senhor. Muito difícil.
— Eu temia que fosse achá-la difícil.

Percebia-se um sorriso dissimulado nas palavras e na atitude do velho cortesão.

— Todo homem descobre suas limitações, sr. Holmes. Mas essa descoberta pelo menos nos cura da fraqueza da presunção.

— Sim, senhor. Estou muito embaraçado.
— Não tenho dúvida.
— Especialmente sobre um ponto. Talvez possa me ajudar.

— O senhor me pede conselhos um pouco tarde. Pensei que tivesse os seus métodos próprios e autossuficientes. Mesmo assim, estou disposto a ajudá-lo.

— Veja, lorde Cantlemere, podemos sem dúvida formular um processo contra os verdadeiros ladrões.

— Quando o senhor os apanhar.
— Exatamente. Mas a questão é: como devemos proceder contra o receptador?

— Não é um pouco prematuro?
— É bom que tenhamos nossos planos prontos. Em sua opinião, que prova poderia ser considerada definitiva contra o receptador?

— A posse atual da pedra.
— O senhor o prenderia por isso?
— Indiscutivelmente.

Holmes ria raramente, mas desta vez chegou quase a rir, como o seu velho amigo Watson bem podia se lembrar.

— Neste caso, caro senhor, sinto-me no dever penoso de avisar-lhe que está preso.

Lorde Cantlemere ficou furioso. Algumas chamas antigas cintilaram no seu rosto pálido.

— Está tomando uma grande liberdade, sr. Holmes. Em 50 anos de vida pública não me lembro de uma ousadia semelhante. Sou um homem muito ocupado, senhor, envolvido em assuntos importantes, e não tenho tempo nem gosto para brincadeiras tolas. Devo dizer-lhe com franqueza, senhor, que nunca acreditei em suas capacidades e sempre considerei que o caso estaria mais seguro nas mãos da polícia regular. O seu comportamento confirma todas as minhas conclusões. Tenho a honra, senhor, de lhe desejar boa noite.

Holmes se deslocara rapidamente e se postara entre o par do reino e a porta.[5]

— Um momento, senhor — disse. — Permitir que saia com a pedra Mazarino seria um crime mais grave do que ser encontrado na posse provisória dela.

— Senhor, isso é intolerável. Deixe-me passar.

— Ponha a mão no bolso direito do seu casaco.

— O que quer insinuar, senhor?

— Vamos, vamos. Faça o que digo.

Um instante depois, o lorde permaneceu paralisado, piscando os olhos e gaguejando, com a grande pedra amarela na palma da sua mão trêmula.

— Como? O quê? O que é isso, sr. Holmes?

— É lamentável, lorde Cantlemere, uma lástima, não é? — exclamou Holmes. — Meu velho amigo Watson aqui presente lhe dirá que tenho o hábito travesso de pregar peças. E também que nunca resisto ao prazer de criar uma situação dramática. Tomei a liberdade — uma grande liberdade, devo admitir — de colocar a pedra no seu bolso no início da nossa entrevista.

O velho par do reino olhou da pedra para o rosto sorridente de Holmes.

— Senhor, estou atordoado. Mas... sim, é realmente a pedra Mazarino. Temos uma grande dívida para consigo, sr. Holmes. O seu senso de humor pode ser, como admite, um tanto deslocado e a sua exibição notavelmente inoportuna, mas, pelo menos, retiro tudo o que disse sobre a sua incrível competência profissional. Mas como...

---

[5] Par do reino é um membro do Pariato, um sistema de honraria ou de nobreza praticado em vários países. (N. do T.)

— O caso ainda não está encerrado, e os detalhes podem esperar. Não duvido, lorde Cantlemere, que o prazer que sentirá ao contar o resultado bem-sucedido desse incidente no círculo elevado para o qual vai voltar compensará um pouco a minha pequena brincadeira. Billy, mostre a saída para Sua Excelência e diga à sra. Hudson que eu ficaria grato se ela enviasse um jantar para dois o mais rápido possível.

O PROBLEMA DA PONTE DE THOR

Em algum lugar nos cofres do Banco Cox & Co., em Charing Cross, há um baú de estanho, maltratado e desgastado pelas viagens, que traz o meu nome pintado na tampa: "John H. Watson, doutor em medicina, anteriormente no Exército da Índia". Está atulhado de papéis, quase todos com anotações de casos que ilustram os problemas curiosos que, em diversos momentos, o sr. Sherlock Holmes teve de investigar. Alguns, e não os menos interessantes, foram fracassos completos e não merecem ser contados, porque permanecem sem explicação. Um problema sem solução pode interessar ao estudioso, mas dificilmente deixará de aborrecer o leitor ocasional.

Entre as histórias não concluídas, figura a do sr. James Phillimore, que, ao voltar à sua casa para buscar o guarda-chuva, desapareceu deste mundo sem deixar rastro. Não menos notável é a da embarcação a vela *Alicia*, que zarpou numa manhã de primavera e penetrou num pequeno nevoeiro do qual nunca mais saiu sem que se soubesse o que se passou com ela e com a tripulação. Uma terceira história digna de menção é a de Isadore Persano, o conhecido jornalista e duelista, que foi encontrado louco diante de uma caixa de fósforos contendo um verme misterioso desconhecido pela ciência.

À exceção desses enigmas impenetráveis, há casos que envolvem segredos de família e semeariam o terror e a consternação em altas esferas da sociedade, se fossem revelados. Não preciso dizer que semelhante indiscrição é impensável e que esses arquivos serão separados e destruídos, pois agora meu amigo tem tempo para concentrar a sua energia no assunto.

Resta um número considerável de casos de maior ou menor interesse, que eu poderia ter publicado antes, se não receasse saturar o público e prejudicar a reputação de um homem que admiro acima de todos. Participei de alguns e posso falar deles como testemunha ocular. Em outros não estive presente ou desempenhei papel tão modesto que eles só poderiam ser contados por uma terceira pessoa. A história a seguir foi tirada da minha própria experiência.

Numa triste manhã de outubro, observei enquanto me vestia a queda das últimas folhas que o vento arrancava do plátano solitário que enfeita o quintal atrás da nossa casa. Desci para o café da manhã preparado para encontrar meu amigo deprimido, pois, como todos os grandes artistas, ele se deixa impressionar facilmente pelo ambiente. Ao contrário, vi que quase havia terminado a refeição e que o seu humor estava particularmente brilhante e alegre, com o bom ânimo um tanto sinistro que caracteriza os seus melhores momentos.

— Tem um caso, Holmes? — indaguei.

— A faculdade de dedução é certamente contagiosa, Watson — respondeu. — Permitiu-lhe desvendar o meu segredo. Sim, tenho um caso. Depois de um mês de banalidades e estagnação, as rodas recomeçam a se mover.

— Posso tomar parte nesse caso?

— Há pouco a compartilhar. Mas podemos discutir isso quando tiver degustado os dois ovos quentes duros que a nossa nova cozinheira preparou. O seu estado talvez tenha relação com o exemplar do *Family Herald* que observei ontem na mesa da entrada. Mesmo uma coisa tão trivial como cozinhar um ovo requer uma atenção concentrada sobre a passagem do tempo, incompatível com o romance de amor dessa excelente publicação.

Quinze minutos mais tarde, a mesa estava livre e ficamos frente a frente. Ele tirou uma carta do bolso.

— Já ouviu falar de Neil Gibson, o rei do ouro? — perguntou.

— O senador norte-americano?

— Bem, ele foi senador por algum estado do Oeste, mas hoje é mais conhecido como dono das maiores minas de ouro do mundo.

— Sim, eu o conheço. Ele já vive há algum tempo na Inglaterra. O seu nome é muito familiar.

— Exato. Ele comprou uma propriedade enorme em Hampshire há cinco anos. Ouviu falar do fim trágico da sua mulher?

— Claro. Agora me lembro. Por isso o seu nome é conhecido. Mas não sei nada sobre os detalhes.

Holmes acenou com a mão para alguns jornais numa cadeira.

— Eu não tinha ideia de que o caso viria parar nas minhas mãos, senão já teria preparado os meus recortes de jornais — disse. — A verdade é que o problema, embora sensacional, não parecia apresentar dificuldade. A personalidade interessante da acusada não diminui a evidência da prova. Esta foi a posição assumida pelo júri e também nas deliberações do tribunal. O caso será agora submetido à apreciação do tribunal comum de Winchester. Temo que seja uma tarefa ingrata. Posso descobrir fatos, Watson, mas não posso modificá-los. Se não surgirem fatos novos e imprevistos, não vejo o que o meu cliente possa esperar.

— O seu cliente?

— Ah, esqueci-me de que não lhe havia informado. Como vê, Watson, estou pegando o seu mau hábito de contar uma história começando pelo fim. É melhor que leia isto primeiro.

A carta que ele me estendeu, escrita com letra enérgica e autoritária, dizia o seguinte:

Claridge's Hotel, 3 de outubro.

Prezado sr. Sherlock Holmes,
Não consigo assistir à condenação à morte da melhor mulher que Deus criou sem tentar o possível para salvá-la. Não posso explicar as coisas. Nem sequer posso tentar explicá-las. Mas sei, sem dúvida alguma, que a srta. Dunbar é inocente. O senhor conhece os fatos. Quem os ignora? O país inteiro falou deles. E nem uma voz se levantou em favor dela. É a injustiça clamorosa de tudo isso que me deixa louco. Essa mulher tem um coração que não a deixaria matar uma mosca.

Irei amanhã às 11h à sua casa para ver se o senhor pode trazer um raio de luz a esta escuridão. Talvez eu disponha de um indício sem saber. De qualquer forma, ponho à sua disposição tudo o que sei, tudo o que tenho e tudo o que sou, se puder salvá-la. Se alguma vez em sua vida mostrou toda a sua capacidade, aplique-a agora a este caso.

Atenciosamente,
J. Neil Gibson.

— Aí está — disse Sherlock Holmes, batendo as cinzas do cachimbo depois do café da manhã e voltando a enchê-lo lentamente. — Este é o cavalheiro que aguardo. Quanto à história, você mal tem tempo para ler todos esses jornais. Por isso vou resumi-la em poucas palavras, a fim de que se interesse de forma inteligente pelo assunto.

"Este homem é financeiramente o mais poderoso do mundo. Tem um temperamento violento e temível, segundo estou informado. Casou-se com uma mulher, a vítima dessa tragédia, sobre a qual não sei nada, a não ser que havia passado do vigor da juventude, o que me parece tanto mais lamentável, porque uma governanta muito atraente se ocupava da educação de seus dois filhos pequenos. Essas são as três pessoas envolvidas no caso e o cenário é uma mansão grande e antiga no centro de uma propriedade inglesa histórica.

Passemos agora à tragédia. A esposa foi encontrada nos

jardins, a cerca de 800 metros da casa, tarde da noite, vestida com o traje do jantar, um xale nos ombros e uma bala de revólver que lhe atravessou a cabeça. Não havia arma perto dela nem indício no local sobre o assassino. Não havia arma perto da morta, Watson. Anote isso. Parece que o crime foi cometido no início da noite. Um guardião descobriu o corpo pelas 23h. Foi examinado pela polícia e por um médico antes de ser transportado para a casa. Está muito resumido ou consegue acompanhar bem?"

— Está tudo muito claro. Mas por que suspeitar da governanta?

— Bem, porque há em primeiro lugar uma prova muito direta. Um revólver com uma câmara descarregada e de um calibre que corresponde à bala foi encontrado no chão do seu guarda-roupa.

Seus olhos se imobilizaram e ele repetiu, destacando as palavras:

— No... chão... do... seu... guarda-roupa.

Então mergulhou no silêncio e compreendi que pusera em movimento uma linha de raciocínio que seria estúpido interromper. De repente, estremeceu e emergiu para a vida ativa outra vez.

— Sim, Watson, esse revólver foi encontrado. Incriminador, não é? Foi o que pensaram os dois primeiros júris. Além disso, a mulher morta trazia com ela um bilhete que marcava um encontro naquele mesmo local e assinado pela governanta. O que acha? Por fim, há o motivo do crime. O senador Gibson é um homem atraente. Se a sua mulher morre, quem tem mais probabilidade de substituí-la que aquela senhorita que já recebeu, segundo dizem todos, as maiores atenções do patrão? Amor, fortuna, poder: tudo dependendo de uma vida que chegou à meia-idade. Feio, Watson, muito feio!

— Sim, é verdade, Holmes.

— E nem mesmo um álibi ela pôde apresentar. Ao contrário, teve de admitir que havia descido até perto da ponte de Thor, o cenário do drama, mais ou menos na mesma hora. Não pôde negar, porque aldeões que passavam por ali a viram.

— Isso parece realmente decisivo, não?

— No entanto, Watson, no entanto... Essa ponte, um só arco de pedra largo com parapeitos dos lados, passa por cima da parte mais estreita de um longo lençol de água profundo e cercado de juncos. É chamado de lago de Thor. O cadáver da mulher do nosso cliente jazia na entrada da ponte. Esses são os fatos principais. Mas aí está, se não me engano, o sr. Gibson, muito antes da hora.

Billy abrira a porta, mas o nome que anunciou não era o que esperávamos. Nem eu nem Holmes conhecíamos o sr. Marlow Bates. Era um homem baixo, magro e nervoso, de olhos assustados e de maneiras bruscas e hesitantes. O meu olho profissional informou-me que estava à beira de um colapso nervoso.

— O senhor parece agitado, sr. Bates — disse Holmes. — Sente-se, por favor. Receio não poder conceder-lhe muito tempo, pois tenho um compromisso às 11h.

— Eu sei — balbuciou nosso visitante, que disparava frases curtas como alguém que perdeu o fôlego. — O sr. Gibson está chegando. Ele é o meu patrão. Sou o administrador da sua propriedade. Sr. Holmes, ele é um patife, um patife dos diabos.

— Uma linguagem forte, sr. Bates.

— Tenho de ser enfático, sr. Holmes, porque o meu tempo é limitado. Por nada no mundo gostaria que ele me encontrasse aqui. Não vai demorar agora. Mas não pude vir antes. Seu secretário, o sr. Ferguson, só me informou esta manhã que ele teria esse encontro com o senhor.

— E o senhor é o seu administrador?

— Já lhe entreguei a minha demissão. Daqui a 15 dias ficarei livre dessa maldita escravidão. Ele é um homem duro, sr. Holmes, duro com todos os que o cercam. Suas caridades públicas servem-lhe como cortina para esconder suas maldades privadas. A mulher dele foi a sua vítima principal. Era brutal com ela. Sim, senhor, brutal. Como ela morreu não sei, mas estou certo de que tornou a vida dela um tormento. Ela veio dos trópicos, era brasileira de nascimento, como o senhor deve saber.

— Não, isso me escapou.

— Tropical de nascimento e tropical de temperamento. Filha do sol e da paixão. Ela o amou como só essas mulheres podem amar. Quando seus encantos físicos perderam o brilho, e parece que eles foram extraordinários, segundo ouvi dizer, mais nada o segurou. Todos gostávamos dela, tínhamos pena dela e o odiávamos pelo modo como a tratava. Mas ele fala bem e é astuto. Isso é tudo o que queria dizer-lhe. Não o julgue pela aparência. Há algo mais por trás dela. Agora tenho de ir. Não, não me retenha. Ele está quase chegando.

Com um olhar assustado para o relógio, nosso estranho visitante correu literalmente para a porta e desapareceu.

— Bem, bem! — disse Holmes, depois de um breve silêncio. — O sr. Gibson parece ter empregados muito leais. Mas a advertência não é inútil. Agora só podemos esperar que o próprio homem apareça.

Na hora marcada, ouvimos passos pesados na escada e o milionário famoso foi introduzido na sala. Ao vê-lo, compreendi não só os temores e o ódio do administrador, mas também as execrações que tantos rivais nos negócios têm amontoado sobre a sua cabeça. Se eu fosse escultor e quisesse simbolizar o homem de negócios bem-sucedido, com nervos de aço e consciência insensível, escolheria o sr. Neil Gibson como modelo. A sua figura alta, magra e áspera sugeria a fome e a rapacidade. Um Abraão Lincoln destinado a sentimentos baixos e não aos ideais elevados daria uma ideia do homem.

O rosto podia ser esculpido em granito, de tão duro, rude e impiedoso, com rugas profundas que lembravam todos os tipos de crises. Os olhos cinzentos e frios, olhando com astúcia debaixo de sobrancelhas arrepiadas, inspecionaram-nos, um e outro. Inclinou-se de maneira formal quando Holmes mencionou o meu nome e, em seguida, com ar autoritário de posse, puxou uma cadeira para perto do meu companheiro e sentou-se ao lado dele, com os joelhos esquálidos quase a tocá-lo.

— Permita-me que lhe diga logo de início, sr. Holmes — começou —, que neste caso o dinheiro não me importa. Pode queimá-lo, se o seu uso iluminá-lo a descobrir a verdade. Essa mulher é inocente e deve ser absolvida, e cabe ao senhor conseguir as provas. Fixe-me o seu preço.

— Meus honorários profissionais obedecem a uma escala fixa — respondeu Holmes friamente. — Não os modifico, a não ser quando os dispenso totalmente.

— Bem, já que os dólares não fazem diferença para o senhor, pense na sua reputação. Se for bem-sucedido, todos os jornais da América e da Inglaterra exaltarão o seu nome. Será a coqueluche dos dois continentes.

— Obrigado, sr. Gibson. Não creio que precise ser exaltado. O senhor talvez se surpreenda ao saber que prefiro trabalhar anonimamente e que só o problema me interessa. Mas estamos perdendo tempo. Vamos aos fatos.

— Acho que encontrará os principais nas notícias da imprensa. Não sei o que poderia acrescentar para ajudá-lo. Mas, se houver um detalhe sobre o qual queira um esclarecimento, estou aqui para isso.

— Bem, há somente um ponto.
— Qual?
— Quais eram exatamente suas relações com a srta. Dunbar?

O rei do ouro teve um choque violento e quase se ergueu na cadeira. Mas logo recuperou a calma.

— Suponho que está no seu direito, e mesmo na sua obrigação, fazer-me essa pergunta, sr. Holmes.

— Somos dois a supô-lo — respondeu Holmes.

— Então posso garantir-lhe que nossas relações foram sempre e exclusivamente as de um patrão com uma jovem com a qual nunca conversou e à qual nunca viu, a não ser quando estava em companhia de seus filhos.

Holmes levantou-se da cadeira.

— Sou homem muito ocupado, sr. Gibson — disse. — Não tenho tempo nem inclinação para conversas inúteis. Desejo-lhe bom dia.

Nosso visitante também se pôs de pé e a sua figura enorme sobressaía à de Holmes. Um brilho de raiva brotou debaixo daquelas sobrancelhas arrepiadas e um toque de cor apareceu no seu rosto pálido.

— Que diabo quer dizer com isso, sr. Holmes? Dispensa o meu caso?

— Bem, sr. Gibson, o senhor pelo menos eu dispenso. Pensei que minhas palavras eram claras.

— Muito claras, mas o que há por trás delas? Um aumento do preço ou o medo de encarregar-se do caso, ou o quê? Também tenho direito a uma resposta clara.

— Bem, talvez o tenha — disse Holmes. — E vou dá-la. Este caso já é suficientemente complicado de começo para que haja ainda a dificuldade de uma informação falsa.

— Quer dizer que estou mentindo?

— Bem, tentei exprimi-lo com toda a delicadeza possível, mas, se o senhor insiste nessa expressão, não vou contradizê-lo.

Pus-me de pé de um salto, pois o rosto do milionário adquirira um ar perverso intenso e ele erguera o seu punho nodoso. Holmes sorriu com indiferença e estendeu o braço para pegar o cachimbo.

— Nada de barulho, sr. Gibson. Acho que, depois do café da manhã, mesmo a menor discussão pode provocar perturbações. Penso que uma caminhada ao ar livre da manhã e um pouco de reflexão tranquila farão muito bem ao senhor.

Com esforço, o rei do ouro controlou a fúria. Não pude deixar de admirá-lo, pois, com um domínio supremo dos nervos, a chama violenta da sua ira se extinguiu num momento para dar lugar à indiferença fria e desdenhosa.

— Bem, o senhor decide. Suponho que saiba dirigir os seus negócios. Não posso obrigá-lo a se ocupar do caso contra a sua vontade. O senhor prejudicou a si mesmo esta manhã, sr. Holmes, pois já derrubei homens mais fortes.

Ninguém já se interpôs no meu caminho e saiu ganhando com isso.

— Muitos já me fizeram essa ameaça e ainda estou aqui — disse Holmes, sorrindo. — Bom dia, sr. Gibson. O senhor ainda tem muito que aprender.

Nosso visitante saiu ruidosamente, porém Holmes se pôs a fumar o cachimbo num silêncio imperturbável, fixando o teto com um olhar sonhador.

— Não tem nada para me dizer, Watson? — perguntou por fim.

— Bem, Holmes, devo confessar que, quando considero que se trata de um homem que tem o hábito de afastar qualquer obstáculo do seu caminho e me lembro que a mulher dele talvez fosse um obstáculo e um motivo de aversão, como esse Bates explicou, parece-me...

— Exatamente. A mim também parece.

— Mas quais eram suas relações com a governanta e como as descobriu?

— Um blefe, Watson, um blefe. Quando comparei o tom apaixonado, não convencional e pouco prático da sua carta com seu aparente domínio de si e sua atitude aqui, pareceu-me evidente que sua emoção profunda estava concentrada mais na acusada que na vítima. Temos de compreender a natureza exata das relações entre essas três pessoas se quisermos alcançar a verdade. Viu o ataque frontal que desfechei contra ele e a tranquilidade com que ele o recebeu. Então o enganei, dando-lhe a impressão de que estava absolutamente seguro, quando só tinha suspeitas fortes.

— Será que ele vai voltar?

— Tenho certeza de que sim. Ele *deve* voltar. Não pode deixar as coisas como estão. Ah, não é a campainha tocando? Sim, e reconheço seus passos. Bem, sr. Gibson, estava dizendo agora mesmo ao dr. Watson que o senhor estava um pouco atrasado.

O rei do ouro voltou a entrar na sala com disposição mais mansa do que quando saiu. O orgulho ferido deixara vestígios no seu olhar ressentido, mas o seu bom senso mostrou-lhe que deveria ceder, se quisesse atingir o seu objetivo.

— Estive pensando, sr. Holmes, e creio que fui um tanto precipitado ao levar a mal suas observações. O senhor tem razão de querer conhecer todos os fatos, sejam eles quais forem, e o admiro mais por isso. Posso assegurar-lhe, no entanto, que as relações entre a srta. Dunbar e mim não têm nada que ver com o caso.

— Isso devo eu decidir, não acha?

— Sim, sem dúvida. O senhor é como o médico que quer conhecer todos os sintomas antes de estabelecer o diagnóstico.

— Exatamente. A comparação é justa. E só um doente que desejasse enganar o seu médico lhe ocultaria a realidade do seu caso.

— Pode ser verdade, mas o senhor há de convir, sr. Holmes, que a maioria dos homens se esquivaria um pouco se alguém lhes perguntasse de repente quais são suas relações com uma mulher, quando há realmente um sentimento sério no caso. Creio que a maioria dos homens possui um pequeno reduto privado num recanto da sua alma onde os intrusos não são bem-vindos. E o senhor o invadiu bruscamente. Mas o objetivo o desculpa, porque agiu para tentar salvá-la. Bem, as apostas estão feitas e o reduto, aberto. Pode explorá-lo como quiser. O que quer saber?

— A verdade.

O rei do ouro permaneceu um instante em silêncio, como alguém que põe ordem nos pensamentos. O rosto abatido e com sulcos fundos tornou-se ainda mais triste e mais grave.

— Posso contá-la ao senhor em poucas palavras, sr. Holmes — disse ele, por fim. — Certas coisas são dolorosas e difíceis de expressar, por isso não irei além do necessário. Conheci a minha mulher quando buscava ouro no Brasil. Maria Pinto era filha de um funcionário público em Manaus. Era muito bonita. Naquela época eu era jovem e fogoso, mas ainda hoje, quando me reporto ao passado com espírito mais ponderado e olhos mais críticos, reconheço que a sua beleza era rara e maravilhosa. Tinha uma natureza rica, profunda, e também apaixonada, sincera, tropical, sem grande equilíbrio, bem diferente das americanas que eu tinha conhecido.

"Para encurtar uma longa história, amei-a e casei-me com ela. Só quando o idílio se desvaneceu — e ele durou muitos anos — compreendi que não tínhamos nada, absolutamente nada em comum. Meu amor foi murchando. Se o dela tivesse seguido um percurso paralelo, tudo seria mais simples. Mas o senhor conhece as mulheres. Eu podia fazer o que fizesse, ela não se afastava de mim. Se fui áspero com ela, e até brutal como alguns disseram, foi porque sabia que, se pudesse matar o seu amor, ou transformá-lo em ódio, tudo se tornaria mais fácil para um e para o outro. Nada, porém, a fez mudar. Ela me adorava nos bosques da Inglaterra como me havia adorado 20 anos antes às margens do Amazonas. Não importava o que fizesse, ela continuava tão devotada a mim como no primeiro dia.

"Então veio à nossa casa a srta. Grace Dunbar. Respondeu ao nosso anúncio e se tornou a governanta de nossos dois filhos. O senhor talvez tenha visto o seu retrato nos jornais. O mundo inteiro proclamou que ela também é uma mulher muito bonita. Não pretendo ser mais moralista que meus vizinhos e lhe confessarei que não podia viver debaixo do mesmo teto com uma mulher assim e em contato diário com ela sem experimentar um sentimento apaixonado. O senhor me reprova por isso, sr. Holmes?"

— Não o reprovo por ter experimentado esse sentimento. Eu o reprovaria se o tivesse exprimido, pois essa senhorita se encontrava em certo sentido sob a sua proteção.

— Talvez seja assim — disse o milionário, embora por um momento a reprimenda fizesse surgir de novo nos seus olhos a velha chama da cólera. — Não estou fingindo ser melhor do que sou. Creio que em toda a vida só tive que esticar o braço para obter o que queria, e nunca quis nada mais do que o amor e a posse dessa mulher. Eu disse isso a ela.

— Ah, o senhor disse?

Holmes, quando se emocionava, podia parecer terrível.

— Eu lhe disse que, se pudesse me casar com ela, eu o faria, mas que isso não estava em meu poder. Disse ainda que o dinheiro não contava e que faria tudo o que pudesse para a sua felicidade e o seu conforto.

— Foi muito generoso, tenho certeza — observou Holmes, com ironia.

— Ouça, sr. Holmes. Vim vê-lo para que prove a inocência dela, e não por uma questão moral. Não estou pedindo suas críticas.

— É só em atenção à jovem que me interesso pelo seu caso — respondeu Holmes, severamente. — Não sei se aquilo de que a acusam é realmente pior do que o que o senhor mesmo acaba de admitir, isto é, que tentou seduzir uma jovem indefesa que estava debaixo do seu teto. Alguns homens ricos como o senhor devem aprender que não podem subornar todo mundo para desculpar suas transgressões.

Para minha surpresa, o rei do ouro acolheu a crítica sem protestar.

— É assim que vejo as coisas agora — retorquiu. — Graças a Deus meus projetos não saíram como eu esperava. Ela não aceitou a minha proposta e quis deixar a casa imediatamente.

— E por que não o fez?

— Em primeiro lugar, porque outras pessoas dependiam dela e não era fácil desampará-las sacrificando o seu modo de ganhar a vida. Quando jurei, como fiz, que não voltaria a molestá-la, consentiu em ficar. Mas havia outro motivo. Ela conhecia a influência que tinha sobre mim, e que esta era mais forte que qualquer outra no mundo. Ela queria usá-la para o bem.

— De que maneira?

— Bem, ela estava um pouco a par dos meus negócios. Eles são muito grandes, sr. Holmes, maiores do que uma pessoa comum poderia imaginar. Posso construir ou destruir, e na maioria das vezes destruo. Não só indivíduos. Também comunidades, cidades e até nações. Os negócios são um jogo duro. Os fracos sucumbem. Joguei o jogo com toda a alma. Nunca me queixei e nunca me importei se outros se queixassem.

"Mas ela via as coisas de modo diferente, e acho que tinha razão. Pensava e dizia que uma fortuna para um homem só, sendo maior do que ele precisa, não deve ser construída sobre a ruína de dez mil pessoas que ficam sem meios de sobreviver. Era assim que ela entendia as coisas e acho que via, além dos dólares, algo mais duradouro. Percebeu que eu levava em consideração o que ela dizia e acreditou que estava fazendo o bem ao influenciar minhas ações. Por isso ficou. E depois o drama aconteceu."

— O senhor pode lançar alguma luz sobre isso?

O rei do ouro fez uma pausa de um minuto ou mais, com a cabeça entre as mãos, perdido em pensamentos profundos.

— Não posso negar que tudo está muito ruim para o lado dela. As mulheres têm uma vida interior e podem fazer coisas que escapam ao julgamento de um homem. No início fiquei tão transtornado e abatido que cheguei a pensar que ela se havia deixado levar, de alguma forma extraordinária, por um impulso completamente contrário à sua natureza habitual. Depois me ocorreu uma explicação. Eu a apresento, sr. Holmes, pelo que ela possa valer."

"Não há dúvida alguma de que a minha mulher era terrivelmente ciumenta. O ciúme da alma pode ser tão violento como qualquer ciúme do corpo. Embora a minha mulher não tivesse nenhum motivo para ter ciúme do corpo, e creio que ela entendia isso, percebia que essa jovem inglesa exercia sobre a minha mente e os meus atos uma influência que ela nunca teve. Era uma influência benéfica, mas isso não melhorava a situação.

"A minha mulher estava louca de ódio e o calor do Amazonas queimava no seu sangue. Ela pode ter planejado matar a srta. Dunbar... ou, digamos, tê-la ameaçado com um revólver para assustá-la e obrigá-la a ir embora da nossa casa. Então pode ter havido uma briga, a arma disparou e atingiu a mulher que a segurava."

— Já me havia ocorrido essa possibilidade — disse Holmes. — Na verdade, é a única hipótese, com exceção do assassinato premeditado.

— Mas ela nega essa alternativa categoricamente.

— Bem, isso não é definitivo, não é? Uma mulher posta diante de uma situação tão horrível poderia, em sua confusão, voltar precipitadamente para casa levando o revólver. Poderia até jogá-lo entre suas roupas, sem saber o que fazia e, quando a arma fosse descoberta, tentaria livrar-se do embaraço mentindo com uma negação total, pois qualquer explicação seria impossível. O que há contra essa hipótese?

— A própria srta. Dunbar.

— Bem, talvez.

Holmes olhou para o relógio.

— Não tenho dúvida de que poderemos conseguir esta manhã as autorizações necessárias e chegar a Winchester no trem da tarde. Quando tiver visto a srta. Dunbar, é possível que eu seja útil. Não posso, no entanto, prometer-lhe que minhas conclusões sejam necessariamente as que o senhor deseja.

A obtenção das permissões oficiais demorou mais do que Holmes imaginava. Em vez de chegar a Winchester naquele dia, fomos à Vila Thor, a propriedade que o sr. Neil Gibson possuía em Hampshire. Ele não nos acompanhou, mas tínhamos o endereço do sargento Coventry, da polícia local, que fora o primeiro a examinar o caso.

Era um homem alto e magro, com um rosto cadavérico. Seus modos reservados e misteriosos davam a impressão de que sabia ou suspeitava muito mais do que ousava dizer. Também baixava subitamente a voz num sussurro como se tivesse descoberto algo de importância fundamental, quando se tratava de um detalhe trivial. Mas, por trás dessas manias, logo se revelou um policial correto e honesto, e não era orgulhoso demais para reconhecer que havia perdido o rumo e gostaria de receber ajuda.

— De qualquer forma, prefiro ter o senhor aqui à Scotland Yard — declarou. — Quando a Yard é chamada para uma investigação, a polícia local perde todo o crédito em caso de sucesso e pode ser responsabilizada em caso de fracasso. O senhor joga limpo, pelo que me disseram.

— Não preciso, em absoluto, aparecer no caso — respondeu Holmes, para alívio visível do nosso melancólico interlocutor. — Se eu conseguir esclarecê-lo, não quero que o meu nome seja mencionado.

— Bem, é certamente muito elegante da sua parte. E também posso confiar em seu amigo, o dr. Watson, não é? Agora, sr. Holmes, enquanto nos encaminhamos para o local, gostaria de lhe fazer uma pergunta. Só a soprarei ao senhor e a mais ninguém.

Ele olhou ao redor como se mal se atrevesse a pronunciar as palavras.

— Não acha que poderia haver um processo contra o próprio sr. Neil Gibson?

— Tenho pensado sobre isso.

— O senhor não viu a srta. Dunbar. É uma mulher maravilhosa em todos os sentidos. Ele talvez quisesse tirar a mulher dele do caminho. E esses americanos estão mais prontos a usar o revólver do que nós. O revólver era dele, sabia?

— Isso foi provado claramente?

— Sim, senhor. Ele possuía dois revólveres. Era um dos dois.

— Dois revólveres? Onde está o outro?

— Esse senhor possui grande quantidade de armas de fogo de marcas e calibres diferentes. Nunca encontramos o outro em particular, mas o estojo foi feito para dois.

— Se o revólver fazia parte de um par, deveria encontrar o outro.

— Estão todas lá na casa, se quiser dar uma olhada.

— Mais tarde, sim. Agora, vamos juntos ao local da tragédia.

Essa conversa ocorrera na pequena sala da frente da casa

humilde do sargento Coventry, que servia como delegacia de polícia local. Uma caminhada de 800 metros através de uma charneca batida pelo vento, toda dourada e cor de bronze com as samambaias murchas levou-nos a um portão lateral que dava acesso à propriedade da Vila Thor. Uma trilha atravessava a criação de faisões. De uma clareira avistamos o casarão, de madeira e alvenaria, meio Tudor, meio georgiano, no alto da colina. Ao nosso lado estava situado um lago extenso, cercado de juncos, estreito no meio, onde a estrada principal de veículos passava sobre uma ponte de pedras, mas formando pequenos lagos em ambos os lados. Nosso guia parou na entrada da ponte e apontou um local no solo.

— Ali estava estendido o corpo da sra. Gibson. Marquei o local com uma pedra.

— Creio que o senhor chegou antes que o corpo fosse removido.

— Sim. Mandaram chamar-me imediatamente.

— Quem o mandou chamar?

— O próprio sr. Gibson. Assim que o alarme foi dado, ele saiu correndo da casa com outros e insistiu para que nada fosse tocado até a polícia chegar.

— Boa ideia. Li nos jornais que o tiro foi disparado bem de perto.

— Sim, senhor, bem de perto.

— Próximo da têmpora direita?

— Logo atrás da têmpora, senhor.

— Como o corpo estava estendido?

— De costas, sr. Holmes. Não havia sinais de luta. Nem impressões. Nem arma. O pequeno bilhete da srta. Dunbar estava bem seguro na mão esquerda da morta.

— Bem seguro?

— Sim, senhor. Tivemos dificuldade para abrir os dedos.

— Isso é de grande importância. Exclui a ideia de que alguém poderia ter colocado o bilhete na mão da sra. Gibson depois da sua morte para lançar numa pista falsa. Meu Deus! O bilhete, se bem me lembro, era curto: "Estarei na ponte de Thor às 21h. G. Dunbar". Não foi assim?

— Sim, senhor.
— A srta. Dunbar reconheceu tê-lo escrito?
— Sim, senhor.
— Que explicação deu?
— Ela reservou a sua defesa para o tribunal. Não quis dizer nada.
— O problema é, certamente, interessante. Essa história do bilhete é muito obscura, não acha?
— Bem, senhor — respondeu o guia —, se me permite dizer, o bilhete me pareceu, no caso, o único ponto realmente claro.

Holmes sacudiu a cabeça.

— Admitindo que o bilhete seja autêntico e foi realmente escrito pela acusada, certamente foi recebido algum tempo antes, digamos uma ou duas horas. Então por que essa senhora ainda o segurava com força na mão esquerda? Por que o carregava com tanto cuidado? Não precisava referir-se a ele no encontro com a governanta. Não lhe parece estranho?

— Do modo como expõe as coisas, senhor, talvez sim.

— Acho que gostaria de me sentar tranquilamente e refletir durante alguns minutos — disse Holmes.

Sentou-se no parapeito de pedra da ponte. Vi os seus olhos cinzentos e vivos interrogarem todas as direções. De repente levantou-se e correu para o parapeito oposto, tirou a lente do bolso e começou a examinar as pedras.

— Isto é curioso — disse.

— Sim, senhor. Vimos o arranhão no parapeito. Suponho que foi feito por alguém que passava.

A alvenaria era cinzenta, mas nesse único ponto apresentava-se branca numa superfície não maior do que uma moeda pequena. Num exame mais de perto, podia-se observar que a pedra fora lascada por um golpe forte.

— Foi necessária alguma violência para fazer isso — murmurou Holmes, pensativo.

Com a bengala, bateu diversas vezes no parapeito, sem deixar sinal.

— Sim, foi um golpe muito violento — prosseguiu. —

Além disso, num lugar estranho. Não foi de cima, mas de baixo, pois a marca se encontra na borda *inferior* do parapeito.

— Mas pelo menos a quatro metros e meio do corpo.

— Sim, a quatro metros e meio do corpo. Isso talvez não tenha nada que ver com o caso, mas é um ponto digno de nota. Acho que não temos mais nada a averiguar aqui. Não havia pegadas, o senhor disse?

— O solo estava duro como ferro, sr. Holmes. Não havia nenhum vestígio.

— Então podemos ir. Subiremos primeiro a casa e daremos uma olhada nas armas de que me falou. Depois nos dirigiremos a Winchester, pois gostaria de ver a srta. Dunbar antes de seguir adiante.

O sr. Neil Gibson ainda não voltara da cidade, mas encontramos na casa o neurótico sr. Bates, que nos visitara naquela manhã. Com um prazer sinistro, mostrou-nos o formidável arsenal de armas de fogo de vários modelos e tamanhos que o seu patrão acumulara ao longo de uma vida de aventuras.

— O sr. Gibson tem seus inimigos, o que não surpreenderá os que conhecem a sua pessoa e os seus métodos — disse. — Ele dorme com um revólver carregado numa gaveta na cabeceira da cama. É um homem violento, senhor, e há ocasiões em que todos temos medo dele. Estou seguro de que a pobre senhora que faleceu foi muitas vezes aterrorizada por ele.

— O senhor alguma vez presenciou violência física contra ela?

— Não, isso não posso dizer. Mas ouvi palavras que eram quase tão cruéis. Palavras de desprezo frio e mordaz, mesmo diante dos criados.

— O nosso milionário não parece brilhante na vida privada — comentou Holmes quando nos dirigíamos à estação. — Bem, Watson, reunimos um bom número de fatos, alguns deles novos, e mesmo assim me parece que estou longe de uma conclusão. Apesar da antipatia que o sr. Bates manifesta em relação ao patrão, obtive dele a garantia de que, quando o alarme foi dado, o sr. Gibson estava com toda a certeza na sua biblioteca. O jantar terminara às 20h30 e até então tudo corria normalmente. É verdade que o alarme foi dado tarde da noite, mas a tragédia ocorreu por volta da hora mencionada no bilhete. Não existe prova alguma de que o sr. Gibson tenha saído da casa depois de voltar de Londres às 17h.

"Por outro lado, a srta. Dunbar reconhece, segundo entendi, que marcara encontro com a sra. Gibson na ponte. Além disso, ela não quer explicar nada, porque o seu advogado a aconselhou a se guardar para o tribunal. Temos várias perguntas fundamentais a fazer a essa jovem, e a minha cabeça não sossegará enquanto não a tiver visto. Confesso que o caso se apresenta muito desfavorável para ela, a não ser por um ponto."

— Qual é, Holmes?

— A descoberta do revólver no seu guarda-roupa.

— Ora, vamos, Holmes! — exclamei. — Essa me parece a prova mais concludente.

— Não é assim, Watson. Esse ponto me chamou a atenção desde a primeira leitura superficial como algo muito estranho. Agora que estou examinando o caso mais de perto, considero-o a única base sólida de esperança. Temos de buscar coerência nos fatos. Quando ela falta, devemos desconfiar de uma fraude.

— Não consigo acompanhá-lo, Holmes.

— Ora, Watson. Suponhamos por um instante que você seja uma mulher que decidiu livrar-se de uma rival, friamente e com premeditação. Amadureceu o seu plano. Escreveu o bilhete. A vítima veio. Você tem a sua arma. O crime é cometido. Foi bem executado e completado. Não venha me dizer que, depois de executar um crime com tanta habilidade, ia comprometer a sua reputação de criminoso esquecendo-se de jogar o revólver numa dessas matas de juncos que o cobririam para sempre e, em vez disso, sentiria a necessidade de levá-lo com cuidado para casa e colocá-lo no seu próprio guarda-roupa, o primeiro lugar que seria revistado. Nem os seus melhores amigos diriam que é esperto, Watson, e recuso-me a acreditar que faria uma coisa tão estúpida.

— Na emoção do momento...

— Não, Watson, não vou admitir que isso seja possível. Quando um crime foi premeditado friamente, os meios para encobri-lo também são pensados friamente com antecipação. Espero, portanto, que nos encontremos diante de um erro grave.

— Mas ainda há muita coisa para explicar.

— Bem, vamos começar a explicá-lo. A partir do momento em que você muda de ponto de vista, tudo o que parecia incriminador se torna um indício de verdade. O revólver, por exemplo. A srta. Dunbar nega com firmeza que o conheça. Segundo a nossa nova teoria, ela diz a verdade. Portanto, ele foi colocado no seu guarda-roupa. Quem o colocou ali? Alguém que queria responsabilizá-la pelo crime. Essa pessoa não é o verdadeiro criminoso? Como vê, chegamos a uma linha mais fecunda de investigação.

Vimo-nos obrigados a passar a noite em Winchester, pois nem todas as formalidades haviam sido completadas. Mas na manhã seguinte, em companhia do sr. Joyce Cummings, advogado em ascensão a quem a defesa foi confiada, recebemos permissão para ver a jovem em sua cela. Por tudo o que tinha ouvido, esperava ver uma mulher lindíssima, mas jamais me esquecerei do efeito que a srta. Dunbar causou em mim. Não era de admirar que até o milionário dominador tivesse encontrado nela um poder maior que o dele. Um poder capaz de controlá-lo, de guiá-lo.

Também se tinha a impressão, ao olhar aquele rosto firme e bem delineado, porém sensível, que, embora ela pudesse ser capaz de um ato impetuoso, uma nobreza inata de caráter a dirigia sempre para o bem. Era morena, alta, com uma figura nobre e uma presença imponente. Mas nos seus olhos negros havia algo que se parecia com a expressão suplicante e desamparada do animal perseguido que vê as redes ao seu redor e não descobre como sair da armadilha. Quando compreendeu o que a presença e a ajuda do meu amigo ilustre significava para ela, o seu rosto pálido retomou um pouco de cor e uma luz de esperança começou a brilhar no olhar que nos dirigiu.

— O sr. Gibson lhe disse algo sobre o que se passou entre nós? — perguntou ela em voz baixa e agitada.

— Sim — respondeu Holmes. — A senhorita não precisa se afligir entrando nessa parte da história. Depois de a ver, estou disposto a aceitar a declaração do sr. Gibson sobre a influência que exerce sobre ele e sobre a inocência de suas relações com ele. Por que toda essa situação não foi explicada no tribunal?

— Parecia-me incrível que essa acusação pudesse ser aceita. Pensei que, se esperássemos, todo o caso se esclareceria sem que fôssemos obrigados a entrar em detalhes dolorosos da vida íntima da família. Mas entendo agora que, em vez de se aclarar, tornou-se ainda mais grave.

— Minha cara senhorita — exclamou Holmes, seriamente —, peço-lhe que não tenha nenhuma ilusão sobre esse ponto. O sr. Cummings, aqui presente, vai lhe dizer que todas as cartas estão agora contra nós e que devemos tentar tudo o que seja possível para sairmos vitoriosos. Seria um engano cruel fazer de conta que a senhorita não esteja correndo grande perigo. Dê-me, então, toda a ajuda que puder para chegarmos à verdade.

— Não ocultarei nada.

— Fale-nos, então, sobre suas verdadeiras relações com a mulher do sr. Gibson.

— Ela me odiava, sr. Holmes. Odiava-me com toda a paixão do seu temperamento tropical. Era uma mulher que não fazia nada pela metade. Amava o seu marido na mesma medida em que me odiava. É provável que tivesse se enganado sobre a natureza de nossas relações. Não gostaria de ser injusta com ela, mas ela amava com tal intensidade física que quase não podia compreender o vínculo intelectual, e mesmo espiritual, que unia o seu marido a mim, nem imaginar que eu só queria exercer uma boa influência sobre ele, e por isso permanecia debaixo do seu teto. Percebo agora que estava errada. Nada podia justificar a minha presença onde eu era causa de infelicidade. No entanto, a infelicidade certamente continuaria mesmo que eu tivesse deixado a casa.

— Agora, srta. Dunbar — disse Holmes —, peço-lhe que nos conte exatamente o que sucedeu naquela noite.

— Posso dizer-lhe a verdade na medida em que a conheço, sr. Holmes, mas não tenho condições de provar nada. Há pontos, os mais importantes, que não posso explicar e para os quais nem posso imaginar uma explicação.

— Se nos comunicar os fatos, talvez outros consigam encontrar a explicação.

— Então, no que se refere à minha presença na ponte de Thor naquela noite, recebi de manhã um bilhete da sra. Gibson. Encontrei-o na mesa da sala de aula, e talvez ela mesma o tivesse posto lá. No bilhete, implorava-me que fosse vê-la depois do jantar, informando que tinha algo importante para me dizer, e pedia-me que deixasse a resposta no relógio de sol do jardim, pois não queria que ninguém soubesse. Eu não via motivo para o sigilo, mas fiz o que me pedia e aceitei o encontro. Também me pedia que destruísse o bilhete e o queimei na lareira da sala de aula. Era grande o seu medo do marido, que a tratava com uma rudeza que lho reprovei muitas vezes. Só pude imaginar que agia assim porque não queria que ele soubesse da nossa conversa.

— No entanto, ela guardou cuidadosamente a sua resposta.

— Sim. Fiquei surpresa ao saber que a segurava na mão quando morreu.

— O que ocorreu em seguida?

— Fui como havia prometido. Quando cheguei à ponte, ela me aguardava. Nunca me dei conta até aquele momento de quanto aquela pobre criatura me odiava. Parecia uma louca. Na verdade, creio que estava louca, sutilmente louca, com o poder enorme de enganar que às vezes têm os desequilibrados. De outro modo, como poderia encontrar-se comigo todos os dias com uma indiferença aparente e sentir um ódio tão furioso contra mim no seu coração? Não repetirei o que me disse. Extravasou toda a sua fúria numa torrente de palavras agressivas e horríveis. Nem mesmo repliquei. Não poderia. Era aflitivo vê-la. Pus as mãos nos ouvidos e saí correndo. Quando a deixei, ainda continuava de pé na entrada da ponte, gritando com voz estridente suas maldições contra mim.

— No lugar onde a encontraram mais tarde?

— A poucos metros dali.

— Supondo que ela tenha morrido logo depois que se afastou, não ouviu nenhum tiro?

— Não, não escutei nada. Na verdade, sr. Holmes, eu estava tão nervosa e horrorizada com aquela explosão terrível que só tive uma ideia: voltar o mais rápido possível para a paz do meu quarto. Não fui capaz de observar nada do que aconteceu.

— A senhorita disse que voltou para o seu quarto. Deixou-o de novo antes da manhã seguinte?

— Sim. Quando foi dado o alarme de que a pobre criatura havia morrido, saí correndo com os outros.

— Viu o sr. Gibson?

— Sim. Acabava de vir da ponte. Mandou buscar o médico e a polícia.

— Pareceu-lhe muito perturbado?

— O sr. Gibson é um homem forte e que sabe controlar-se. Creio que nunca revelaria suas emoções. Mas eu, que o conhecia bem, vi que estava profundamente abalado.

— Então chegamos ao ponto mais importante. O revólver que foi encontrado no seu quarto, já o tinha visto antes?

— Nunca, eu juro.

— Quando ele foi descoberto?

— Na manhã seguinte, quando a polícia fez uma busca.

— Entre suas roupas?

— Sim, no chão do meu guarda-roupa, debaixo dos meus vestidos.

— Pode calcular quanto tempo estava ali?

— Não estava na manhã do dia anterior.

— Como sabe?

— Porque estive arrumando o guarda-roupa.

— Isso é decisivo. Então alguém entrou no seu quarto e colocou a arma para incriminá-la.

— Deve ter sido assim.

— E quando?

— Só pode ter sido na hora da refeição ou quando me encontrava na sala de aula com as crianças.

— No mesmo lugar em que a senhorita estava quando recebeu o bilhete?

— Sim. Daquele momento em diante, durante a manhã inteira.

— Obrigado, srta. Dunbar. Há outra coisa que possa ajudar-me na investigação?

— Não me ocorre nenhuma.

— Descobri um sinal de violência nas pedras da ponte. Um golpe bem recente, diante do próprio corpo. Pode sugerir uma explicação possível para ele?

— Deve ser uma simples coincidência.

— É curioso, srta. Dunbar, muito curioso. Por que esse sinal apareceu no momento da tragédia e justamente nesse local?

— Mas como pôde ser feito? Só um golpe muito violento poderia ter esse efeito.

Holmes não respondeu. Seu rosto ansioso e pálido assumiu de repente a expressão distante e tensa que eu me acostumara a associar aos seus momentos de inspiração genial. A crise no seu espírito era tão evidente que nenhum de nós se atreveu a falar, e nos sentamos ali, o advogado, a presa e eu, observando-o num silêncio concentrado e absorto. De súbito ele saltou da cadeira, vibrando de energia nervosa e impulsionado pela necessidade de agir.

— Venha, Watson, venha! — gritou.

— O que há, sr. Holmes?

— Não se preocupe, cara senhorita. Terá notícias minhas, sr. Cummings. Com a ajuda do deus da justiça, eu lhe oferecerei uma defesa que provocará alvoroço na Inglaterra. Receberá informações amanhã, srta. Dunbar, e até lá acredite em mim: as nuvens estão dissipando-se e tenho a esperança de que a luz da verdade abrirá caminho.

A viagem de Winchester à Vila Thor não era longa, mas foi longa para a minha impaciência, enquanto para Holmes pareceu evidentemente interminável. Em sua agitação, ele não conseguia permanecer calmo. Dava voltas pelo vagão ou tamborilava com os longos dedos sensíveis nas almofadas ao seu lado. De repente, porém, quando nos aproximávamos do nosso destino, sentou-se à minha frente — tínhamos um vagão de primeira classe só para nós — e, pondo as mãos em cada um dos meus joelhos, mergulhou nos meus olhos um olhar especialmente maroto, que era uma das características do seu humor travesso.

— Watson — disse —, tenho uma vaga lembrança de que costuma andar armado em nossas excursões.

Parecia-lhe conveniente que fosse assim, pois se preocupava muito pouco com sua segurança pessoal quando a sua mente estava concentrada num problema. Assim, mais de uma vez o meu revólver revelou-se bom amigo nas emergências. Lembrei-lhe o fato.

— Sim, sim. Sou um pouco distraído nesses assuntos. Tem o revólver com você?

Tirei-o do bolso de trás. Era uma arma curta e prática, muito útil. Destravou o tambor, fez cair os cartuchos e o examinou com cuidado.

— É pesado, muito pesado — comentou.

— Sim, é uma peça sólida.

Refletiu sobre ela por alguns instantes.

— Sabe, Watson? — observou. — Creio que o seu revólver vai ter uma relação muito estreita com o mistério que procuramos elucidar.

— Está brincando, Holmes!

— Não, Watson, falo sério. Temos um teste à nossa frente. Se ele for bem sucedido, nosso problema estará resolvido. O teste dependerá do desempenho dessa pequena arma. Deixemos um cartucho de fora. Recoloquemos os outros cinco e fechemos o tambor. Assim. Isso aumenta o peso e torna a reprodução melhor.

Eu não fazia a menor ideia do que ele tinha em mente, e ele não se dignou informar-me. Continuou perdido em suas reflexões até pararmos na pequena estação de Hampshire. Alugamos um carro velho e 15 minutos mais tarde estávamos na casa do nosso amigo de confiança, o sargento.

— Um novo indício, sr. Holmes? Qual é?

— Tudo depende do funcionamento do revólver do dr. Watson — respondeu o meu amigo. — Aqui está. Agora, sargento, pode me arrumar dez metros de barbante?

A loja do povoado nos forneceu um novelo de barbante forte.

— Creio que isso é tudo de que vamos precisar — disse Holmes. — Agora, se me permitem, vamos sair para o que espero seja a última etapa da nossa viagem.

O sol se escondia e transformava a charneca ondulada de Hampshire numa paisagem magnífica de outono. O sargento, com relances de olhos críticos e incrédulos, que evidenciavam suas dúvidas profundas sobre o equilíbrio mental do meu amigo, caminhava vagarosamente ao nosso lado. Ao nos aproximarmos do cenário do crime, observei que o meu amigo, a despeito da sua frieza habitual, estava na realidade profundamente nervoso.

— Sim — disse ele em resposta a uma observação que fiz —, você já me viu errar o alvo, Watson. Tenho um instinto para esse tipo de coisas. Contudo, às vezes ele me prega uma peça. Na cela de Winchester, tive de repente a impressão de ver a certeza emitir uma luz. Mas o inconveniente de uma mente ágil é que pode sempre imaginar várias explicações que tornam essa certeza completamente ilusória. No entanto... No entanto... Bem, Watson, não podemos deixar de tentar.

Enquanto caminhava, tinha amarrado firmemente uma ponta do barbante à coronha do revólver. Agora havíamos chegado ao local da tragédia. Com grandes precauções, marcou no solo, orientado pelo policial, o local exato onde o cadáver esteve estendido. Depois procurou entre a urze e as samambaias até encontrar uma pedra bem grande. Atou-a à outra ponta do barbante e a suspendeu sobre o parapeito da ponte, de modo que balançasse livremente em cima da água. Por fim, voltou ao lugar fatal, a certa distância da beira da ponte, com o meu revólver na mão, estando o barbante esticado entre a arma e a pedra pesada.

— Vamos lá! — gritou.

Ao gritar, levantou o revólver à altura da cabeça e o soltou. Em um segundo, a arma foi arrebatada pelo peso da pedra, bateu no parapeito com um estalo forte, passou por cima dele e caiu do outro lado na água. Ela mal havia deixado a mão de Holmes e este já corria para ajoelhar-se ao lado da alvenaria da ponte. Um grito de alegria revelou que encontrara o que procurava.

— Já houve demonstração mais perfeita? — exclamou. — Veja, Watson, o seu revólver resolveu o problema.

Enquanto falava, apontou-me um segundo corte do mesmo tamanho e da mesma forma que o primeiro que aparecera na borda inferior do parapeito de pedra.

— Dormiremos na estalagem esta noite — prosseguiu, levantando-se e olhando para o sargento admirado. — O senhor vai, naturalmente, buscar uma forquilha para recuperar o revólver do meu amigo. Ao seu lado encontrará também o revólver, o barbante e o peso com os quais esta mulher vingativa tentou disfarçar o seu suicídio e atribuir uma acusação de assassinato a uma vítima inocente. Pode comunicar ao sr. Gibson que vou vê-lo na parte da manhã, a fim de que sejam tomadas as medidas para a defesa da srta. Dunbar.

Tarde da noite, enquanto fumávamos nossos cachimbos na estalagem do povoado, Holmes me fez um breve resumo dos acontecimentos.

— Receio, Watson, que não vai melhorar a reputação que eu possa ter adquirido acrescentando o caso misterioso da ponte de Thor aos seus arquivos. Mostrei uma lentidão de espírito lamentável e faltou-me a mistura de imaginação e realidade, que é a base da minha arte. Confesso que o arranhão na alvenaria da ponte era um indício suficiente para me sugerir a verdadeira solução, e censuro a mim mesmo por não a ter entrevisto antes.

"Deve-se admitir que o trabalho mental daquela mulher infeliz foi sutil e profundo. Por isso, não era coisa simples desvendar o seu plano. Creio que, em nossas aventuras, nunca encontramos exemplo mais estranho do que o amor desvirtuado pode produzir. Aos seus olhos, parecia igualmente imperdoável que a srta. Dunbar fosse sua rival no sentido físico ou no sentido puramente intelectual. Sem dúvida, atribuía à jovem inocente todos os maus-tratos e palavras grosseiras com que o marido procurava repelir o seu afeto demasiado expansivo. A sua primeira resolução foi acabar com a própria vida. A segunda foi fazê-lo de tal modo que envolvesse a sua vítima num destino muito pior que qualquer morte súbita.

"Podemos acompanhar claramente as diversas etapas, e elas mostram uma sutileza de espírito notável. Com muita habilidade, impôs a redação de um bilhete à srta. Dunbar. Esse bilhete fazia parecer que fora a governanta que havia escolhido o local do crime. Em sua ansiedade para que fosse descoberto, ela exagerou um pouco, segurando-o na mão até o fim. Só isso deveria ter despertado minhas suspeitas mais cedo.

"Em seguida apanhou um dos revólveres do marido. Como você sabe, havia na casa um verdadeiro arsenal. Apanhou-o para se matar. Durante a manhã, escondeu outro, exatamente igual, no guarda-roupa da srta. Dunbar depois de disparar um cartucho, o que pôde fazer facilmente nos bosques sem chamar a atenção. Dirigiu-se então à ponte, onde planejou esse método extremamente engenhoso para se livrar da arma. Quando a srta. Dunbar apareceu, usou seus últimos alentos para extravasar todo o seu ódio, e depois, quando a governanta não podia mais ouvi-la, executou o seu intento terrível. Cada elo está agora em seu lugar e a cadeia está completa.

"Os jornais poderão perguntar por que o lago não foi

dragado imediatamente, mas é fácil ser judicioso após o acontecimento. Além disso, um lago tão extenso e coberto de juncos não é fácil de dragar quando não se tem uma ideia clara do que se busca e onde.

"Bem, Watson, ajudamos uma mulher notável e um homem formidável. Se no futuro eles unirem suas forças, como parece provável, o mundo das finanças talvez perceba que o sr. Neil Gibson aprendeu alguma coisa na escola da dor, onde se ensinam nossas lições na terra."

O HOMEM QUE ANDAVA DE RASTROS

Sherlock Holmes sempre entendeu que eu deveria publicar os fatos curiosos relacionados ao professor Presbury, ainda que fosse só para eliminar de vez os boatos desagradáveis que circularam na universidade há 20 anos e repercutiram nos ambientes científicos de Londres. Mas, como surgiram alguns obstáculos imprevistos, a verdadeira história desse caso surpreendente permaneceu fechada no baú de estanho que contém muitos arquivos sobre as aventuras do meu amigo. Finalmente obtivemos permissão para relatar os fatos de um dos últimos casos de que Holmes se ocupou antes de abandonar suas atividades. Mesmo agora é preciso observar certa reserva e discrição ao expor o assunto ao público.

Numa tarde de domingo, no início de setembro de 1903, recebi de Holmes esta mensagem lacônica:

"Venha imediatamente, se for possível. Se não for, venha do mesmo jeito.
S. H."

As relações que existiam entre nós naquela época eram muito especiais. Holmes tinha seus hábitos, limitados e rigorosos. Eu me tornara um deles. Como instituição, era igual ao violino, ao tabaco forte, ao velho cachimbo preto, aos livros de referência e a outras manias talvez menos confessáveis. Quando se tratava de um caso que requeria um trabalho ativo e um companheiro em cujos nervos podia confiar, eu era insubstituível.

Afora isso, eu prestava serviços a ele. Era a pedra de amolar em que a sua inteligência se aguçava. Estimulava-o. Ele gostava de pensar alto na minha presença. Não se podia dizer que suas observações se dirigiam a mim, pois muitas delas tinham como endereço mais apropriado a sua cama. Mas, uma vez adquirido o hábito, tornou-se até certo ponto útil para ele que eu tomasse nota e interviesse com meus comentários. Se eu o irritava com certa lentidão metódica do meu raciocínio, essa irritação servia unicamente para acelerar suas intuições e aprofundar suas impressões. Esse era o meu papel modesto na nossa aliança.

Quando cheguei a Baker Street, encontrei-o encolhido na poltrona, com os joelhos para cima, o cachimbo na boca e a testa sulcada de rugas. Era evidente que ele se debatia com um problema incômodo. Com um gesto da mão, indicou-me a velha poltrona. Afora isso, durante meia hora não deu nenhum sinal de ter reparado na minha presença. Um sobressalto o tirou por fim do seu devaneio e, com seu habitual sorriso brejeiro, desejou-me boas-vindas por estar de retorno à casa que já tinha sido minha.

— Desculpe-me se estou um pouco ensimesmado, meu caro Watson — disse. — Fatos curiosos foram submetidos ao meu exame nas últimas 24 horas e deram origem a especulações de caráter mais geral. Penso seriamente em escrever uma pequena monografia sobre a utilidade dos cães no trabalho do detetive.

— Mas esse, Holmes, é um assunto que já foi explorado — retorqui. — Os sabujos, os cães policiais, os podengos...

— Não, não é isso, Watson. Esse aspecto do assunto, naturalmente, é conhecido. Mas há outro muito mais sutil. Talvez se recorde de que no caso que, em seu estilo sensacionalista, você denominou *As faias cor de cobre*, consegui, observando o caráter de uma criança, deduzir os hábitos criminosos de um pai presunçoso e respeitável.

— Sim, lembro-me bem.

— A linha do meu raciocínio sobre os cães é análoga. O cão reflete a vida da família. Quem já viu um cão travesso numa família depressiva, ou um cão melancólico numa família alegre? Pessoas ranzinzas têm cães que rosnam. Gente perigosa tem cães perigosos. E os cães de humor inconstante podem ser o reflexo de indivíduos de temperamento instável.

— Parece-me, Holmes, que isso é um pouco forçado — observei, balançando a cabeça.

Meu amigo voltou a encher o cachimbo e a sentar-se na poltrona sem prestar a menor atenção ao meu comentário.

— A aplicação prática do que acabo de dizer tem relação estreita com o problema que estou investigando. É uma meada com muitas voltas e estou procurando a ponta de um fio. E talvez encontre a ponta desse fio respondendo a esta pergunta: por que Roy, o mastim fiel do professor Presbury, vem tentando mordê-lo?

Afundei na minha poltrona um tanto decepcionado. Era para responder a uma pergunta tão vulgar que eu fora arrancado da minha clientela? Holmes olhou-me de lado.

— Sempre o mesmo, velho Watson! — exclamou. — Nunca vai entender que os problemas mais graves podem depender das coisas mais insignificantes? Não é estranho, a julgar pela aparência, que um filósofo sóbrio e idoso — você naturalmente já ouviu falar de Presbury, o famoso fisiologista de Camford —, que um homem dessa qualidade, que sempre teve um mastim como o melhor amigo, tenha sido atacado duas vezes por esse animal? O que acha disso, Watson?

— O cão está doente.

— Sim, isso também deve ser levado em conta. Mas ele não ataca mais ninguém, e aparentemente só hostiliza o dono em ocasiões muito especiais. Curioso, Watson, muito curioso! Mas o jovem sr. Bennett resolveu vir antes da hora, se é ele que está tocando a campainha. Eu esperava ter uma longa conversa com você antes de ele chegar.

Ouvimos passos rápidos na escada e batidas fortes na porta. Um instante mais tarde, o novo cliente apresentou-se. Era um homem alto e de bela aparência, de uns trinta anos, trajado com elegância, mas com algo em sua atitude que sugeria mais a timidez de um estudante que o autodomínio de um homem experiente. Apertou a mão de Holmes e olhou para mim com certa surpresa.

— Este é um assunto muito delicado, sr. Holmes — observou. — Levando em conta as minhas relações particulares e públicas com o professor Presbury, não há justificativa para que eu fale diante de uma terceira pessoa.

— Não precisa preocupar-se, sr. Bennett. O dr. Watson é a discrição em pessoa, e garanto-lhe que neste caso é muito provável que eu venha a ter necessidade de um assistente.

— Como achar melhor, sr. Holmes. Estou certo de que compreende os motivos que me levam a adotar certas reservas em relação ao assunto.

— Preciso dizer-lhe, Watson, que este cavalheiro, o sr. Trevor Bennett, é o assistente profissional do grande cientista, vive debaixo do mesmo teto e é noivo da sua filha única. Compreendemos, portanto, que o professor tem o direito de contar com a sua lealdade e dedicação. A melhor maneira de demonstrá-las é dar os passos necessários para elucidar um enigma estranho.

— É o que também espero, sr. Holmes. Não viso a outro objetivo. O dr. Watson conhece a situação?

— Não tive tempo de explicar-lhe.

— Neste caso, talvez seja preferível recapitular os fatos conhecidos antes de passar a expor os novos.

— Vou encarregar-me disso eu mesmo — interveio Holmes —, para verificar se me recordo dos fatos na ordem correta. O professor, Watson, goza de reputação em toda a Europa. A sua vida tem sido na Academia. Nunca deu margem à menor suspeita de escândalo. É viúvo e pai de uma filha, Edith. Possui, suponho, um temperamento viril e afirmativo, quase, poderia dizer, combativo. Esta era a situação até alguns meses.

"Então o curso da sua vida sofreu uma mudança. Aos 61 anos, ficou noivo da filha do professor Morphy, seu colega na cadeira de Anatomia Comparada. Seu galanteio não foi, segundo compreendi, o de um homem moderado da sua idade, e sim a exaltação apaixonada de um jovem. Ninguém seria capaz de se mostrar um noivo mais ardoroso. A noiva, Alice Morphy, pode orgulhar-se de sua perfeição física e intelectual. O professor tem, portanto, muitas justificativas para essa paixão cega. Entretanto, não conta com a aprovação plena da sua própria família."

— Consideramos essa paixão um tanto exagerada — esclareceu o nosso cliente.

— Exatamente. Exagerada e um pouco violenta e anormal. Mas o professor Presbury é rico e o pai da noiva não fez nenhuma objeção. A filha, porém, tinha outros projetos, e vários pretendentes já disputavam a sua mão. Embora menos qualificados do ponto de vista do mundo, eram favorecidos pelo benefício da idade. Ela parecia gostar do professor, apesar de suas excentricidades. O único obstáculo era a idade.

"Por essa época, um pequeno mistério veio turvar de repente a rotina de vida do professor. Ele fez o que nunca havia feito antes. Saiu de casa sem dizer para onde ia. Ficou ausente por 15 dias e, ao voltar, parecia muito cansado. Não fez nenhuma alusão ao lugar onde estivera, embora fosse habitualmente o mais franco dos homens. O acaso quis, no entanto, que o nosso cliente, o sr. Bennett, recebesse uma carta de um colega de estudos que se encontrava em Praga, na qual informou ter visto o professor Presbury naquela cidade, mas não pudera falar com ele. Só assim a sua família soube para onde ele se dirigira.

"Agora chegamos ao ponto. Daquele momento em diante, ocorreu uma mudança curiosa com o professor. Ele tornou-se arredio e manhoso. As pessoas que o rodeavam tinham a impressão constante de que não era mais o mesmo homem, mas que vivia debaixo de uma sombra que obscurecia as suas qualidades mais elevadas. A sua inteligência não foi afetada e os seus cursos continuavam brilhantes como sempre. Mas havia sempre algo novo, sinistro e inesperado. A sua filha, que lhe era muito afeiçoada, tentou diversas vezes restabelecer a antiga intimidade e penetrar na máscara que o seu pai parecia ter colocado. O senhor, segundo entendi, fez o mesmo, mas tudo em vão. E agora, sr. Bennett, conte-nos com suas próprias palavras o incidente das cartas."

— O senhor precisa saber, dr. Watson, que o professor não tinha segredos para mim. Mesmo que eu fosse seu filho ou seu irmão mais novo, não poderia gozar da sua confiança de maneira mais completa. Como seu secretário, passavam pelas minhas mãos todos os papéis que chegavam para ele. Eu abria e classificava as cartas que ele recebia. Pouco depois do seu regresso, tudo mudou. Disse-me que algumas cartas viriam de Londres, marcadas com uma cruz abaixo do selo. Estas deveriam ser postas de lado para que só ele as lesse. De fato, chegaram várias cartas desse tipo. Traziam o carimbo E. C.[1] e estavam escritas com letra de analfabeto. Não sei se as respondeu. Em todo caso, as respostas não passaram pelas minhas mãos nem foram postas na cesta de cartas em que toda a nossa correspondência era reunida.

— E a caixa? — indagou Holmes.

— Ah, sim, a caixa. O professor voltou de viagem com uma pequena caixa de madeira. Foi o único objeto que nos fez pensar que viajara ao continente, porque era um daqueles trabalhos talhados curiosos que logo associamos à Alemanha. Ele colocou-a no armário em que guarda os instrumentos. Certo dia, ao procurar uma cânula, levantei a caixa. Para minha surpresa, ele ficou muito zangado e censurou minha curiosidade em termos um tanto grosseiros. Era a primeira vez que isso sucedia comigo e aquilo me feriu profundamente. Tentei explicar que havia tocado

---

[1] Abreviatura de Eastern Central (Central Oriental), uma das circunscrições postais de Londres. (N. do T.)

na caixa por mero acaso, porém durante o resto da tarde dirigiu-me olhares severos, e notei que o incidente o deixara muito irritado.

O sr. Bennett tirou do bolso uma pequena agenda e acrescentou:

— Isso ocorreu em 2 de julho.

— O senhor é realmente uma testemunha excelente — disse Holmes. — Posso precisar de algumas dessas datas que anotou.

— Entre outras coisas que aprendi com o meu grande mestre figura o método. A partir do momento em que observei anomalias no seu comportamento, pareceu-me que era meu dever estudar o seu caso. Por isso anotei e posso afirmar que nesse mesmo dia, 2 de julho, Roy atacou o professor quando este saiu do seu gabinete em direção à entrada. A cena repetiu-se em 11 de julho e registrei um incidente semelhante em 20 de julho. Em consequência desses ataques, fomos obrigados a trancar Roy no estábulo. Era um animal muito querido e afetuoso... Mas receio que estou abusando da sua paciência.

O sr. Bennett pronunciou as últimas palavras em tom de censura, pois Holmes visivelmente não escutava mais. Tinha o rosto fechado e os seus olhos fitavam distraidamente o teto. Recuperou-se com esforço.

— Estranho! Muito estranho! — murmurou. — Esses detalhes eu não conhecia, sr. Bennett. Acho que temos agora o suficiente sobre os dados antigos, não é mesmo? Mas o senhor falou antes de novos desdobramentos do caso.

O rosto amável e aberto do nosso visitante anuviou-se, entristecido por alguma recordação desagradável.

— O que vou contar agora ocorreu na noite de anteontem — disse. — Eram duas horas da madrugada. Eu estava deitado, mas não dormia. Ouvi um ruído vago e abafado que vinha do corredor. Abri a porta e dei uma olhada. Devo explicar que o professor dorme no final do corredor...

— Em que dia? — indagou Holmes.

Nosso visitante ficou claramente contrariado com uma interrupção tão irrelevante.

— Eu disse, senhor, que isso ocorreu anteontem, portanto no dia 4 de setembro.

Holmes inclinou a cabeça e sorriu.

— Prossiga, por favor.

— Ele dorme no final do corredor e, para chegar até a escada, tinha de passar em frente à minha porta. O que vi foi realmente assustador, sr. Holmes. Creio que tenho os nervos tão fortes como qualquer pessoa, mas fiquei abalado. O corredor estava escuro. Só uma janela situada no meio do caminho deixava passar um pouco de luz. Notei então que um vulto avançava pelo corredor, um vulto sombrio e agachado. De repente o vulto surgiu no feixe de luz e vi que era ele. Estava rastejando, sr. Holmes, andando de rastros. Não caminhava totalmente sobre as mãos e os joelhos. Diria melhor que caminhava sobre as mãos e os pés, com a cabeça caída entre as mãos. Mas parecia mover-se sem dificuldade.

"A visão daquilo me paralisou de tal maneira que não pude sair antes que chegasse à minha porta. Só então me adiantei e perguntei se podia ajudá-lo. Sua reação foi extraordinária. Pôs-se de pé em um salto, cuspiu-me no rosto algumas palavras obscenas, passou correndo na minha frente e desceu pela escada. Esperei cerca de uma hora, mas ele não voltou. Deve ter retornado ao quarto quando já tinha amanhecido."

— Bem, Watson, como avalia isso? — perguntou Holmes com o ar de um patologista que apresenta um espécime raro.

— Lumbago, talvez? Sei por experiência que uma crise severa de lumbago pode obrigar um homem a andar dessa maneira, e não há nada que irrite mais o doente.

— Bem, Watson, você sempre nos ajuda a manter os pés no chão. Mas dificilmente podemos admitir o lumbago, porque o professor foi capaz de erguer-se num instante.

— Ele nunca esteve tão bem de saúde — disse Bennett. — Na verdade, está mais forte neste momento do que nos últimos anos. Mas os fatos estão aí, sr. Holmes. Este não é um caso em que possamos consultar a polícia, mas o certo é que não sabemos o que fazer. Temos a impressão de que caminhamos direto para uma catástrofe. Edith... a srta.

Presbury compartilha a minha opinião de que não podemos mais esperar passivamente.

— É certamente um caso muito curioso e sugestivo. O que acha, Watson?

— Falando como médico — respondi —, diria que é um caso para um psiquiatra. O funcionamento do cérebro do velho foi perturbado por essa história de amor. Ele fez uma viagem ao exterior na esperança de se curar da paixão. Suas cartas e a caixa podem relacionar-se com uma transação particular: um empréstimo, por exemplo, ou ações que ele guarda na caixa.

— E o mastim, naturalmente, não aprovaria essa transação financeira. Não, Watson. Há algo mais. Por enquanto, posso somente sugerir...

Ninguém jamais saberá o que Sherlock Holmes ia sugerir, pois a porta abriu-se e uma jovem foi introduzida na sala. Quando apareceu, o sr. Bennett deu um salto, deixando escapar um grito, e se precipitou, com as mãos estendidas, ao encontro das mãos que já se estendiam para ele.

— Edith querida! Espero que não tenha ocorrido nada importante.

— Senti que devia segui-lo. Oh, Jack, passei tanto medo! É horrível ficar sozinha naquele lugar.

— Sr. Holmes, esta é a moça de quem lhe falei: a minha noiva.

— Íamos chegando aos poucos a essa conclusão, não é verdade, Watson? — retorquiu Holmes, com um sorriso. — Suponho, srta. Presbury, que haja um novo desdobramento no caso e pensou que deveríamos conhecê-lo. Não é isso?

Nossa nova visitante, uma bela loira do tipo comum de jovens inglesas, sorriu por sua vez para Holmes ao sentar-se ao lado do sr. Bennett.

— Quando soube que o sr. Bennett tinha saído, pensei que provavelmente o encontraria aqui. Claro, ele já me havia avisado de que viria consultá-lo. Diga-me, sr. Holmes, não pode fazer alguma coisa pelo meu pobre pai?

— Espero que sim, srta. Presbury. Mas o caso ainda está

obscuro. Talvez o que tem para dizer possa lançar uma nova luz sobre ele.

— Foi na noite passada, sr. Holmes. Achei o meu pai muito esquisito durante o dia todo. Tenho certeza de que há ocasiões em que ele não se lembra do que faz. Vive num sonho estranho. Ontem foi justamente um desses dias. Não era o meu pai que se encontrava ao meu lado. A aparência externa era dele, mas não era realmente ele.

— Conte-me o que aconteceu.

— Fui acordada no meio da noite pelo cão, que latia furiosamente. Pobre Roy, agora está preso perto do estábulo. Devo dizer que durmo sempre com a porta trancada à chave, porque, como Jack... como o sr. Bennett lhes dirá, vivemos todos com a sensação de que um perigo nos ameaça. O meu quarto está situado no segundo andar. A persiana da minha janela estava erguida e a lua brilhava lá fora.

"Enquanto estava deitada com os olhos fixos no feixe de luz, ouvindo os latidos irados do cão, fiquei espantada ao ver o rosto do meu pai olhando para mim. Quase morri de surpresa e horror, sr. Holmes. A sua cara estava encostada na vidraça da janela e ele parecia querer levantá-la com a mão. Se a janela fosse aberta, acho que teria ficado louca. Não foi alucinação, sr. Holmes. Não se engane pensando isso. Atrevo-me a afirmar que estive mais ou menos 20 segundos paralisada observando-lhe o rosto.

"Depois ele desapareceu. Mas não consegui... não consegui saltar da cama, correr até a janela e olhar para fora. Permaneci rígida e sentindo calafrios até o dia amanhecer. No café da manhã, ele adotou atitudes ríspidas e irritadas, e não fez nenhuma alusão à aventura da noite. Eu também não toquei no assunto. Dei a desculpa de que tinha que vir a Londres e estou aqui."

Holmes pareceu profundamente surpreso com o relato da jovem.

— Minha cara senhorita, não disse que o seu quarto fica no segundo andar? Há uma escada alta no jardim?

— Não, sr. Holmes, e é esse o lado assustador do problema. Não há maneira possível de alcançar a janela. No entanto, ele estava lá.

— A data é 5 de setembro — disse Holmes. — Isso certamente complica as coisas.

Foi a vez de a jovem parecer surpresa.

— Sr. Holmes — interveio Bennett —, esta é a segunda vez que faz alusão às datas. É possível que elas tenham influência no caso?

— É possível, muito possível. Mas ainda não disponho de todos os elementos necessários.

— O senhor estaria pensando na relação entre a loucura e as fases da lua?

— Não, asseguro-lhe. A linha do meu pensamento é completamente diferente. Creio que não achará inconveniente deixar-me a sua agenda, a fim de que eu controle as datas. Penso, Watson, que o nosso plano de ação está perfeitamente claro. Esta jovem nos informou, e tenho a maior confiança na intuição dela, que o seu pai pouco ou nada se recorda do que ocorre em determinadas datas. Iremos, portanto, vê-lo como se tivesse marcado uma entrevista conosco em um dos dias anotados pelo sr. Bennett. Ele a atribuirá à sua falta de memória. Assim, iniciaremos nossa investigação com um estudo profundo do professor depois de o termos visto de perto.

— Excelente! — exclamou o sr. Bennett. — Eu os previno, entretanto, que às vezes o professor fica enfezado e até violento.

Holmes sorriu.

— Há bons motivos para irmos visitá-lo imediatamente, motivos muito convincentes, se as minhas teorias forem corretas. Amanhã, sr. Bennett, certamente nos verá em Camford. Ali existe, se bem me lembro, uma estalagem chamada "Tabuleiro de Xadrez", onde servem um vinho do Porto acima do mediano e os lençóis são irrepreensíveis. Creio, Watson, que teremos de passar os próximos dias em lugares menos agradáveis.

Na manhã de segunda-feira estávamos a caminho da

famosa cidade universitária. Para Holmes, a viagem não representava nenhum esforço, porque não tinha raízes para desprender-se. Mas, para mim, envolvia planejamento e afobação alucinada, porque a minha clientela não era desprezível naquela época. Holmes não fez nenhuma menção ao caso antes de depositarmos nossas malas na hospedaria antiga da qual havia falado.

— Creio, Watson, que podemos encontrar-nos com o professor pouco antes do almoço. Ele dá aula às onze horas e deve ter um intervalo em casa antes da refeição.

— Que pretexto podemos apresentar-lhe para a visita?

Holmes consultou o seu caderno de anotações.

— Houve um período de exasperação em 26 de agosto. Vamos supor que nessas ocasiões ele só mantenha uma lembrança confusa do que faz. Se insistirmos que viemos porque o encontro foi marcado, creio que não se arriscará a nos contradizer. Você tem o descaramento necessário para fazer isso?

— Não podemos deixar de tentar.

— Muito bem, Watson. Este será o lema da nossa empresa: não podemos deixar de tentar. Uma pessoa atenciosa do lugar certamente nos guiará até a casa dele.

A pessoa atenciosa do lugar foi um cocheiro que, sentado no alto de um cabriolé, passou a toda velocidade em frente de uma série de faculdades antigas, entrou numa alameda ladeada por árvores e parou na porta de uma casa acolhedora rodeada por um gramado e coberta com glicínia roxa. O professor Presbury vivia, certamente, cercado por sinais não só de conforto, como também de luxo. Quando nosso cabriolé se deteve, uma cabeça grisalha apareceu na janela da frente. Dois olhos vivos debaixo de sobrancelhas espessas nos observavam através de óculos grandes com aros de tartaruga.

Um instante depois nos encontrávamos no seu santuário, e o cientista misterioso cujo desequilíbrio nos tirara de Londres estava diante de nós. À primeira vista, nada na sua atitude nem na sua aparência denunciava a menor excentricidade. Era um homem alto, encorpado, de rosto cheio, sério, vestido de sobrecasaca, com toda a dignidade, no porte, de um conferencista famoso. Os seus olhos eram a sua característica mais saliente: penetrantes, observadores e de uma perspicácia que beirava a astúcia.

Ele leu nossos cartões de visita.

— Queiram sentar-se, senhores. Em que posso servi-los?

Holmes dirigiu-lhe o sorriso mais amável.

— Era justamente a pergunta que eu ia fazer-lhe, professor.

— Para mim, senhor?

— Talvez haja algum engano. Soube por outra pessoa que o professor Presbury, de Camford, precisava de meus serviços.

— Ah, sim?

Tive a impressão de que um lampejo de malícia brotou naqueles olhos cinzentos agudos.

— Foi o que lhe disseram? Posso perguntar-lhe o nome do seu informante?

— Lamento, professor, mas o assunto apresentava caráter confidencial. Se um engano foi cometido, não causou mal algum. Só posso expressar-lhe minhas desculpas pelo incômodo.

— De jeito nenhum. Gostaria de ir a fundo nessa questão. Ela me interessa. Não tem um papel escrito, uma carta ou telegrama que confirme o que disse?

— Não, não tenho.

— Suponho que não chegue ao extremo de afirmar que fui eu quem o mandou chamar.

— Prefiro não responder a nenhuma pergunta — disse Holmes.

— Não, claro que não — retorquiu o professor num tom ríspido. — Entretanto, esta pergunta em particular pode ser respondida facilmente sem a sua ajuda.

Ele atravessou o aposento e tocou a campainha. Nosso amigo de Londres, o sr. Bennett, apresentou-se imediatamente.

— Entre, sr. Bennett. Estes dois cavalheiros vieram de

Londres com a impressão de que foram chamados. Toda a minha correspondência passa por suas mãos. Viu uma carta endereçada a uma pessoa chamada Holmes?

— Não, senhor — respondeu Bennett, corando.

— Isso é conclusivo — disse o professor, lançando um olhar ameaçador para o meu amigo. Agora, senhor...

Inclinou-se para a frente, apoiando as mãos em cima da mesa.

— Agora me parece que a sua posição é muito discutível.

Holmes deu de ombros.

— Só posso repetir que lamento esta intromissão desnecessária.

— É insuficiente, sr. Holmes! — gritou o velho com voz estridente.

Uma expressão de maldade extraordinária tomou conta do seu rosto. Enquanto falava, interpôs-se entre nós e a porta e ergueu os punhos contra nós com exaltação furiosa.

— O senhor não vai sair daqui tão facilmente.

A raiva deformava os seus traços. Sorria mostrando os dentes e emitia palavras sem nexo, possuído por um furor insensato. Estou convencido de que nos veríamos obrigados a recorrer à força dos punhos para sair do seu gabinete, se o sr. Bennett não tivesse intervindo.

— Caro professor — gritou —, considere a sua posição. Pense no escândalo que vai ocorrer na universidade. O sr. Holmes é uma pessoa muito conhecida. Não pode tratá-lo com tanta falta de cortesia.

Com ar amuado, nosso anfitrião, se posso chamá-lo assim, deixou livre o caminho até a porta. Ficamos contentes ao ver-nos fora da casa e no sossego da alameda ladeada de árvores. Holmes parecia divertir-se muito com o episódio.

— Os nervos do nosso douto amigo parecem um tanto desregulados — comentou. — Nossa intromissão talvez tenha sido um pouco impertinente, mas com ela conseguimos o contato pessoal que eu desejava. Mas, por Deus, Watson! O homem certamente está em nossos calcanhares. Ele ainda nos persegue.

Ouvimos o som de passos de alguém que corria atrás de nós, mas não era, verifiquei com alívio, o professor temível. Era o seu assistente, que surgiu dobrando a curva do caminho e nos alcançou ofegante.

— Sinto muito pelo que aconteceu, sr. Holmes. Queria pedir desculpas.

— Elas são inúteis, meu caro senhor. Esses pequenos incidentes fazem parte da minha vida profissional.

— Nunca o vi com um humor tão perigoso. Torna-se cada vez mais terrível. Agora o senhor pode entender por que a sua filha e eu estamos assustados. No entanto, a sua mente continua perfeitamente clara.

— Muito clara — concordou Holmes. — Cometi um erro de cálculo. É evidente que a memória dele funciona muito melhor do que eu imaginava. A propósito, podemos ver, antes de ir embora, a janela do quarto da srta. Presbury?

O sr. Bennett abriu caminho por entre os arbustos e tivemos uma visão da parte lateral da casa.

— É ali. A segunda à esquerda.

— Ela parece completamente inacessível, no entanto, pode observar que há uma trepadeira embaixo e um cano de água em cima que fornecem um apoio.

— Eu mesmo teria muita dificuldade de subir até lá — disse o sr. Bennett.

— Certamente. Para qualquer homem normal, seria uma façanha perigosa.

— Há outra coisa que gostaria de dizer-lhe, sr. Holmes. Tenho o endereço do homem de Londres para quem o professor escreve. Parece que foi escrito esta manhã e o tirei do mata-borrão. O que fiz é vergonhoso da parte de um secretário de confiança, mas que outra coisa posso fazer?

Holmes deu uma olhada no papel que Bennett lhe estendeu e o colocou no bolso.

— Dorak? Nome curioso. De origem eslava, imagino. Bem, é um elo importante na cadeia. Voltaremos a Londres esta tarde, sr. Bennett. Não vejo que utilidade possa ter nossa permanência aqui. Não podemos prender o professor, porque não cometeu nenhum crime, e não podemos interná-lo, porque sua loucura não está demonstrada. Por enquanto, não podemos fazer nada.

— Não podemos fazer nada, absolutamente nada?

— Um pouco de paciência, sr. Bennett. As coisas vão se desenvolver logo. Se não estou enganado, ele terá provavelmente uma crise na próxima terça-feira. Nesse dia estaremos em Camford, com certeza. Enquanto isso, a situação é indiscutivelmente desagradável e, se a srta. Presbury puder prolongar sua visita a Londres...

— Isso é fácil.

— Então que ela fique em Londres até que possamos garantir-lhe que todo o perigo está superado. Até terça-feira, deixe que o professor faça o que quiser e não o contrarie. Enquanto ele estiver de bom humor, tudo irá bem.

— Lá está ele! — sussurrou Bennett, assustado.

Observando entre os galhos, vimos a figura alta e ereta do professor surgir da porta de entrada e olhar ao redor. Mantinha o corpo inclinado para a frente, balançava os braços em linha reta diante de si e girava a cabeça de um lado para o outro. O secretário despediu-se com um último aceno de mão e se moveu entre as árvores. Pouco depois, reuniu-se com o patrão e os dois entraram juntos na casa, mantendo uma conversa aparentemente animada e até apaixonada.

— Creio que o velho tem tirado suas conclusões — disse Holmes enquanto caminhávamos para o "Tabuleiro de Xadrez". — Deu-me a impressão, pelo pouco que pude ver, de que possui um cérebro particularmente lúcido e lógico. É violento, sem dúvida, mas reconheçamos que, do seu ponto de vista, tinha motivo para explodir: ele enxerga detetives postos no seu encalço e suspeita que foram pessoas da própria família que os chamaram. Imagino que o amigo Bennett está passando por momentos difíceis.

Holmes parou numa agência de correios e enviou um telegrama. Recebemos a resposta na mesma noite e ele a mostrou para mim:

"Visitei a Commercial Road e vi Dorak. Pessoa afável, da Boêmia, idoso. Possui uma grande loja.
Mercer."

— Você não conhece Mercer — explicou Holmes. — Eu o contratei recentemente. É o meu homem de sete instrumentos, que se ocupa do trabalho de rotina. Era importante saber alguma coisa sobre o homem com quem o nosso professor mantém correspondência tão sigilosa. Sua nacionalidade se relaciona com a viagem a Praga.

— Graças a Deus encontramos uma coisa que tem relação com outra — disse eu. — Por ora, parece que estamos diante de uma série de incidentes inexplicáveis e totalmente desvinculados uns dos outros. Por exemplo, que relação pode existir entre um mastim furioso e uma estada na Boêmia, ou entre um e outro desses fatos com um homem que anda de rastros à noite num corredor? Quanto a suas datas, é a maior mistificação de tudo.

Holmes esfregou as mãos, sorrindo. Estávamos sentados na velha sala de visitas do hotel antigo, com uma garrafa do vinho famoso de que Holmes havia falado em cima da mesa que nos separava.

— Bem, vamos começar pelas datas — disse ele, juntando as pontas dos dedos e assumindo a postura de um professor que se dirige à sua classe. — A agenda desse jovem excelente mostra que os distúrbios se manifestaram primeiro em 2 de julho e depois a cada nove dias, com uma única exceção, que eu me lembre. A última crise ocorreu na sexta-feira, 3 de setembro, exatamente nove dias depois da crise anterior, que data de 26 de agosto. Não se trata de simples coincidência.

Fui obrigado a concordar.

— Formulemos, então, a teoria provisória de que a cada nove dias o professor toma uma droga forte que provoca um efeito passageiro, porém altamente tóxico. O seu temperamento, que já é naturalmente violento, torna-se ainda mais. Ele começou a tomar essa droga quando esteve em Praga, e agora é um intermediário natural da Boêmia que mora em Londres que a fornece para ele. Tudo isso se encaixa perfeitamente, Watson.

— E o cão, e a cabeça na janela, e o homem que anda de rastros no corredor?

— Bem, bem, estamos só começando. Não espero nada de novo antes da próxima terça-feira. Nesse meio-tempo, não podemos fazer outra coisa a não ser ficar em contato com o amigo Bennett e aproveitar as atrações desta cidade encantadora.

Na manhã seguinte, o sr. Bennett escapou para nos trazer as últimas informações. Como Holmes previra, viveu horas difíceis. Sem o acusar diretamente de ser o responsável pela nossa presença, o professor falou-lhe em termos muito ásperos e rudes, e era evidente que estava muito ressentido. Naquela manhã, entretanto, voltara a ser o mesmo de sempre e pronunciara sua palestra habitual brilhante diante de uma classe lotada.

— Com exceção de seus acessos estranhos — disse Bennett —, a verdade é que possui vitalidade e energia superiores a qualquer dos momentos de que me recordo. O cérebro também funciona de maneira admirável. Mas não é mais ele mesmo. É um homem que nunca conhecemos.

— Não creio que tenham algo a temer durante uma semana pelo menos — respondeu Holmes. — Sou um homem ocupado e o dr. Watson tem pacientes para atender. Combinemos um encontro a realizar-se na próxima terça-feira, neste local. Ficarei surpreso se, antes de nos separarmos outra vez, não formos capazes de explicar, e talvez de suprimir, as preocupações que os assaltam. Até lá, mantenha-nos informados por carta.

Não voltei a ver o meu amigo nos dias posteriores, mas na tarde de segunda-feira recebi uma breve mensagem convidando-me a encontrar-me com ele no trem da manhã de terça-feira. Enquanto viajávamos para Camford, contou--me que novos incidentes não haviam ocorrido e que a paz reinara na casa do professor, cujo comportamento fora perfeitamente normal. Foi também o que nos referiu o sr.

Bennett quando veio visitar-nos à noite, em nossos quartos no "Tabuleiro de Xadrez".

— Hoje ele teve notícias do seu correspondente de Londres. Recebeu uma carta e um pequeno pacote, os dois com uma cruz abaixo do selo. Avisou-me para não tocar neles. Nada mais a assinalar.

— Isso pode ser suficiente — murmurou Holmes com uma expressão de mau agouro. — Creio, sr. Bennett, que chegaremos a uma conclusão esta noite. Se as minhas deduções estão corretas, teremos oportunidade de levar o caso a uma definição. Mas para isso é preciso ficar de olho no professor. Portanto, sugiro que permaneça acordado e de guarda. Se ouvi-lo passar em frente da sua porta, não intervenha, mas siga-o tão discretamente quanto possível. O dr. Watson e eu não estaremos longe. A propósito, onde está a chave da pequena caixa de que falou?

— Ele a carrega na corrente do relógio.

— Suponho que nossas investigações deverão tomar esta direção. Na pior das hipóteses, a fechadura não deve ser muito resistente. Há na casa outro homem forte?

— O cocheiro, Macphail.

— Onde ele dorme?

— No alto do estábulo.

— Talvez precisemos dele. Bem, não podemos fazer mais nada antes de assistir ao desdobramento dos acontecimentos. Até logo. Mas pressinto que voltaremos a nos ver antes do amanhecer.

Era perto de meia-noite quando nos postamos entre os arbustos situados em frente à porta de entrada da casa do professor. A noite era bela, porém fria, e não lamentamos ter levado nosso casaco quente. Havia uma brisa e as nuvens deslizavam pelo céu, ocultando de tempos em tempos a lua crescente. A vigília teria sido deprimente, caso não houvesse a expectativa e o estímulo que nos animavam e a certeza que meu amigo me dera de que provavelmente estávamos chegando ao fim da estranha sequência de acontecimentos que prendera a nossa atenção.

— Se o ciclo de nove dias se verificar esta noite, deveremos ver o professor em plena crise — disse Holmes. — Seus sintomas se manifestaram depois da viagem a Praga. Ele mantém uma correspondência sigilosa com um comerciante da Boêmia estabelecido em Londres e que presumivelmente representa alguém de Praga. Recebeu dele um pacote hoje mesmo. Tudo isso aponta para uma direção. O que ele recebe e porque recebe são problemas ainda fora do nosso alcance. Mas está claro que o produto vem, de alguma forma, de Praga. Ele toma essa droga seguindo instruções definidas que regulam o período de nove dias, que foi o primeiro ponto a chamar a minha atenção. Mas os sintomas que esse homem apresenta são notáveis. Observou os nós dos seus dedos?

— Devo confessar que não.

— São grossos e calosos como nunca vi. Olhe sempre as mãos primeiro, Watson. Em seguida os punhos da camisa, os joelhos das calças e os sapatos. Os nós dos dedos do professor são raros e só podem ser explicados pela forma de andar observada pelo...

Holmes interrompeu-se e bateu com a mão na testa.

— Watson, Watson, como tenho sido estúpido! A minha ideia parece incrível e, no entanto, deve ser exata. Tudo aponta nesta direção. Como é possível que essa conexão de ideias me tenha escapado? Os nós dos dedos... como pude deixar os nós dos dedos passarem? E o cão! E a trepadeira! Vejo que chegou a hora de desaparecer e retirar-me para a pequena fazenda dos meus sonhos. Olhe, Watson. Lá está ele. Teremos a oportunidade de vê-lo nós mesmos.

A porta de entrada foi se abrindo bem devagar. No fundo iluminado pela luz de uma lâmpada vimos a figura alta do professor Presbury. Estava de roupão. Enquanto permanecia de perfil no vão da porta, mantinha-se ereto, mas se inclinava levemente para a frente, com os braços balançando, como o vimos na última vez.

Num instante caminhou até a alameda de veículos. Então se operou nele uma mudança extraordinária. Abaixou-se até ficar de cócoras e se pôs a andar sobre as mãos e os pés, saltitando de vez em quando como se estivesse transbordando de energia e vitalidade. Deslocou-se na frente da casa e em seguida contornou o canto. Quando desapareceu, Bennett surgiu cautelosamente na porta da entrada e o seguiu em silêncio.

— Venha, Watson, venha! — exclamou Holmes.

Esgueiramo-nos com os passos mais leves que pudemos por entre os arbustos, até chegar a um lugar de onde pudéssemos ver o outro lado da casa, iluminado pelo brilho da lua crescente. O professor estava claramente visível, arrastando-se ao pé da parede coberta de hera. Enquanto o observávamos, pôs-se de repente a trepar pela planta com uma agilidade incrível. Saltava de galho em galho, com os pés seguros e as mãos firmes, aparentemente pelo simples prazer de pôr em prática seus poderes, sem nenhum objetivo definido em vista. Com o roupão agitando-se de cada lado, parecia um morcego enorme grudado num lado da sua própria casa, como uma grande mancha escura na parede banhada pela luz da lua.

Logo se cansou dessa diversão e, deixando-se cair de galho em galho, agachou-se de novo e dirigiu-se à cocheira, andando da mesma forma estranha como antes. O mastim havia saído da sua casinha e começou a latir furiosamente. Quando avistou o dono, seus latidos redobraram de violência. Fazia esforço para se livrar da corrente, tremia de raiva e impaciência. O professor abaixou-se de propósito ao lado do cão, mas fora do seu alcance, e começou a provocá-lo de todas as maneiras. Apanhou um punhado de pedrinhas na alameda e atirou-as no focinho do cão, cutucou-o com uma vara que encontrou e agitou as mãos a apenas alguns centímetros da goela escancarada, empenhando-se por todos os meios para aumentar a fúria do animal, já quase fora de controle.

Em todas as nossas aventuras, não me lembro de ter assistido a um espetáculo mais estranho do que aquela figura impassível e, ainda assim digna, rastejando como uma rã no solo e açulando com todo tipo de crueldades engenhosas e calculadas um cão enfurecido que erguia as patas dianteiras e saltava diante dele.

De repente, o drama aconteceu. Não foi a corrente que se rompeu, e sim a coleira que se soltou, pois fora fabricada para um terra-nova de pescoço grosso. Ouvimos o tinido do metal caindo no solo. No instante seguinte, homem e cão rolavam juntos no chão, um rugindo de raiva, o outro gritando num estranho falsete agudo de terror. Faltou pouco para que o professor perdesse a vida. O animal feroz o agarrara pela garganta e os seus dentes já haviam penetrado profundamente. O professor havia desmaiado antes que pudéssemos intervir e separar os dois.

Poderia ser uma tarefa perigosa para nós, mas a voz e a presença de Bennett fizeram o grande cão amansar-se num instante. O alvoroço tirara do seu quarto em cima do estábulo o cocheiro sonolento e aturdido.

— Isso não me surpreende — disse, sacudindo a cabeça. — Já o vi provocando o animal antes. Sabia que o cão saltaria em cima dele mais cedo ou mais tarde.

O cão foi preso de novo e juntos levamos o professor ao seu quarto, onde Bennett, que estudara medicina, ajudou-me a tratar da garganta ferida. Os dentes afiados penetraram perto da artéria carótida e a hemorragia era séria. Em meia hora o perigo havia passado. Apliquei no doente uma injeção de morfina e ele mergulhou em sono profundo. Só então pudemos olhar uns para os outros e avaliar a situação.

— Acho que um grande cirurgião deveria vê-lo — declarei.

— Não, pelo amor de Deus! — exclamou Bennett. — Por ora, o escândalo está confinado nesta casa. Não sairá de nossas paredes. Mas, se outra pessoa ficar sabendo, ninguém mais conseguirá detê-lo. Pense na posição que ele ocupa na universidade, na reputação de que goza na Europa e nos sentimentos da sua filha.

— Tem razão — disse Holmes. — Penso que podemos manter o assunto em sigilo e evitar a sua repetição, agora que podemos agir livremente. Dê-me a chave da corrente do relógio, sr. Bennett. Macphail vai ficar cuidando do doente e nos avisará se algo ocorrer. Vamos ver o que a caixa misteriosa do professor contém.

Ela não continha grande coisa, mas era o suficiente: um frasco vazio, outro quase cheio, uma seringa hipodérmica e várias cartas escritas em rabiscos por um estrangeiro. As cruzes nos envelopes atestavam que eram as que haviam modificado a rotina do secretário. Todas elas vinham da Commercial Road, assinadas por "A. Dorak". Consistiam em simples faturas que anunciavam o envio de um novo frasco ao professor Presbury, ou em recibos do dinheiro cobrado. Havia, entretanto, outro envelope escrito por alguém mais instruído e que trazia selo da Áustria e carimbo postal de Praga.

— Aqui temos o material de que precisamos! — exclamou Holmes.

Dizia o seguinte:

Ilustre colega,

Desde a visita com que nos honrou, refleti muito sobre o seu caso. Embora em sua situação haja motivos especiais para o tratamento, eu recomendaria cautela, porque minhas experiências têm demonstrado que não está isento de perigo.

É possível que o soro do antropoide seja mais indicado. Como lhe expliquei, venho usando o langur de cabeça preta porque tinha um espécime à disposição. O langur é, naturalmente, um animal que anda de rastros e sabe trepar, enquanto o antropoide caminha ereto e é em todos os sentidos mais próximo do homem.

Peço-lhe que tome todas as precauções possíveis para que não haja uma divulgação prematura do tratamento. Tenho outro cliente na Inglaterra. Dorak será o meu representante para os dois.

Ficarei grato se me enviar relatórios semanais.

Atenciosamente, com o apreço mais elevado,

H. Lowenstein.

Lowenstein! O nome lembrou-me um recorte de jornal que falava de um cientista obscuro que tentava descobrir, por procedimentos desconhecidos, o segredo do rejuvenescimento e o elixir da vida. Lowenstein de Praga! Lowenstein, com o prodigioso soro revigorante, proibido de exercer a profissão porque se recusava a revelar a sua origem. Em poucas palavras, expliquei aos meus companheiros aquilo de que me recordava. Bennett apanhou na estante um manual de zoologia e leu:

— "Langur, macaco grande de cabeça preta das encostas do Himalaia, o maior dos monos trepadores e o mais próximo do homem." Vêm em seguida vários detalhes. Bem, sr. Holmes, é evidente que, graças ao senhor, rastreamos o mal até a sua fonte.

— A verdadeira fonte — disse Holmes — reside naturalmente nesta história de amor extemporâneo. Nosso professor impetuoso pôs na cabeça que só atingiria o seu objetivo transformando-se num homem mais jovem. Quando alguém tenta erguer-se acima da natureza, corre o risco de cair abaixo dela. O tipo de homem mais elevado pode retornar à condição de animal quando se afasta da estrada reta do seu destino.

Permaneceu alguns instantes sentado, com o frasco na mão, examinando o líquido transparente que ele continha.

— Quando eu escrever a esse homem dizendo-lhe que o considero criminalmente responsável pelos venenos que põe em circulação, não teremos mais problemas. Mas o perigo continua existindo. Outros poderão descobrir procedimentos mais inofensivos. É um grande perigo, um perigo real para a humanidade. Suponha, Watson, que o materialista, o sensual, o que se apega às coisas do mundo queiram prolongar sua vida desprezível. Até o espiritual sucumbiria à tentação de buscar algo mais elevado. Seria a sobrevivência do menos capaz. Em que tipo de sarjeta o nosso pobre mundo se converteria?

De repente o sonhador desapareceu e Holmes, o homem de ação, pulou da cadeira.

— Creio que não há mais nada a acrescentar, sr. Bennett. Os diversos incidentes agora se encaixam facilmente no quadro geral. O cão, com certeza, percebeu a mudança muito mais rápido que o senhor. O seu faro permitiu-lhe isso. Era o macaco, e não o professor, que Roy atacava, assim como era o macaco que provocava Roy. Trepar nas árvores era uma diversão para o animal, e foi por puro acaso, imagino, que o entretenimento levou o professor à janela da filha. Há um trem que sai logo para Londres, Watson, mas acho que ainda temos tempo para uma xícara de chá no "Tabuleiro de Xadrez" antes de o pegar.

O VAMPIRO DE SUSSEX

Holmes acabava de ler atentamente uma carta que recebera pelo último correio. Depois, com a risadinha reprimida, que nele era o que mais se aproximava de um riso, estendeu-a para mim.

— Como exemplo de mistura do moderno com o medieval, do prático com o extremamente fantástico, creio que este é com certeza o limite — disse ele. — O que lhe parece, Watson?

Li o seguinte:

Old Jewry, 46, 19 de novembro.
Assunto: Vampiros.

Prezado senhor,
Nosso cliente, o sr. Robert Ferguson, sócio da empresa Ferguson & Muirhead, agentes de venda de chá da Mincing Lane, em carta desta data, fez-nos uma consulta sobre vampiros. Como a nossa empresa é especializada exclusivamente na avaliação de máquinas, o assunto foge à nossa área de atividades e, por isso, recomendamos ao sr. Ferguson que entrasse em contato com V. Sa. e lhe expusesse o caso. Não nos esquecemos do sucesso da sua intervenção no caso Matilda Briggs.
Atenciosamente,
Morrison, Morrison & Dodd.
por E. J. C.

— Matilda Briggs não é o nome de uma bela mulher, Watson — disse Holmes num tom de reminiscência. — Era um navio que esteve associado ao caso do rato gigante de Sumatra, história para a qual o mundo ainda não está preparado. Mas o que sabemos sobre vampiros? Os vampiros não fogem também à nossa área de atividade? Qualquer coisa é melhor que a falta de ação, mas na verdade parece que fomos transportados para o universo dos contos de fadas dos irmãos Grimm. Estique o braço, Watson, e vejamos o que tem para nos dizer a letra V.

Inclinei-me para trás e peguei na estante o grosso volume de referências ao qual Holmes fazia menção. Ele o pôs em equilíbrio sobre os joelhos e os seus olhos percorreram lentamente, e com carinho, o registro de casos antigos misturados com informações acumuladas ao longo da sua vida.

— Viagem do *Gloria Scott* — leu ele. — Foi um caso feio! Tenho uma vaga lembrança de que você contou a história, Watson, embora eu não possa felicitá-lo pela sua versão dos fatos. Victor Lynch, o falsário. O lagarto venenoso ou monstro de Gila.[1] Um caso extraordinário, aquele. Vittoria, a beldade do circo. Vanderbilt e o arrombador de cofres. Víboras. Vigor, a maravilha de Hammersmith. Com os diabos! Um bom índice esse! Nada lhe escapa. Ouça isto, Watson: Vampirismo na Hungria. E também vampiros na Transilvânia.

Ele virava as páginas ansiosamente, mas, depois de uma leitura atenta e rápida, pôs de lado o volume enorme com um grunhido de decepção.

— Conversa fiada, Watson! Tudo conversa fiada! O que temos nós que ver com histórias de cadáveres ambulantes

---

[1] O monstro de Gila é uma espécie de lagarto venenoso que vive nos desertos do sudoeste dos Estados Unidos e no noroeste do México. Pode atingir até sessenta centímetros de comprimento e viver 20 anos. A cor da sua pele pode ser preta, rosada, laranja ou amarela. (N. do T.)

que só permanecem nos túmulos se for enfiada uma estaca no seu coração? Puro disparate.

— Mas o vampiro — objetei — não é necessariamente um morto. Pode ser também uma pessoa viva. Li, por exemplo, alguma coisa sobre velhos que sugavam o sangue de jovens para conservar a juventude.

— Tem razão, Watson. Essa lenda é mencionada numa das minhas referências. Mas vamos levar a sério essas tolices? A nossa agência tem os pés no chão, e assim deve continuar. O mundo é grande o suficiente para a nossa atividade. Não precisamos recorrer a fantasmas. Receio que não podemos levar esse sr. Ferguson muito a sério. Essa outra carta talvez seja dele e possa lançar alguma luz sobre o que o preocupa.

Ele pegou uma segunda carta que permanecera despercebida em cima da mesa enquanto estava concentrado na primeira. Começou a lê-la com um sorriso divertido, que aos poucos foi desaparecendo e cedendo lugar a uma expressão de interesse e concentração intensa. Quando terminou, sentou-se por alguns instantes, perdido em seus pensamentos, com a carta dançando entre seus dedos. Finalmente, com um movimento brusco, despertou do seu devaneio.

— Cheeseman's, Lamberley. Onde fica Lamberley, Watson?

— Em Sussex, ao sul de Horsham.

— Não muito longe, não é? E Cheeseman's?

— Conheço essa região, Holmes. Está cheia de casas velhas que receberam o nome dos homens que as construíram há vários séculos. Há as mansões Odley's, Harvey's e Carriton's. As pessoas foram esquecidas, mas os seus nomes ainda vivem nas suas casas.

— Exatamente — disse Holmes com frieza.

Uma das características do seu modo de ser orgulhoso e autossuficiente era que, embora guardasse no cérebro rapidamente e com precisão uma informação nova, raramente dava mostras de gratidão àquele que a comunicava.

— Tenho a impressão de que vamos saber muitas coisas mais sobre Cheeseman's, em Lamberley, antes de termi-

narmos com isso. A carta é, como eu esperava, de Robert Ferguson. Aliás, ele diz que o conhece.
— Ele me conhece?
— É melhor que leia a carta.
Holmes passou-a para mim. Ela trazia no cabeçalho o endereço mencionado acima.

>Prezado sr. Holmes,
>Meus advogados me aconselharam a escrever-lhe, mas, para dizer a verdade, trata-se de um caso tão extraordinariamente delicado que se torna muito difícil expô-lo. Refere-se a um de meus amigos, a quem represento. Esse cavalheiro casou-se há uns cinco anos com uma peruana, filha de um comerciante do Peru, que conheceu numa viagem relacionada com a importação de nitratos.
>A moça era muito bonita, mas a sua origem estrangeira e a sua religião diferente logo ocasionaram divergências de interesses e de sentimentos entre marido e mulher. Depois de algum tempo, o amor do marido arrefeceu e ele não demorou a pensar que a sua união tinha sido um erro. Sentiu que nunca poderia explorar e entender alguns aspectos da personalidade da sua mulher. Isso era mais doloroso porque ela se mostrava a esposa mais amorosa que um homem pode desejar e, segundo todas as aparências, absolutamente devotada.
>Passo agora ao assunto que explicarei mais claramente quando nos encontrarmos. Esta carta pretende somente dar-lhe uma ideia geral da situação e perguntar-lhe se está disposto a envolver-se pessoalmente no assunto. A mulher do meu amigo começou a revelar algumas atitudes estranhas, totalmente alheias ao seu comportamento habitual, que é delicado e gentil.
>O seu marido teve um filho com a primeira mulher. Esse rapazinho, hoje com 15 anos, é simpático e afetuoso, embora infelizmente tenha sido vítima de um acidente na infância. Em duas ocasiões a mulher do meu amigo foi surpreendida desferindo pancadas nesse pobre rapaz, sem que ele a tivesse provocado. Numa das vezes bateu nele com uma vara, com tal violência que deixou uma grande mancha no seu braço.

Isso não foi nada, entretanto, em comparação com o seu procedimento em relação ao seu próprio filho, que ainda não tem um ano. Há cerca de um mês, a babá havia deixado a criança sozinha por alguns minutos. Um grito forte do bebê, grito de dor, fez a babá voltar correndo. Quando entrou no quarto, viu a patroa, a mãe do bebê, inclinada sobre a criança, aparentemente mordendo o seu pescoço. Um pequeno ferimento era visível no pescoço, do qual saía um filete de sangue. Horrorizada, a babá quis chamar o pai, mas a mãe implorou que não fizesse nada e lhe deu cinco libras para que se calasse. Nenhuma explicação foi dada para o ato e não se tocou mais no assunto.

Aquilo deixou, no entanto, uma impressão terrível no espírito da babá. Desde então, começou a observar a patroa de perto e a montar guarda junto ao bebê, a quem ama ternamente. Parecia-lhe que, enquanto ela vigiava a mãe, esta a vigiava igualmente e, toda vez que devia deixar a criança sozinha, a mãe esperava a ocasião para aproximar-se dela. A babá protegia o bebê dia e noite. Dia e noite a mãe, silenciosa e vigilante, parecia estar à espreita como o lobo observa escondido o cordeiro. Isso deve parecer-lhe incrível. No entanto, peço que leve esse relato a sério, pois a vida de uma criança e a sanidade mental de um homem podem depender dele.

Finalmente chegou o dia terrível, em que os fatos não puderam mais ser ocultados ao marido. Os nervos da babá não resistiram. Incapaz de suportar a tensão, ela confessou tudo ao pai. A história pareceu tão absurda para ele como pode agora parecer para o senhor. Sabia que a sua esposa o amava e que era, com exceção dos maus-tratos que infligira ao seu enteado, mãe amorosa. Como então admitir que tivesse ferido o seu próprio filhinho? Respondeu à babá que ela estava sonhando, que as suas suspeitas eram próprias de uma lunática e que não toleraria mais maledicências semelhantes contra a sua patroa.

Enquanto conversavam, ouviram um repentino grito de dor. Babá e patrão correram ao quarto do bebê. Imagine, sr. Holmes, os sentimentos do meu amigo quando viu a mulher, que estava ajoelhada ao lado do berço, levantar-se e o sangue correr no pescoço descoberto da criança e no lençol. Soltou uma exclamação de horror, virou o rosto da sua mulher para a luz e viu sangue nos seus lábios. Foi ela, sem a menor dúvida, que bebeu o sangue da pobre criança.

A situação está nesse pé. A mãe se encontra agora recolhida no seu quarto. Não deu nenhuma explicação. O marido está meio louco. Não conhece, e eu também não, grande coisa sobre o vampirismo além do nome. Pensávamos que eram histórias de selvagens em países distantes. E ele existe logo aqui, no coração do Sussex inglês. Poderemos discutir isso amanhã de manhã. O senhor vai receber-me? Está disposto a usar as suas grandes faculdades para ajudar um homem desesperado? Em caso afirmativo, faça a gentileza de telegrafar para Ferguson, Cheeseman's, Lamberley, e estarei no seu apartamento amanhã às 10h.

Atenciosamente,
Robert Ferguson

PS – Creio que seu amigo Watson jogava rúgbi na equipe de Blackheath quando eu participava da equipe de Richmond. É a única referência pessoal que posso dar-lhe.

— Claro que me lembro dele — disse eu, largando a carta. — O grandalhão Bob Ferguson, o melhor jogador que já atuou no Richmond. Foi sempre um sujeito bem-humorado. Não é de admirar que se preocupe com o problema de um amigo.

Holmes olhou para mim com consideração e abanou a cabeça.

— Watson, jamais conseguirei conhecer os seus limites — disse. — Você está cheio de possibilidades inexploradas. Faça o favor de passar-lhe um telegrama, como bom companheiro que é: "Examinarei o seu caso com prazer".

— O *seu* caso?

— Não devemos permitir que ele pense que esta agência é um abrigo de imbecis. Claro que o caso é dele. Envie-lhe o telegrama e deixemos o caso em repouso até amanhã.

Às 10h em ponto da manhã seguinte Ferguson entrou na nossa sala. Eu me lembrava dele como homem alto e magro, com membros ágeis e uma corrida com velocidade que lhe permitia abrir facilmente muitas defesas adversárias. Com certeza, não há nada na vida mais penoso que voltar a ver os destroços de um grande atleta que conhecemos no auge da sua condição. A sua estrutura alta havia desabado. Os seus cabelos ruivos tinham desaparecido quase completamente e os seus ombros estavam curvos. Receio ter despertado nele impressões correspondentes.

— Olá, Watson! — disse ele com uma voz ainda grave e cordial. — Você não parece mais exatamente o homem que era quando o atirei por cima das cordas na multidão, no Old Deer Park. Devo ter mudado um pouco também. Mas foram estes dois últimos dias que me fizeram envelhecer. Vejo pelo seu telegrama, sr. Holmes, que é inútil fazer-me passar por representante de alguém.

— É mais simples tratar diretamente — respondeu Holmes.

— Claro que é. Mas o senhor pode imaginar como é difícil falar da mulher que se tem de proteger e de ajudar. O que posso fazer? Como me dirigir à polícia com uma história dessas? No entanto, os meus garotos têm o direito de ser protegidos. É loucura, sr. Holmes? É algo no sangue? Já deparou com um caso parecido em sua atividade? Pelo amor de Deus, dê-me algum conselho, pois esgotei todos os meus recursos.

— É muito natural, sr. Ferguson. Agora, sente-se e acalme-se, porque preciso de respostas claras. Garanto-lhe que não esgotei todos os meus recursos e confio que vamos encontrar uma solução. Primeiro, diga-me as medidas que tomou. A sua mulher ainda se encontra perto das crianças?

— Tivemos uma cena terrível. Ela é uma mulher muito afetuosa, sr. Holmes. Se há mulher que amou um homem com todo o coração e toda a alma é ela. Ficou magoada quando descobri o seu segredo horrível e incrível. Nem sequer quis falar. Não deu a minhas censuras outra resposta a não ser fitar-me com uma espécie de desespero selvagem nos olhos. Depois saiu correndo para o quarto, onde se trancou. Desde então se recusa a me ver. Tem uma empregada que já estava ao seu serviço antes do nosso casamento. Chama-se Dolores e é mais uma amiga que uma empregada. É ela quem lhe leva a comida.

— Então a criança não corre perigo imediato?

— A babá, sra. Mason, jurou que não a deixará nem de dia nem de noite. Posso confiar totalmente nela. Estou menos tranquilo em relação ao pobre Jack, que, como lhe disse em minha carta, foi maltratado duas vezes pela minha mulher.

— Ela não o feriu?

— Não, mas bateu nele violentamente. É uma coisa mais terrível porque ele é um inválido inofensivo.

A fisionomia descarnada de Ferguson se enterneceu ao falar do filho.

— Era de esperar que a condição do rapaz compadecesse qualquer coração. Uma queda na infância torceu a sua coluna vertebral, sr. Holmes. Mas, por dentro, ele possui o coração mais terno e afetuoso.

Holmes pegara a carta do dia anterior e a estava relendo.

— Quantas pessoas moram na sua casa, sr. Ferguson?

— Duas empregadas, que trabalham para nós há pouco tempo. Um rapaz de cavalariça, Michael, que dorme na casa. A minha mulher, eu, meu filho Jack, o bebê, Dolores e a sra. Mason. Isso é tudo.

— Suponho que na época do seu casamento não conhecesse muito bem a sua mulher.

— Fazia só algumas semanas que a conhecia.

— Há quanto tempo a criada Dolores está com ela?

— Há alguns anos.

— Então Dolores conhece a índole da sua mulher melhor que o senhor.

— Sim, posso dizer que sim.

Holmes fez uma anotação.

— Penso — disse — que serei mais útil em Lamberley que aqui. É por excelência um caso para investigação pessoal. Se a sua mulher permanece no quarto, nossa presença não pode irritá-la nem incomodá-la. Naturalmente, vamos ficar na estalagem.

Ferguson pareceu aliviado.

— É o que eu esperava, sr. Holmes. Se puder vir, há um trem excelente na estação Victoria às 14h.

— É claro que vamos. Neste momento, a calma reina em Londres e posso dedicar-lhe todas as minhas energias. Watson, naturalmente, vai acompanhar-nos. Mas, antes de partir, gostaria de ter mais certeza sobre um ou dois pontos. Essa mulher infeliz, se entendi bem, foi surpreendida agredindo os dois meninos, o bebê e o rapazinho seu filho.

— Sim.

— Mas os maus-tratos assumem formas diferentes, não é mesmo? Ela bateu em seu filho.

— Uma vez com uma vara e outra vez violentamente com as mãos.

— Ela explicou por que bateu nele?

— Disse simplesmente que o odiava. Repetiu isso diversas vezes.

— Bem, isso não é novo nas madrastas. Um ciúme póstumo, podemos dizer. A sua mulher é ciumenta por natureza?

— Sim, e muito ciumenta. Ciumenta com toda a força de um ardente amor tropical.

— O rapazinho tem 15 anos, pelo que entendi, e a sua mente deve ser muito desenvolvida, já que o seu corpo possui capacidades limitadas. Não lhe deu nenhuma explicação para esses ataques?

— Não. Declarou que não havia feito nada para os merecer.

— Eram bons amigos em outras circunstâncias?

— Não. Nunca houve afeição entre eles.

— No entanto, o senhor me disse que ele é afetuoso.

— Não pode haver no mundo filho mais devotado. Minha vida é sua vida. Mostra grande interesse por tudo o que eu digo ou faço.

De novo Holmes anotou algumas palavras. Por algum tempo esteve mergulhado em seus pensamentos.

— O senhor e seu filho foram certamente bons amigos antes do segundo casamento. O luto os aproximou muito, não é verdade?
— Realmente.
— E o menino, sendo tão afetuoso por natureza, era provavelmente devotado à memória da sua mãe.
— Muito devotado.
— Ele certamente parece um rapaz muito interessante. Outro detalhe sobre essas agressões: os ataques estranhos contra o bebê e as agressões ao seu filho ocorreram na mesma época?
— Na primeira vez, sim. Foi como se uma fúria se apoderasse dela e a descarregasse nos dois. Na segunda vez, Jack foi a única vítima. A sra. Mason não teve queixa a fazer em relação ao bebê.
— Isso complica as coisas, evidentemente.
— Não consigo acompanhá-lo muito bem, sr. Holmes.
— Provavelmente, não. Elaboramos teorias provisórias e esperamos que o tempo ou elementos novos demonstrem a sua falsidade. Um mau hábito, sr. Ferguson, mas a natureza humana é fraca. Receio que o seu velho amigo Watson não tenha elogiado exageradamente os meus métodos científicos. Entretanto, no ponto em que estamos, vou limitar-me a dizer que o seu problema não me parece insolúvel e que pode contar conosco na estação Victoria às 14h.

Foi na tarde de um sombrio e enevoado dia de novembro que, depois de deixar nossas bagagens no "Tabuleiro de Xadrez" de Lamberley, viajamos de carruagem por uma estrada argilosa, longa e cheia de curvas de Sussex, e finalmente chegamos à velha casa de campo isolada onde Ferguson morava.

Era um edifício grande e solitário, muito antigo no centro, muito novo nas alas, com chaminés altas estilo Tudor e um telhado de lajes de Horsham com inclinação forte e coberto de líquen. Os degraus da entrada estavam encurvados pelo uso e os azulejos antigos que enfeitavam a varanda traziam o emblema de um queijo e um homem, em homenagem ao primeiro construtor.[2] No interior, os tetos eram ondulados, com vigas pesadas de carvalho, e os soalhos desnivelados possuíam inclinações para desenhar curvas acentuadas. Um cheiro de coisa velha e de mofo impregnava todo o edifício em ruínas.

Ferguson nos conduziu a uma grande sala central. Ali, numa lareira enorme à moda antiga, com uma tela de ferro datada de 1670, queimava e crepitava um fogo brilhante de toras.

Olhando ao redor, vi que o aposento era uma mistura mal combinada de épocas e lugares. As paredes meio decoradas com painéis podiam muito bem ter pertencido ao pequeno proprietário rural do século XVII. Eram, entretanto, ornadas na metade inferior por uma linha de aquarelas modernas e bem escolhidas. Em cima, onde o estuque amarelado ocupava o lugar do carvalho, estava pendurada uma bela coleção de utensílios e armas sul-americanos, trazidos sem dúvida pela senhora peruana do andar superior. Holmes pôs-se de pé, com a curiosidade ligeira que brotava da sua mente irrequieta, e a examinou atentamente. Virou-se com os olhos pensativos.

— Oi! — exclamou. — Oi!

Um cãozinho fraldiqueiro, que estava deitado numa cesta no canto, veio andando lentamente na direção do dono. Caminhava com dificuldade. As suas patas traseiras moviam-se irregularmente e o rabo arrastava-se pelo chão. Lambeu a mão de Ferguson.

— O que é, sr. Holmes?

— O cão. O que tem o cão?

— É o que o veterinário gostaria de saber. Uma espécie de paralisia. Uma mielomeningite, disse ele. Mas está passando. Logo vai ficar bom, não é mesmo, Carlo?

Um arrepio de aprovação percorreu a cauda caída. Os

---

[2] O nome da mansão, *Cheeseman*, é formado pelas palavras inglesas *cheese*, queijo, e *man*, homem. Literalmente, *homem de queijo*. (N. do T.)

olhos tristes do cão se dirigiram ora para um, ora para outro de nós. Ele sabia que estávamos falando do seu caso.

— Isso aconteceu de repente?

— Numa noite só.

— Quanto tempo faz?

— Há cerca de quatro meses.

— Muito interessante. Muito sugestivo.

— O que vê nisso, sr. Holmes?

— Uma confirmação do meu prognóstico.

— Em nome do Céu, qual é o seu prognóstico, sr. Holmes? Para o senhor pode ser um simples quebra-cabeça intelectual, mas para mim é a vida ou a morte. A minha mulher, uma suposta assassina, o meu filho em constante perigo! Não brinque comigo, sr. Holmes! É sério demais.

O jogador de rúgbi grandalhão tremia dos pés à cabeça. Holmes pôs suavemente a mão no seu braço.

— Receio que vá sofrer, sr. Ferguson, seja qual for a solução — comentou. — Eu o pouparei ao máximo. Por enquanto não posso dizer mais, porém antes de deixar esta casa espero ter algo definitivo.

— Que Deus o ouça. Se os senhores me desculparem, vou subir ao quarto da minha mulher para ver se não há nada de novo.

Ficou ausente durante alguns minutos, nos quais Holmes aproveitou para examinar de novo as curiosidades suspensas na parede. Quando nosso anfitrião voltou, estava claro, por sua expressão abatida, que não havia feito nenhum progresso. Veio com ele uma jovem alta, magra, de rosto moreno.

— O chá está pronto, Dolores — disse Ferguson. — Cuide para que a sua patroa tenha tudo o que desejar.

— Ela está muito doente! — exclamou a moça, olhando para o patrão com olhos indignados. — Não quer comer. Está muito doente. Precisa de um médico. Tenho medo de ficar sozinha com ela sem médico.

Ferguson olhou para mim com uma interrogação nos olhos.

— Ficarei muito feliz se puder ser útil — eu disse.

— Será que a sua patroa receberá o dr. Watson?
— Vou levá-lo. Não pedirei permissão. Ela precisa de um médico.
— Então a acompanharei de imediato.

Uma emoção forte fazia Dolores tremer. Segui-a pela escada e por um corredor velho, no fim do qual havia uma porta maciça guarnecida de ferro. Ao vê-la ocorreu-me que, se Ferguson tentasse penetrar à força no quarto da mulher, encontraria dificuldade. A moça tirou uma chave do bolso e as tábuas pesadas de carvalho rangeram nas dobradiças antigas. Entrei e ela me seguiu com pressa, fechando a porta imediatamente.

Na cama estava deitada uma mulher que visivelmente tinha febre alta. Encontrava-se meio acordada, mas, quando entrei, um par de olhos assustados, porém magníficos, olhou para mim com apreensão. Ao ver um desconhecido aproximar-se, pareceu sentir alívio e com um suspiro deixou cair novamente a cabeça sobre o travesseiro. Pronunciei algumas palavras destinadas a tranquilizá-la e ela não se mexeu enquanto eu lhe tomava o pulso e a temperatura. O primeiro estava rápido; a segunda, alta; e, mesmo assim, tive a impressão de que o seu estado era consequência mais de uma excitação mental e nervosa do que de uma verdadeira doença.

— Ela está assim há dois dias. Tenho medo que morra — disse Dolores.

A sra. Ferguson voltou para mim o seu belo rosto com febre.

— Onde está o meu marido?
— Lá embaixo. E gostaria de vê-la.
— Não quero vê-lo. Não vou vê-lo.

Ao dizer isso, parecia que ia entrar em delírio.

— Um inimigo! Um inimigo! Oh, o que farei com esse demônio?
— Posso ajudá-la de alguma forma?
— Não. Ninguém pode me ajudar. Está acabado. Tudo está destruído. Faça eu o que fizer, tudo está destruído.

A mulher devia ser vítima de alguma ilusão estranha. Eu era incapaz de imaginar o honrado Bob Ferguson como inimigo ou demônio.

— Minha senhora — eu disse —, o seu marido a ama ternamente. Ele sofre muito com o que aconteceu.

De novo ela voltou para mim aqueles olhos maravilhosos.

— Ele me ama. Sim. E eu não o amo? Não o amo a ponto de me sacrificar em vez de despedaçar o seu querido coração? É assim que o amo. No entanto, ele pôde pensar aquilo de mim, pôde falar-me daquele jeito.

— Ele está muito triste e não consegue entender.

— Não, ele não consegue entender. Mas deveria confiar em mim.

— Não quer vê-lo? — sugeri.

— Não. Não posso esquecer as palavras terríveis nem o olhar no seu rosto. Não quero vê-lo. Agora pode ir. Não pode fazer nada por mim. Diga-lhe somente uma coisa: quero o meu filho. Tenho direitos sobre o meu filho. Este é o único recado que posso enviar-lhe.

Ela virou o rosto para a parede e não disse mais nada.

Voltei para a sala do andar de baixo, onde Ferguson e Holmes estavam sentados perto do fogo. Ferguson ouviu de semblante carregado o relato da minha entrevista.

— Como posso mandar-lhe a criança? — disse. — Como vou saber a que impulso ela pode obedecer? Como posso esquecer que a vi levantar-se do lado do berço com sangue nos lábios?

Tal lembrança o fez estremecer.

— O bebê está em segurança com a sra. Mason — prosseguiu — e deve permanecer com ela.

Uma empregada elegante, a única coisa moderna que pudemos ver na casa, trouxera o chá. Enquanto enchia as xícaras, a porta se abriu e um rapazinho entrou na sala. Era um mocinho que chamava a atenção: de rosto pálido, cabelos loiros, com olhos azul-claros irrequietos que se iluminaram com uma súbita chama de emoção e alegria quando pousaram no pai. Ele correu e passou os braços ao redor do seu pescoço, abraçando-o com força.

— Oh, papai! — gritou. — Não sabia que já estava de volta, senão teria vindo ao seu encontro. Oh, estou tão contente em revê-lo.

Ferguson desvencilhou-se delicadamente do abraço, não sem certo constrangimento.

— Meu querido menino — disse ele, acariciando a cabeça loira com muito carinho. — Voltei mais cedo porque convenci meus amigos, o sr. Holmes e o dr. Watson, a virem aqui e passar uma noite conosco.

— É o sr. Holmes, o detetive?

— Sim.

O jovem encarou-nos com um olhar muito penetrante e, pareceu-me, pouco amistoso.

— E o seu outro filho, sr. Ferguson? — perguntou Holmes. — Poderíamos ver o bebê?

— Peça à sra. Mason que traga o bebê para baixo — disse Ferguson.

O rapazinho saiu. Seu andar trôpego, arrastado, informou aos meus olhos clínicos que sofria de uma afecção da coluna vertebral. Voltou logo. Atrás dele veio uma mulher alta e magra que trazia nos braços um bebê muito bonito de olhos negros e cabelos dourados, uma miscigenação maravilhosa do saxão e do latino. Ferguson era, evidentemente, muito afeiçoado a ele. Pegou-o nos braços e o acariciou carinhosamente.

— Admira-me que alguém tenha coragem de fazer-lhe algum mal — murmurou, olhando a pequena cicatriz roxa no pescoço da criança.

Nesse momento, por acaso, olhei para Holmes e vi a sua expressão concentrar-se. O seu rosto estava tão rígido como se tivesse sido esculpido em marfim antigo, e os seus olhos, que por um momento olharam o pai e o bebê, fixavam-se agora com curiosidade viva num ponto situado do outro lado da sala. Seguindo o seu olhar, pude somente imaginar que observava pela janela o jardim molhado e melancólico. É verdade que uma persiana estava meio fechada na parte de fora e obstruía a visão, mas era certamente na janela que Holmes concentrava a sua atenção. Depois sorriu e os seus olhos se voltaram para o bebê. No seu pescoço rechonchudo havia a pequena marca franzida. Sem dizer uma palavra, Holmes a examinou com cuidado. Finalmente, pegou e sacudiu um dos punhos roliços que se movimentavam diante dele.

— Até logo, homenzinho. Você teve um início de vida estranho. Babá, gostaria de dizer-lhe uma palavra em particular.

Levou-a de lado e falou seriamente com ela durante alguns minutos. Só ouvi a última frase:

— A sua angústia, espero, logo chegará ao fim.

A babá, que parecia ser um tipo de pessoa rabugenta e calada, retirou-se com o bebê.

— Como é a sra. Mason? — perguntou Holmes.

— Ela talvez não seja muito simpática por fora, como o senhor viu, mas tem um coração de ouro e é muito dedicada à criança.

— E você, Jack, gosta da sra. Mason?

Holmes virou-se de repente para o rapaz, cujo rosto expressivo tornou-se sombrio. Jack sacudiu a cabeça negativamente.

— Jacky é um apaixonado, capaz de detestar tanto quanto de amar — comentou Ferguson, passando o braço nos ombros do filho. — Por sorte, sou daqueles a quem ele ama.

O rapazinho pôs-se a arrulhar e apoiou a cabeça no peito do pai. Ferguson afastou-o gentilmente.

— Agora vá, pequeno Jacky — ordenou com carinho.

E acompanhou o filho com um olhar amoroso enquanto este saía da sala.

— Creio, sr. Holmes — prosseguiu —, que o trouxe para uma missão ridícula, pois o que pode fazer além de me demonstrar sua simpatia? Deve ser um problema muito delicado e complexo, do seu ponto de vista.

— Com certeza é delicado — respondeu o meu amigo, sorrindo —, mas não acho que seja muito complexo. Foi, no início, um caso de dedução intelectual. Mas, quando essa dedução intelectual original se vê confirmada ponto por ponto por um bom número de incidentes eventuais, então o subjetivo se torna objetivo e podemos afirmar com segurança que o nosso intento foi atingido. De fato, eu já havia tirado as minhas conclusões antes de sair da Baker Street, e o resto foi somente observação e comprovação.

Ferguson pôs a mão grande na testa enrugada.

— Pelo amor de Deus, Holmes — exclamou com voz rouca —, se conhece a verdade deste caso, não me deixe na incerteza. O que devo fazer? Pouco me importa como estabeleceu os fatos, desde que realmente os tenha descoberto.

— Certamente lhe devo uma explicação, e o senhor a terá. Mas me permite tratar do assunto à minha maneira? A sra. Ferguson está em condições de nos receber, Watson?

— Está doente, mas goza de juízo perfeito.

— Muito bem. É somente na presença dela que podemos esclarecer tudo. Vamos subir para vê-la.

— Ela não quer ver-me! — exclamou Ferguson.

— Ah, sim, ela o receberá — disse Holmes, que rabiscou algumas linhas numa folha de papel. — Você, Watson, pelo menos pode entrar. Quer ter a bondade de entregar este bilhete à sra. Ferguson?

Subi novamente e passei o bilhete às mãos de Dolores, que abriu a porta com cautela. Um minuto mais tarde, ouvi um grito no interior do quarto, um grito no qual alegria e surpresa pareciam misturar-se. Dolores mostrou a cabeça na porta.

— Ela quer vê-los. Ela vai ouvi-los — disse.

Chamei Ferguson e Holmes, e eles subiram. Quando entramos no quarto, Ferguson deu um ou dois passos na direção da mulher, que se erguera um pouco na cama, mas ela fez um gesto com a mão para que não fosse adiante. Ferguson deixou-se cair numa cadeira, enquanto Holmes sentou-se ao lado dela, depois de uma inclinação de cabeça para a senhora, que olhou para ele com espanto e os olhos arregalados.

— Acho que podemos dispensar Dolores — disse Holmes.

— Ah, muito bem, senhora. Se prefere que ela fique, não tenho nada a objetar. Sr. Ferguson, sou um homem muito ocupado e devo atender a muitos chamados. Por isso usarei um método simples e direto. A cirurgia mais rápida é a menos dolorosa. Vou dizer-lhe primeiro o que vai tranquilizar o seu espírito. A sra. Ferguson é uma mulher muito boa, muito amorosa, e foi muito maltratada.

Ferguson pôs-se de pé, com uma exclamação de alegria.

— Prove-me isso, sr. Holmes, e estarei em dívida com o senhor para sempre.

— Vou fazê-lo, mas previno-o de que isso o fará sofrer cruelmente em outra direção.

— Não me importo, desde que livre a minha mulher de qualquer suspeita. Nada na terra pode comparar-se a isso.

— Permita-me contar-lhe, então, a linha de raciocínio que passou pela minha mente na Baker Street. A ideia de um vampiro me pareceu absurda. Essas coisas não acontecem na prática de crimes, na Inglaterra. No entanto, a sua observação foi exata. O senhor viu a sua mulher levantar-se ao lado do berço da criança com sangue nos lábios.

— Sim.

— Nunca lhe ocorreu que uma ferida que sangra pode ser sugada com intenção diferente de tirar o sangue? Não houve, na história da Inglaterra, uma rainha que sugou uma ferida para tirar o veneno?

— Veneno!

— Na sua casa há lembranças da América do Sul. Detectei por instinto a presença dessas armas na parede antes que os meus olhos as vissem. O veneno poderia ter outra origem, mas pensei nessas armas. Quando vi a pequena aljava vazia ao lado do pequeno arco para caçar pássaros, era exatamente o que esperava encontrar. Se o bebê fosse picado por uma dessas flechas imersa em curare ou em outra droga diabólica, a sua morte ocorreria se o veneno da ferida não fosse aspirado imediatamente.

"E o cão! Se alguém tivesse a intenção de usar esse veneno, não o experimentaria antes, para comprovar que não havia perdido sua força? Não previ o cão, mas, quando o vi meio paralisado, compreendi logo. Essa experiência se encaixava perfeitamente na minha reconstrução.

"Entende agora? A sua mulher temia um ataque desse tipo. Viu um e salvou a vida do bebê. Mas não quis contar-lhe a verdade, pois sabia que o senhor ama o seu filho e temia despedaçar o seu coração."

— Jacky!

— Eu o estive observando enquanto o senhor acariciava o bebê há alguns instantes. O seu rosto se refletia perfeitamente na vidraça da janela, atrás da qual a persiana fechada formava um fundo escuro. Vi um ciúme e um ódio tão cruéis como raramente vi num rosto humano.

— O meu Jacky!

— Deve enfrentá-lo, sr. Ferguson. Isso será mais doloroso porque é um amor deformado, um carinho excessivo para com o senhor e possivelmente para com a sua falecida mãe que lhe inspiraram os atos. A alma dele se consome no ódio a esse bebê esplêndido, cuja beleza e saúde contrastam com a sua própria deficiência.

— Meu Deus! É incrível!

— Eu disse a verdade, senhora?

A sra. Ferguson soluçava, com o rosto enterrado nos travesseiros. Ela se virou para o marido.

— Como podia dizer-lhe, Bob? Sentia o golpe que seria para você. Era melhor que eu esperasse e que você soubesse disso por outros lábios que não os meus. Quando este senhor, que parece ter poderes mágicos, escreveu-me que sabia tudo, fiquei muito feliz.

— A minha receita para controlar Jacky seria um ano de viagem pelo mar — disse Holmes, levantando-se. — Só uma coisa ainda não está esclarecida, senhora. Podemos entender perfeitamente porque bateu em Jacky. A paciência de uma mãe tem limites. Mas como teve coragem de deixar a criança nos dois últimos dias?

— Contei tudo à sra. Mason. Ela sabia.

— Perfeito. Foi o que imaginei.

Ferguson, perturbado, permanecia ao lado da cama. Estendeu à mulher as suas grandes mãos trêmulas.

— Creio, Watson, que é hora de irmos embora — sussurrou-me Holmes. — Se pegar num dos cotovelos da fidelíssima Dolores, eu pegarei no outro.

Quando fechou a porta atrás dele, acrescentou:

— Acho que podemos deixá-los resolver o resto entre eles.

Só tenho mais uma anotação sobre este caso. É a carta que Holmes escreveu como resposta final àquela que deu início ao relato. Dizia o seguinte:

Baker Street, 21 de novembro.
Assunto: Vampiros.

Prezado senhor,
Em resposta à sua carta do dia 19, comunico-lhe que estudei o caso do seu cliente, sr. Robert Ferguson, da empresa Ferguson & Muirhead, agentes de venda de chá, da Mincing Lane, e que uma conclusão satisfatória foi dada ao assunto. Com meus agradecimentos por sua recomendação,
Atenciosamente,
Sherlock Holmes

Os três Garridebs

Pode ter sido uma comédia ou pode ter sido uma tragédia. Para um homem custou a perda da razão, para mim uma sangria, e para outro homem as penalidades da lei. Contudo, houve certamente um elemento de comédia, como o leitor vai julgar por si mesmo.

Lembro-me muito bem da data, porque foi no mesmo mês em que Holmes recusou o título de cavaleiro por serviços que eu talvez conte algum dia. Só me refiro ao assunto de passagem, pois a minha posição de sócio e confidente me obriga a ser particularmente cuidadoso para evitar alguma indiscrição. De qualquer modo, repito que estou em condições de estabelecer a data: foi na segunda quinzena de junho de 1902, pouco depois do término da guerra na África do Sul. Holmes passara vários dias na cama, como costumava fazer de vez em quando, mas naquela manhã apareceu com um longo documento escrito em papel almaço e um brilho malicioso nos olhos cinzentos severos.

— Amigo Watson, há aqui uma oportunidade para ganhar algum dinheiro — disse. — Já ouviu o sobrenome Garrideb?

Fui obrigado a confessar que não.

— Bem, se puder botar a mão num Garrideb, ganhará dinheiro com isso.

— Por quê?

— Ah, é uma longa história, e também um tanto estapafúrdia. Não creio que, em todas as nossas explorações das complexidades humanas, tenhamos encontrado uma tão curiosa. O interessado logo estará aqui para ser submetido a um interrogatório, e por isso não quero tratar do assunto antes que ele chegue. Nesse meio-tempo, precisamos de um Garrideb.

A lista telefônica estava em cima da mesa, ao meu lado, e abri as páginas para realizar uma busca, que parecia um tanto desanimadora. Mas, para minha surpresa, esse sobrenome estranho figurava no lugar correspondente e deixei escapar uma exclamação de triunfo.

— Aqui está, Holmes! Aqui está!

Holmes pegou a lista das minhas mãos.

— Garrideb N. — leu. — Little Ryder Street, nº. 136, Oeste. Lamento desapontá-lo, meu caro Watson, mas esse é o indivíduo que espero. O endereço está escrito em sua carta. Precisamos de outro Garrideb para juntar-se a ele.

Nesse momento, a sra. Hudson entrou com um cartão de visita na bandeja. Estendi a mão e dei uma olhada.

— Bem, aqui o temos! — exclamei, surpreso. — A inicial do sobrenome não é a mesma. John Garrideb, advogado, Moorville, Kansas, Estados Unidos.

Holmes sorriu quando observou o cartão.

— Receio que terá de fazer mais um esforço, Watson. Esse cavalheiro também já está no negócio. No entanto, eu não esperava vê-lo esta manhã. Afinal, ele pode dar algumas informações que quero saber.

Um instante depois, ele estava na sala. O sr. John Garrideb, advogado, era um homem baixo e espadaúdo, e tinha o rosto redondo, vivo e barbeado, tão característico de muitos homens de negócios dos Estados Unidos. A impressão geral que causava era a de um indivíduo gorducho e quase infantil. Parecia um homem muito jovem, com um constante sorriso largo nos lábios. Os seus olhos, contudo, chamavam a atenção. Raras vezes vi num rosto humano dois olhos que sugerissem uma vida interior mais intensa que aqueles, tão brilhantes eram, tão despertos e tão ágeis para exteriorizar cada mudança de pensamento. Falava com sotaque norte-americano, mas sem nenhuma excentricidade na maneira de se expressar.

— Sr. Holmes? — perguntou, olhando primeiro para um e depois para o outro. — Ah, sim. Seus retratos se parecem muito com o senhor, se assim posso dizer. Creio que recebeu uma carta de outra pessoa que tem o mesmo sobrenome, o sr. Nathan Garrideb, não é mesmo?

— Sente-se, por favor — disse Sherlock Holmes. — Acho que temos um longo assunto a discutir.

Pegou as folhas de papel almaço.

— O senhor é, sem dúvida, o sr. John Garrideb mencionado neste documento. Mas já se encontra há algum tempo na Inglaterra, não é verdade?

— Por que diz isso, sr. Holmes?

Pareceu-me ler uma suspeita repentina naqueles olhos expressivos.

— Porque todo o seu traje é inglês.

O sr. Garrideb emitiu um riso forçado.

— Já li sobre algumas de suas artimanhas, sr. Holmes, mas nunca pensei que seria alvo delas. Onde viu o que disse?

— No corte da ombreira do seu casaco, no bico dos seus sapatos... Alguém poderia duvidar disso?

— Bem, bem, eu não tinha ideia de que fosse inglês com tanta evidência. O certo é que os meus negócios me obrigaram a vir a este lado do mar há algum tempo e por isso quase todo o meu traje, como o senhor diz, é de Londres. No entanto, imagino que o seu tempo seja valioso e não nos encontramos para falar sobre o corte da minha roupa. O que lhe parece se dedicarmos logo a nossa atenção ao documento que o senhor tem na mão?

Não sei por que, mas a verdade era que Holmes tinha de algum modo ofendido o nosso visitante, pois o seu rosto rechonchudo assumira uma expressão muito menos amável.

— Paciência, sr. Garrideb, paciência! — disse o meu amigo em tom conciliador. — O dr. Watson poderia dizer-lhe que as pequenas digressões às quais me entrego às vezes se revelam, no final, úteis em relação ao assunto. Mas por que o sr. Nathan não veio com o senhor?

— E por que razão ele teve que envolver o senhor neste negócio? — perguntou o nosso visitante com um súbito impulso de raiva. — Que diabos o senhor tem a ver com isso? Um negócio profissional se iniciava entre dois cavalheiros e um deles sentiu a necessidade de recorrer à ajuda de um detetive. Falei com ele esta manhã e ele me confessou a idiotice que havia cometido. Por esse motivo vim aqui, mas me sinto mal com isso, mesmo assim.

— A iniciativa dele não se dirigiu contra o senhor, sr. Garrideb. Foi simplesmente um esforço da parte dele para atingir mais rápido o objetivo, objetivo que é, se entendi bem, de importância fundamental para os dois. Ele sabia que disponho de certos meios para obter informações e, por conseguinte, era natural que recorresse a mim.

A expressão irada do nosso visitante foi aos poucos se dissipando.

— Bem, assim é diferente — replicou. — Quando fui vê-lo esta manhã e ele me disse que procurara um detetive, pedi-lhe o seu endereço e vim imediatamente para cá. Não quero que a polícia se intrometa num assunto particular. Mas, se o senhor se contentar em nos ajudar a encontrar o homem, não há mal algum nisso.

— Bem, é exatamente assim que as coisas se apresentam — declarou Holmes. — E agora, senhor, já que se encontra aqui, gostaríamos de ouvir da sua própria boca um relato bem claro. Meu amigo Watson não conhece os detalhes.

O sr. Garrideb lançou-me um olhar não muito amigável.

— É necessário que os conheça? — perguntou.

— Nós sempre trabalhamos juntos.

— Afinal, não há motivo para guardar segredo. Vou resumir os fatos o mais brevemente possível. Se o senhor tivesse vindo do Kansas, eu não precisaria explicar-lhe quem foi Alexander Hamilton Garrideb. Ele fez fortuna negociando com imóveis e mais tarde na bolsa do trigo em Chicago, mas gastou o dinheiro comprando tantas terras quanto as que abrange um condado da Inglaterra. Essas terras se acham situadas ao longo do rio Arkansas, a oeste de Fort Dodge. São terras de pastagens, de bosques, cultiváveis e com um subsolo rico em minerais, enfim terras de todos os tipos, que rendem dólares para quem as possui.

"Era um homem que não tinha parentes nem amigos. Ou, se os tinha, nunca ouvi falar deles. Mas sentia certo orgulho do seu sobrenome pouco comum. Foi isso que nos uniu. Eu exercia a minha profissão em Topeka e um dia recebi a visita do velho. Ele se sentia entusiasmado, quanto é possível estar, por encontrar outra pessoa com o mesmo sobrenome. Esse detalhe constituía o seu capricho preferido e estava determinado a averiguar se havia outros Garridebs no mundo.

"— Encontre-me outro Garrideb! — disse-me.

Respondi que eu era homem muito ocupado e não podia passar a vida andando pelo mundo atrás de outros Garridebs.

— Entretanto — replicou —, é exatamente o que fará se as coisas evoluírem como planejei.

Pensei que ele estivesse brincando, mas logo descobri que suas palavras encerravam um sentido profundo.

Aquele homem morreu um ano depois de dizer isso e deixou um testamento. No Estado do Kansas não fora registrado até então testamento mais estranho. As suas propriedades foram divididas em três partes, e eu devia receber uma delas com a condição de que encontrasse outros dois Garridebs para compartilharem o resto. São cinco milhões de dólares para cada um, mas não podemos pôr um dedo neles enquanto não formos três a nos apresentar em fila diante do notário.

A oportunidade era tão grande que deixei o meu escritório de advocacia e saí à procura dos dois Garridebs. Fui atrás deles nos Estados Unidos, senhor, numa busca meticulosa, mas não consegui encontrar um só Garrideb. Então tentei o Velho Mundo. Localizei logo o sobrenome na lista telefônica de Londres. Fui vê-lo há dois dias e expliquei o assunto a ele. Mas é um homem solteiro, como eu, com alguns parentes do sexo feminino, mas homens, não. O testamento estabelece três homens adultos. Como o senhor vê, ainda há uma vaga e, se puder ajudar-nos a preenchê-la, estaremos sempre prontos a pagar suas despesas."

— Não lhe avisei, Watson — disse-me Holmes, sorrindo —, que não se tratava de um caso trivial? Pensei, senhor, que o meio mais seguro para encontrar um Garrideb seria inserir um anúncio na seção de desaparecidos dos jornais.

— Fiz isso, sr. Holmes, e não recebi nenhuma resposta.

— Meu Deus! É certamente um probleminha curioso. Darei uma olhada nele nas minhas horas de folga. A propósito, é interessante saber que tenha vindo de Topeka. Tive lá um correspondente, já falecido, o velho dr. Lysander Starr, que foi prefeito da cidade em 1890.

— O bom velho dr. Starr! — exclamou nosso visitante.

— O seu nome continua sendo lembrado. Bem, sr. Holmes, suponho que não podemos fazer nada melhor do que mantê-lo a par dos nossos progressos. Creio que receberá notícias nossas daqui a um ou dois dias.

Com essa garantia, o norte-americano fez uma reverência e partiu.

Holmes havia acendido o cachimbo e permaneceu por algum tempo sentado com um sorriso curioso nos lábios.

— Então? — perguntei por fim.

— Estou me perguntando, Watson. Só me perguntando.

— O quê?

Holmes tirou o cachimbo da boca.

— Eu estava me perguntando, Watson, que diabos pretende esse indivíduo contando-nos esse amontoado de mentiras. Quase lhe perguntei isso, porque às vezes um ataque frontal violento é a melhor tática. Mas preferi deixar que ele pensasse que nos enganou. Vem aqui um homem que veste um casaco inglês gasto nos cotovelos e calças com deformações de um ano nos joelhos, e com tudo isso, esse documento e o seu próprio depoimento nos garantem que é um norte-americano de província que acaba de chegar em

Londres. Nenhum anúncio pessoal apareceu na imprensa. Você sabe que acompanho essa seção de perto. É o meu posto de caça favorito para abater pássaros, e de maneira alguma me fugiria um faisão macho como esse. Eu nunca conheci um dr. Lysander Starr de Topeka.

"Toquei-o onde sabia que era falso. Creio que o indivíduo é realmente norte-americano, mas amaciou o seu sotaque porque mora em Londres há alguns anos. Qual é o seu jogo, então, e que motivo se dissimula por trás dessa busca absurda dos Garridebs? Ele merece toda a nossa atenção, porque, admitindo que seja um grande malandro, é certamente um malandro complexo e engenhoso. Precisamos saber se o nosso outro correspondente também é um impostor. Chame-o ao telefone, Watson."

Foi o que fiz, e ouvi uma voz fraca e trêmula no outro lado da linha.

— Sim, sim, sou o sr. Nathan Garrideb. O sr. Holmes está? Gostaria muito de trocar umas palavras com o sr. Holmes.

Meu amigo pegou o aparelho e ouvi o habitual diálogo entrecortado.

— Sim, ele esteve aqui. Entendo que o senhor não o conhece... Há quanto tempo?... Só dois dias!... Sim, claro, as perspectivas são atraentes. O senhor estará em casa esta noite? Suponho que o outro Garrideb não estará aí... Muito bem, iremos então, pois eu preferiria ter uma conversa sem a presença dele... O dr. Watson irá comigo... Entendo por sua carta que o senhor não costuma sair muito seguidamente... Bem, estaremos em sua casa por volta das 18h. Não precisa dizer nada ao advogado norte-americano... Muito bem. Até logo.

Era o crepúsculo de uma tarde linda de primavera quando chegamos a Little Ryder Street. Essa rua pequena, que começa na Edgware Road e se encontra a um tiro de pedra[1] da velha

---

[1] Um tiro de pedra equivale de 30 a 40 metros. (N. do T.)

Tyburn Tree,[2] de lembrança sinistra, parecia dourada e esplêndida debaixo dos raios oblíquos do sol poente. A casa para a qual nos dirigíamos era um edifício grande e antiquado, do início do período georgiano, com uma fachada de tijolos lisos, cortada somente por duas janelas com sacada no térreo. Era nesse andar que nosso cliente morava, e as duas janelas de vãos largos estavam situadas na parte dianteira de uma sala enorme na qual ele passava suas horas de vigília. Quando passamos em frente, Holmes apontou-me a pequena placa de bronze que trazia o nome curioso.

— Já tem alguns anos, Watson — comentou, mostrando a superfície desbotada da placa. — Este é o seu sobrenome verdadeiro, detalhe que não devemos perder de vista.

O prédio tinha uma escada comum para todos os locatários. Na entrada, diversas placas indicavam escritórios ou apartamentos particulares. Não era um imóvel residencial, mas abrigava solteirões boêmios. Nosso cliente abriu ele mesmo a porta e se desculpou dizendo que a empregada havia saído às 16h.

O sr. Nathan Garrideb podia ter uns 60 e tantos anos. Era muito alto, desengonçado, de ombros caídos, magro e calvo. Tinha o rosto cadavérico e a pele sem brilho de quem nunca pratica exercícios físicos. Óculos redondos grandes e uma barbicha de bode, combinados com a sua postura curvada, davam-lhe uma expressão de curiosidade aguçada. Em resumo, pareceu-me amável, porém excêntrico.

O aposento era tão pouco trivial quanto o seu ocupante. Parecia um pequeno museu. Largo e muito comprido, estava abarrotado de armários e móveis com gavetas repletos de espécimes geológicos e anatômicos. De cada lado da entrada havia vitrinas contendo borboletas e insetos. No

---

[2] Tyburn era uma pequena povoação no condado de Middlesex, na Inglaterra. Ficou famosa por causa das forcas nas quais, por séculos, eram executados os criminosos de Londres. (N. do T.)

centro, uma grande mesa estava coberta com todo tipo de entulhos, no meio dos quais se erguia o alto tubo de bronze de um microscópio de alta potência.

Ao olhar em volta, fiquei admirado com o grande número de coisas pelas quais o sr. Nathan Garrideb se interessava. Aqui, uma vitrine protegendo moedas antigas. Ali, uma gaveta cheia de instrumentos de pedra. Atrás da mesa do meio, um armário enorme cheio de ossos de fósseis. Em cima, crânios de gesso com inscrições como *Neanderthal, Heidelberg, Cro-Magnon*. Era evidente que se dedicava ao estudo de várias disciplinas. Enquanto permanecia à nossa frente, tinha na mão direita uma pele de camurça, com a qual polia uma moeda.

— De Siracusa, e da melhor época — explicou, mostrando-a. — Perderam muito do seu valor no fim do período. Considero-as magníficas no seu momento de esplendor, embora alguns prefiram as moedas de Alexandria. Vai encontrar uma cadeira aqui, sr. Holmes. Permita-me tirar antes estes ossos. E o senhor... ah, sim, dr. Watson... tenha a bondade de afastar o vaso japonês para o lado. Os senhores me veem no meio dos meus pequenos interesses na vida. O meu médico me repreende porque não saio nunca, mas por que deveria sair quando tantas coisas me retêm aqui? Posso afirmar-lhes que, só para catalogar de maneira adequada um desses armários, eu levaria uns três meses.

Holmes olhou à sua volta com curiosidade.

— Quer dizer, então, que nunca sai? — perguntou.

— Uma vez ou outra vou de cabriolé até o Sotheby ou o Christie, os meus leiloeiros de antiguidades preferidos. Fora isso, raramente deixo este aposento. Não sou muito forte e as minhas pesquisas são muito absorventes. Mas pode imaginar, sr. Holmes, que choque tremendo (agradável, mas tremendo) senti quando ouvi falar desta boa sorte sem paralelo. Só falta um Garrideb para completar o trio. Com certeza o encontraremos. Eu tinha um irmão, mas ele faleceu, e parentes do sexo feminino não contam. Mas há certamente outros Garridebs no mundo. Disseram-me que lida com casos extraordinários e por isso recorri ao senhor. Naturalmente, o cavalheiro norte-americano está certo quando me repreende por não o ter consultado antes, mas agi com a melhor das intenções.

— Penso que o senhor agiu com muita inteligência. Mas deseja realmente ser proprietário de terras nos Estados Unidos?

— De maneira alguma, senhor. Nada poderia me persuadir a abandonar minhas coleções. Mas esse senhor me garantiu que comprará a minha parte assim que a nossa reivindicação for reconhecida. Mencionou a quantia de cinco milhões de dólares. Existe atualmente uma dúzia de espécimes no mercado que preencheriam algumas lacunas de minhas coleções. Não posso comprá-los por falta de algumas centenas de libras. Imagine só o que eu poderia fazer com cinco milhões de dólares. Já tenho o embrião para formar uma coleção nacional. Serei o Hans Sloane[3] da minha época.

Os seus olhos brilhavam por trás dos óculos grandes. Visivelmente, o sr. Nathan Garrideb não pouparia esforços para encontrar outro homem com o mesmo sobrenome.

— Vim simplesmente para conhecê-lo — disse Holmes — e não há motivo algum para que interrompa os seus estudos. Prefiro sempre estabelecer um contato pessoal com as pessoas para quem trabalho. Preciso fazer-lhe algumas perguntas, pois tenho no bolso sua carta, que é muito clara, para completar com as suas informações as que me forneceu o senhor norte-americano. Creio que até esta semana o senhor ignorava a existência dele.

— É verdade. Ele veio ver-me na última terça-feira.

---

[3] Sir Hans Sloane (1660-1753) foi um médico, naturalista e colecionador nascido em Killyleagh, na Irlanda do Norte. Esteve 15 meses na Jamaica, onde coletou inúmeros espécimes de plantas, moluscos, peixes, insetos e animais, e tomou nota dos usos e costumes de seus habitantes. Suas coleções tornaram-se o núcleo do que veio a ser o Museu Britânico de Londres. (N. do T.)

— Falou-lhe da nossa entrevista de hoje?
— Sim, veio direto à minha casa. Estava muito zangado.
— Por que deveria estar zangado?
— Parecia acreditar que se tratava de algo desabonador da sua honra. Mas, quando voltou, estava outra vez muito animado.
— Sugeriu-lhe algum plano de ação?
— Não, senhor, de forma alguma.
— Já lhe pediu, ou já recebeu do senhor, alguma quantia de dinheiro?
— Não, senhor, nunca.
— Vê algum outro objetivo possível que ele tenha em vista?
— Nenhum, a não ser o que expôs.
— Falou-lhe do encontro que marcamos por telefone?
— Sim, senhor, comuniquei-lhe.

Holmes concentrou-se em suas reflexões. Pude observar que estava intrigado.

— Possui exemplares de grande valor na sua coleção?
— Não, senhor. Não sou rico. É uma boa coleção, mas não tem nada muito valioso.
— Não tem medo de ladrões?
— Nem um pouco.
— Há quanto tempo mora aqui?
— Mais ou menos cinco anos.

O interrogatório de Holmes foi interrompido por uma batida vigorosa na porta. Nem bem o nosso cliente levantou o trinco, o advogado norte-americano irrompeu no aposento. Parecia muito excitado.

— Já o temos! — gritou, agitando um jornal por cima da cabeça. — Eu esperava chegar a tempo de alcançá-lo. Sr. Nathan Garrideb, meus parabéns! É um homem rico. Nosso negócio está concluído e está tudo bem. Quanto ao senhor, sr. Holmes, só podemos dizer-lhe que lamentamos tê-lo incomodado inutilmente.

Estendeu o jornal ao nosso cliente, que olhou com espanto um anúncio que estava marcado. Holmes e eu nos inclinamos e lemos por cima do seu ombro o que segue:

HOWARD GARRIDEB
Fabricante de máquinas agrícolas.

Enfardadeiras, colheitadeiras,
arados manuais e a vapor,
semeadeiras, arados com grade,
charretes, carroças
e todos os tipos de acessórios.
Orçamentos para poços artesianos.

Dirigir-se a Grosvenor Buildings, Aston.

— Fantástico! — gritou, quase sem fôlego, o nosso anfitrião. — Temos o nosso terceiro homem.
— Iniciei uma investigação em Birmingham — disse o norte-americano —, e o meu agente naquela cidade enviou-me este anúncio publicado num jornal local. Devemos nos apressar e concluir o negócio. Escrevi para esse homem e lhe comuniquei que o senhor o verá em seu escritório amanhã à tarde, às 16h.
— O senhor quer que eu vá visitá-lo?
— O que lhe parece, sr. Holmes? Não acha que seria o mais acertado? Vou lá eu, um norte-americano que anda pelo mundo, com uma história de conto de fadas. Por que deveria ele acreditar no que eu lhe disser? Mas o senhor é um inglês, com sólidas referências, e ele será obrigado a levar suas palavras em consideração. Poderei acompanhá-lo, se quiser, mas amanhã tenho um dia muito ocupado. Aliás, poderei ir ao seu encontro, se aparecer algum problema.
— Bem, a verdade é que não faço uma viagem dessas há anos.
— Isso não é nada, sr. Garrideb. Já calculei o seu trajeto. O senhor parte ao meio-dia e deve chegar lá pouco depois das duas horas. Pode estar de volta na mesma noite. Não tem outra coisa a fazer senão ver esse homem, explicar-lhe o que está acontecendo e obter uma declaração oficial de que ele existe. Ora essa! — acrescentou com veemência —,

considerando que vim do centro dos Estados Unidos, uma viagem de 160 quilômetros não representa grande coisa para pôr um ponto-final nesse negócio.

— Isso mesmo — interveio Holmes. — Creio que o que este cavalheiro diz é justo.

O sr. Nathan Garrideb encolheu os ombros com ar desconsolado.

— Bem, já que o senhor insiste, eu vou — consentiu. — Seria difícil para mim recusar-lhe qualquer coisa, levando em conta o clarão de esperança que trouxe para a minha vida.

— Então está combinado — retorquiu Holmes. — E não deixe de me informar o resultado assim que puder.

— Eu me encarregarei disso — assegurou o norte-americano, e olhou para o relógio. — Bem, preciso ir. Virei visitá-lo amanhã, sr. Nathan, e estarei ao seu lado até vê-lo a caminho de Birmingham. Vai na mesma direção, sr. Holmes? Bem, então até logo. Talvez tenhamos boas novas para o senhor amanhã à noite.

Notei que o rosto do meu amigo desanuviou-se quando o norte-americano saiu. Toda perplexidade o havia abandonado.

— Gostaria de olhar a sua coleção, sr. Garrideb — solicitou Holmes. — Na minha profissão não há conhecimentos inúteis e a sua sala é um celeiro deles.

Nosso cliente corou de satisfação e os seus olhos cintilaram por trás de seus óculos grandes.

— Sempre ouvi dizer, senhor, que é um homem muito inteligente — disse. — Se tiver tempo, posso acompanhá-lo numa visita agora mesmo.

— Infelizmente, estou sem tempo esta tarde — respondeu Holmes. — Mas estes exemplares estão tão bem classificados e rotulados que suas explicações pessoais são quase desnecessárias. Se o senhor me autorizar a vir aqui amanhã, eu teria prazer em dar uma olhada neles.

— Naturalmente. O senhor é muito bem-vindo na minha casa. Claro, este lugar estará fechado a chave, mas a sra. Saunders permanece no subsolo até as 16h e abrirá para o senhor com a sua chave.

— Muito bem. Por acaso estou livre amanhã à tarde. Se puder dizer uma palavra à sra. Saunders, será ótimo. A propósito, quem é o seu corretor de imóveis?

Nosso cliente pareceu surpreso com a pergunta repentina.

— Holloway & Steele, na Edgware Road. Por quê?

— Sou um pouco arqueólogo quando se trata de casas — respondeu Holmes, rindo. — Eu me perguntava se esta é da época da rainha Anne ou do estilo georgiano.[4]

— Do estilo georgiano, sem dúvida alguma.

— Realmente? Pensei que era um pouco mais antiga. De qualquer modo, é fácil verificar. Até logo, sr. Garrideb, e faço votos de que seja bem-sucedido em sua viagem a Birmingham.

O corretor de imóveis morava perto, mas o seu escritório esteve fechado naquele dia. Regressamos então a Baker Street. Foi só depois do jantar que Holmes voltou ao assunto.

— Nosso pequeno problema chega ao fim — observou. — Sem dúvida você já delineou a solução na sua mente.

— Não estou entendendo nada, Holmes. Parece-me sem pé nem cabeça.

— A cabeça está muito clara e o pé, veremos amanhã. Não notou nada estranho neste anúncio?

— A palavra "arado" está mal escrita.[5]

— Ah, você notou isso, não é? Por Deus, Watson, você

---

[4] Anne Stuart reinou de 1702 a 1714. O estilo *Queen Anne* apareceu nos anos de 1870 e fez reviver as características da arquitetura inglesa dos séculos XVII e XVIII. Arquitetura georgiana é o nome dado nos países de língua inglesa ao estilo arquitetônico adotado entre 1720 e 1840, período em que reinaram quatro Jorges (*Georges*, em inglês). (N. do T.)

[5] No original inglês consta a palavra *plow*, usada nos Estados Unidos para designar arado, em vez de *plough*, usada na Grã-Bretanha. (N. do T.)

progride todos os dias. Sim, senhor, está mal escrita para um inglês, mas bem escrita para um norte-americano. O tipógrafo a compôs como lhe foi enviada. Temos em seguida carroças, que são veículos dos Estados Unidos. Também os poços artesianos são mais comuns entre eles do que entre nós. Em resumo, um anúncio típico norte-americano que pretende ser de uma empresa inglesa. O que acha disso?

— Só posso supor que foi o próprio advogado norte-americano que o inseriu no jornal. Mas não consigo entender com que objetivo.

— Bem, há várias explicações. O certo é que ele queria enviar esse bom velho fóssil para Birmingham. Isso está bem claro. Eu poderia avisá-lo de que ia perder tempo, mas, pensando melhor, pareceu-me preferível deixá-lo ir, desimpedindo o cenário. O dia de amanhã, Watson... bem, o dia de amanhã falará por si mesmo.

Holmes levantou-se e saiu cedo. Quando retornou na hora do almoço, notei que o seu rosto estava muito sério.

— O caso é mais grave do que eu imaginava, Watson — declarou. — É justo que o previna, embora saiba que será um motivo a mais para que se atire de cabeça no perigo. Conheço o meu Watson. Mas um perigo *existe* realmente, e você deve saber.

— Bem, não é o primeiro que enfrentamos juntos, Holmes. E espero que não seja o último. O que há de especial desta vez?

— Estamos diante de um caso muito difícil. Identifiquei o sr. John Garrideb, o advogado. Não é outro senão Evans, o matador, assassino de reputação sinistra.

— Receio que continuo na mesma.

— Ah, não faz parte da sua profissão ter na memória um Almanaque Newgate.[6] Fui ver o amigo Lestrade na Scotland

---

[6] *The Calendar Newgate*, em inglês. Era no início um boletim mensal de execuções, publicado pela guarda da penitenciária de Newgate, em Londres. Mais tarde, a partir da metade do século

Yard. Ali pode haver às vezes falta de intuição imaginativa, mas em eficiência e método ninguém ganha deles no mundo. Tive a ideia de que poderíamos encontrar a pista do nosso amigo norte-americano em seus arquivos. E, realmente, descobri o seu rosto bochechudo sorrindo para mim na coleção de retratos de delinquentes. A legenda embaixo dizia: "James Winter, aliás Morecroft, aliás Evans, o matador".

Holmes tirou um envelope do bolso.

— Rabisquei alguns detalhes da sua documentação. Idade: 44 anos. Natural de Chicago. Conhecido por ter matado a tiros três homens nos Estados Unidos. Escapou da prisão graças a influências políticas. Chegou a Londres em 1893. Feriu a bala um homem num jogo de cartas num clube noturno da Waterloo Road, em janeiro de 1895. O homem morreu, mas os depoimentos o apontaram como agressor. A vítima foi identificada como Rodger Prescott, famoso falsificador e moedeiro falso em Chicago. Evans, o matador, foi posto em liberdade em 1901. Desde então tem estado sob vigilância da polícia, mas, pelo visto, leva uma vida honesta. Indivíduo muito perigoso, anda sempre armado e disposto a atirar. Esse é o nosso pássaro, Watson. Um belo pássaro, como você deve admitir.

— Mas o que ele procura?

— Bem, o seu jogo começa a ficar mais claro. Estive no escritório do corretor de imóveis. Nosso cliente, como ele nos disse, mora ali há cinco anos. O local permaneceu desocupado durante um ano antes que ele o alugasse. O inquilino anterior era um senhor chamado Waldron. No escritório, lembram-se bem de seus traços físicos. Desapareceu de repente e ninguém mais ouviu falar dele. Era um homem alto, com barba e bem moreno. Ora, Prescott, o indivíduo contra quem Evans, o matador, abriu fogo, era, segundo a

---

XVIII, outros editores apropriaram-se do título e passaram a divulgar folhetins biográficos sobre os criminosos mais conhecidos. (N. do T.)

Scotland Yard, um homem moreno, alto e com barba. Creio que podemos admitir, como hipótese inicial, que Prescott, o delinquente norte-americano, vivia no mesmo apartamento que nosso amigo ingênuo transformou em museu. E já temos, finalmente, um elo da corrente, como vê.

— E o elo seguinte?

— Bem, vamos sair, porque é este que temos de descobrir agora.

Ele pegou um revólver na gaveta e o entregou a mim.

— Levo comigo a minha velha arma preferida. Precisamos estar preparados, se o nosso amigo do faroeste tentar prejudicar o seu homônimo. Dou-lhe uma hora para a sua sesta, Watson. Depois disso será o tempo de botarmos o pé na estrada para a nossa aventura na Ryder Street.

Soavam 16h quando chegamos ao apartamento curioso de Nathan Garrideb. A sra. Saunders, a zeladora, estava saindo, mas não hesitou em nos deixar entrar, pois a porta se fechava com um trinco de mola, e Holmes prometeu cuidar para que tudo estivesse em ordem antes de irmos embora. Pouco depois ouvimos a porta de fora fechar, vimos a touca da zeladora passar pela vidraça da janela e nos demos conta de que estávamos sozinhos no andar térreo do prédio. Holmes examinou o local rapidamente. Num canto escuro havia um armário que não estava totalmente encostado na parede. Foi atrás dele que nos agachamos eventualmente, enquanto Holmes me esboçava as suas intenções num sussurro.

— Ele queria que o nosso simpático amigo deixasse livre este aposento. Isso é absolutamente certo. Como o colecionador nunca saía, ele imaginou um plano para obrigá-lo a abandonar o aposento. Toda a história dos Garridebs não tem aparentemente outro objetivo. Devo dizer, Watson, que há nesse projeto certa inventividade diabólica, embora o nome esquisito do inquilino lhe tenha dado um pretexto que ele não podia esperar. Teceu a sua trama com uma astúcia notável.

— Mas por quê?

— É para descobrir isso que estamos aqui. O seu plano

não tem nada a ver com nosso cliente, tal como vejo a situação. É algo relacionado com o indivíduo que ele assassinou, um homem que pode ter sido seu cúmplice no crime. Há neste aposento um segredo criminoso. É assim que encaro o problema. Primeiro pensei que nosso amigo poderia ter em suas coleções algo de valor que ele próprio ignorava, algo que merecia a atenção de um grande criminoso. Mas o fato de Rodger Prescott, de péssima lembrança, ter morado neste recinto aponta para um motivo mais grave. Só nos resta uma coisa a fazer, Watson: armar-nos de paciência e aguardar o que a próxima hora nos pode trazer.

Essa hora não demorou muito a soar. Ouvimos logo a porta externa abrir-se e fechar-se e nos encolhemos na sombra. Depois ecoou o ruído súbito e metálico de uma chave. O norte-americano entrou no aposento. Fechou a porta suavemente, inspecionou o local com um olhar vivo ao redor para certificar-se de que não havia perigo, tirou o casaco e dirigiu-se à mesa do meio com o passo decidido de quem sabe exatamente o que deve fazer e como fazer.

Empurrou a mesa para um lado, arrancou o tapete quadrado sobre o qual ela descansava, enrolou-o e, em seguida, tirando um pé de cabra do bolso interno, ajoelhou-se e pôs-se a trabalhar vigorosamente no soalho. Logo ouvimos um barulho de tábuas que eram arredadas do lugar. No instante seguinte, um buraco quadrado apareceu. Evans, o matador, riscou um fósforo, acendeu um toco de vela e desapareceu da nossa vista.

Claramente, a nossa hora havia chegado. Holmes tocou o meu punho como sinal. Juntos, caminhamos na ponta dos pés até a borda do alçapão aberto. Andamos sem fazer barulho, mas o soalho velho deve ter rangido debaixo de nossos pés, porque a cabeça do norte-americano emergiu de repente do buraco, espreitando apreensivo em torno. O seu rosto virou-se para nós com um brilho de raiva furiosa, que foi aos poucos se atenuando até se converter num sorriso envergonhado quando viu dois revólveres apontados para a sua cabeça.

— Bem, bem! — disse friamente, subindo à superfície. — Acho que foi demais para mim, sr. Holmes. Suponho que adivinhou o meu jogo e brincou comigo, fazendo-me de bobo, desde o início. Bem, senhor, a partida é sua. Derrotou-me e...

Num instante tirou um revólver de um bolso interno e disparou duas vezes. Senti de repente uma queimadura como se um ferro em brasa passasse pela minha coxa. Em seguida houve um estalo quando o revólver de Holmes abateu-se na cabeça do homem. Tive a visão de Evans, o matador, estatelando-se no chão, com o sangue escorrendo pelo rosto, e de Holmes revistando-o para desarmá-lo. Por fim os braços finos do meu amigo me enlaçaram e me conduziram a uma cadeira.

— Você não está ferido, não é, Watson? Pelo amor de Deus, diga-me que não foi atingido.

Valia bem um ferimento, ou muitos ferimentos, para saber o tamanho da lealdade e afeição que se escondiam por trás daquela máscara impassível. Aqueles olhos claros e duros se embaciaram por um momento, e os seus lábios firmes se puseram a tremer. Pela primeira e única vez na minha vida senti bater o grande coração digno do grande cérebro. Aquela revelação compensou-me de todos os meus anos de serviço humilde e desinteressado.

— Não é nada, Holmes. É só um arranhão.

Ele rasgou as minhas calças com o canivete.

— Tem razão! — exclamou, soltando um suspiro enorme de alívio. — O ferimento é apenas superficial.

O seu rosto assumiu a dureza da pedra quando se virou para o nosso prisioneiro, que estava sentando com expressão atordoada à nossa frente.

— Por Deus, foi muita sorte da sua parte. Se Watson morresse, o senhor não sairia vivo deste aposento. Agora, o que tem a dizer em seu favor?

Ele não tinha nada a dizer em sua defesa. Limitava-se a nos olhar com cara feia. Apoiei-me no braço de Holmes e juntos olhamos para o pequeno porão que fora revelado com a existência do alçapão secreto. Ele ainda era iluminado pela vela com a qual Evans havia descido. Os nossos olhos depararam com uma grande máquina enferrujada, grandes bobinas de papel, frascos em desordem e, dispostos cuidadosamente numa mesinha, vários pequenos pacotes bem embrulhados.

— Uma impressora... e todo o material do moedeiro falso — observou Holmes.

— Sim, senhor — reconheceu o prisioneiro, pondo-se de pé cambaleando e com dificuldade, para logo cair na cadeira. — O maior falsário que Londres já viu. É a máquina de Prescott, e os pacotes em cima da mesa contêm duas mil notas de cem libras, que ele fabricou, e prontas para circular em qualquer lugar. Sirvam-se, senhores. Chamem isso um negócio e deixem-me ir embora.

Holmes riu.

— Nós não fazemos esse tipo de negócio, sr. Evans. Não há refúgio para o senhor neste país. Foi o senhor que atirou nesse Prescott, não foi?

— Sim, senhor, e peguei cinco anos de cadeia por isso, mas foi ele que me atacou. Cinco anos... quando deveria receber uma medalha do tamanho de um prato de sopa. Ninguém é capaz de distinguir uma nota de Prescott de outra do Banco da Inglaterra. Se eu não o tivesse posto fora do jogo, ele inundaria Londres com as suas notas. Eu era o único homem no mundo que sabia onde ele as fabricava. É de admirar que eu quisesse entrar aqui? É de admirar que, ao tropeçar com esse maníaco bobalhão, caçador de borboletas, com um sobrenome esquisito, que não saía nunca do aposento, eu fizesse o melhor que podia para o tirar daqui? Talvez fosse mais prudente mandá-lo para o outro mundo. Seria mais fácil, mas sou um sujeito de coração mole, incapaz de apertar o gatilho a menos que o outro também porte uma arma. Mas diga-me, sr. Holmes, o que fiz de mal, afinal de contas? Não usei esta máquina. Não machuquei o velho maluco. O que tem contra mim?

— Nada mais do que uma tentativa de assassinato, pelo

que posso ver — respondeu Holmes. — Mas este não é assunto nosso. Isto será decidido na próxima etapa. O que queríamos no momento era a sua pessoa adorável. Watson, faça o favor de chamar por telefone a Scotland Yard. Creio que não será de todo uma surpresa para os nossos amigos.

Estes são os fatos relativos a Evans, o matador, e à sua invenção notável dos três Garridebs. Soubemos mais tarde que nosso pobre e velho amigo nunca mais se recuperou do choque que destruiu os seus belos sonhos. Quando o seu castelo desmoronou no ar, enterrou-o debaixo das suas ruínas. A última notícia que tivemos dele é que estava numa casa de saúde em Brixton.

Foi um dia feliz na Yard quando a parafernália de Prescott foi descoberta, pois, embora soubesse da sua existência, a polícia nunca fora capaz, depois da morte do homem, de descobrir onde ela estava. Evans prestara, na realidade, um grande serviço e contribuíra para que vários altos funcionários do Departamento de Investigações Criminais dormissem mais tranquilos, porque o falsificador de moedas constitui por si só um perigo público. Esses altos funcionários subscreveriam com prazer a medalha enorme de que o criminoso havia falado, mas o tribunal que o julgou teve uma posição menos favorável e Evans, o matador, voltou às sombras de onde acabara de sair.

O CLIENTE ILUSTRE

— Hoje ela não pode prejudicar ninguém.

Este foi o comentário de Sherlock Holmes quando, pela décima vez em muitos anos, pedi-lhe autorização para publicar a história a seguir. E foi assim que obtive, finalmente, a permissão para registrar por escrito um momento, um ponto alto em certos aspectos, da carreira do meu amigo.

Holmes tinha, como eu, um fraco pelo banho turco. Era no relaxamento agradável da sala de enxugar que eu o encontrava menos reticente e mais humano do que em qualquer outro lugar. No andar de cima do estabelecimento da Northumberland Avenue, há um canto isolado com dois sofás, um ao lado do outro. Era neles que estávamos deitados em 3 de setembro de 1902, dia em que começa o meu relato.

Perguntei-lhe se havia algum caso em andamento. Como resposta, tirou o seu braço comprido, fino e nervoso dos lençóis que o envolviam e apanhou um envelope no bolso interno do casaco que estava pendurado ao seu lado.

— Pode ser de um indivíduo espalhafatoso, presunçoso e cretino, mas também pode ser uma questão de vida ou morte — disse ele, estendendo-me o bilhete que estava dentro do envelope. — Não sei nada além do que esse recado contém.

Vinha do Carlton Club e trazia a data da noite anterior. O texto que li dizia o seguinte:

Sir James Damery apresenta seus cumprimentos ao sr. Sherlock Holmes e irá visitá-lo amanhã às 16h30. Sir James se permite anunciar que o assunto sobre o qual deseja consultar o sr. Holmes é muito delicado e também muito importante. Espera, portanto, que o sr. Holmes faça todos os esforços para conceder-lhe essa entrevista e a confirme, por telefone, ao Carlton Club.

— Não preciso dizer que já a confirmei — disse Holmes, quando lhe devolvi o bilhete. — Sabe alguma coisa sobre esse Damery?

— Só sei que é um nome muito conhecido na sociedade.

— Posso dizer-lhe um pouco mais que isso. Tem a fama de resolver assuntos delicados que convém manter fora dos jornais. Você talvez se lembre de suas negociações com sir George Lewis sobre o testamento de Hammerford. É um homem do mundo, com uma propensão natural para a diplomacia. Sou, pois, obrigado a acreditar que a pista não é falsa e que ele realmente precisa da nossa assistência.

— *Nossa?*

— Sim, se você der o seu consentimento, Watson.

— Com muita honra.

— Então já sabe a hora: 16h30. Até lá, não falemos mais no assunto.

Naquela época eu morava num apartamento na Queen Anne Street, mas cheguei a Baker Street antes da hora combinada. Às 16h30 em ponto o coronel sir James Damery se fez anunciar. É necessário descrever o personagem? Todos ainda se lembram daquele homem alto, expansivo e honrado, com rosto largo e bem barbeado e, sobretudo, da sua voz agradável e macia.

Os olhos cinzentos de irlandês brilhavam de franqueza e o bom humor bailava ao redor dos seus lábios sorridentes e em constante movimento. A cartola brilhante, a sobrecasaca escura, cada detalhe do seu traje, desde o alfinete da pérola de cetim preto até as polainas lilases sobre os sapatos envernizados, ilustravam o cuidado meticuloso com que se vestia e que o tornara famoso. A nossa sala parecia pequena com a presença daquele grande aristocrata dominador.

— Naturalmente, eu esperava encontrar o dr. Watson — observou ele, com uma inclinação cortês. — Sua colaboração pode revelar-se muito útil, pois estamos lidando nesta ocasião, sr. Holmes, com um indivíduo familiarizado com a violência e que não recua diante de nada. Creio que não exista em toda a Europa homem mais perigoso.

— Tive vários adversários aos quais esse termo lisonjeiro foi aplicado — respondeu Holmes, com um sorriso. — O senhor fuma? Não? Então me desculpe, pois vou acender meu cachimbo. Se esse homem é mais perigoso que o falecido prof. Moriarty ou o coronel Sebastian Moran, que ainda está vivo, realmente vale a pena conhecê-lo. Posso saber o seu nome?

— Já ouviu falar do barão Gruner?

— Refere-se ao assassino austríaco?

O coronel Damery ergueu as mãos com luvas de pelica e se pôs a rir.

— Não lhe escapa nada, sr. Holmes. Maravilhoso! Então já o considera um assassino?

— A minha profissão obriga-me a acompanhar em detalhes os crimes no continente. Quem pôde ler o que aconteceu em Praga não tem dúvida sobre a culpa desse indivíduo. Foram um ponto de vista puramente técnico-jurídico e a morte suspeita de uma testemunha que o salvaram. Estou tão certo de que ele matou a mulher dele naquele pretenso "acidente" no desfiladeiro de Splügen quanto se o tivesse presenciado com os meus próprios olhos. Também sabia que ele viera à Inglaterra e pressentia que, cedo ou tarde, me daria trabalho. Bem, o que fez o barão Gruner? Presumo que não é essa velha tragédia que volta à tona.

— Não, é algo mais grave que isso. Punir um crime é importante, mas evitá-lo é ainda mais importante. É terrível, sr. Holmes, assistir à preparação de um acontecimento abominável, de uma situação atroz, entrever claramente para onde ele vai levar, e ser totalmente impotente para evitá-lo. Pode um ser humano encontrar-se em posição mais angustiante?

— Dificilmente.

— Então o senhor vai simpatizar com o cliente cujos interesses represento.

— Não sabia que o senhor era só intermediário. Quem é o interessado principal?

— Sr. Holmes, peço-lhe que não insista nessa pergunta. É importante que eu possa garantir a ele que o seu nome ilustre não foi envolvido de modo algum no caso. Seus motivos são louváveis e cavalheirescos no mais alto grau, mas ele prefere manter-se incógnito. Não preciso dizer que os seus honorários estão assegurados e que poderá agir com toda a liberdade. Estou certo de que o nome real do seu cliente é irrelevante, não é mesmo?

— Sinto muito — disse Holmes. — Estou acostumado a ter mistério numa das pontas dos meus casos, mas tê-lo nas duas pontas é muito complicado. Receio, sir James, ter de recusar o seu caso.

Nosso visitante ficou muito perturbado. A emoção e a decepção anuviaram o seu rosto largo e expressivo.

— O senhor não percebe o efeito de suas palavras, sr. Holmes. Põe-me diante de um dilema grave, porque tenho certeza absoluta de que sentiria orgulho de assumir o caso, se me fosse possível revelar-lhe os fatos. No entanto, uma promessa me proíbe de dar a conhecer todos eles. Posso, pelo menos, expor o que me é permitido dizer-lhe?

— Perfeitamente, desde que fique entendido que não me comprometo a nada.

— Combinado. Em primeiro lugar, o senhor sem dúvida deve ter ouvido falar do general de Merville.

— De Merville? O que se tornou famoso no Passo Khyber?[1] Sim, já ouvi falar dele.

---

[1] O Passo Khyber fica na fronteira entre o Paquistão e o Afeganistão. Foi palco de inúmeras guerras desde 330 a.C., com

— Ele tem uma filha, Violet de Merville, jovem, rica, bonita e realizada, uma mulher maravilhosa em todos os sentidos. É essa jovem, encantadora e inocente, que tentamos tirar das garras de um demônio.

— O barão Gruner exerce, então, um domínio sobre ela?

— O mais poderoso de todos os domínios, quando se trata de uma mulher: o poder do amor. Esse indivíduo é, como talvez já tenha ouvido falar, extraordinariamente bonito. Possui modos fascinantes, uma voz acariciante e o ar romanesco e misterioso que tanto agrada às mulheres. Dizem que tem todo o belo sexo à sua mercê e se aproveita amplamente desse fato.

— Mas como um patife desses pôde estabelecer contato com uma jovem da posição da srta. Violet de Merville?

— Eles se encontraram num cruzeiro no Mediterrâneo. Os participantes eram um grupo bastante seleto, e só tarde demais os organizadores perceberam o verdadeiro caráter do barão Gruner. O canalha cortejou a jovem com tal sucesso, que conquistou completamente, absolutamente, o seu coração. Seria pouco dizer que ela o ama. Está apaixonada e obcecada por ele. Fora ele, nada mais parece importar neste mundo. Não dá ouvidos a nenhuma palavra contra ele. Tudo foi tentado para curá-la de sua loucura. Em vão. Resumindo, ela se propõe a casar com ele no mês que vem. Como é maior de idade e possui vontade de ferro, é difícil impedi-la de cometer essa asneira.

— Ela conhece o episódio austríaco?

— O demônio astuto lhe contou todos os escândalos desagradáveis do seu passado, mas sempre de modo a apresentar-se como mártir inocente. Ela só aceita a versão dele e não quer ouvir nenhuma outra.

Alexandre Magno. Os ingleses tomaram posse da região em 1879, na Segunda Guerra Anglo-Afegã. Hoje o Passo é controlado pelo Paquistão. (N. do T.)

— Meu Deus! Mas o senhor, por inadvertência, deixou escapar o nome do seu cliente. Não é o general de Merville?

Nosso visitante mexeu-se nervoso na sua cadeira.

— Eu poderia responder-lhe que sim, sr. Holmes, mas estaria mentindo. De Merville é um homem arrasado. Esse incidente desmoralizou completamente o soldado valoroso. Os nervos, que nunca falharam no campo de batalha, estão destroçados, e ele se converteu num homem fraco e trêmulo, completamente incapaz de lutar contra um pelintra cheio de vigor e astúcia como esse austríaco. Meu cliente é um velho amigo, que conhece o general intimamente há muitos anos e dedica à jovem uma solicitude paterna desde o tempo em que ela era criança. Ele não se conforma em presenciar a tragédia consumada sem fazer nenhuma tentativa para evitá-la. Não há nada que possa motivar uma intervenção da Scotland Yard. Foi por sugestão dessa pessoa que vim encontrá-lo, mas com a condição expressa de que ela não apareça como pessoalmente envolvida no caso. Não tenho dúvida, sr. Holmes, de que, com as suas grandes qualidades, possa identificar o meu cliente seguindo a minha trilha, mas devo pedir a sua palavra de honra de que se absterá de fazê-lo e preservará o seu incógnito.

O rosto de Holmes iluminou-se com um sorriso malicioso.

— Creio que posso prometer-lhe com toda a segurança — disse. — E acrescento que o problema me interessa e estou disposto a me ocupar dele. Como poderei manter contato com o senhor?

— Vai encontrar-me sempre por intermédio do Carlton Club. Mas, em caso de urgência, o meu telefone particular é XX-31.

Ainda sorrindo, Holmes anotou-o e permaneceu sentado, com o caderno de anotações aberto sobre os joelhos.

— O endereço atual do barão, por favor.

— Vernon Lodge, perto de Kingston. É uma casa grande. Ele teve sorte em especulações financeiras obscuras e é um homem rico, o que o torna um adversário ainda mais perigoso.

— Está em casa no momento?
— Sim.
— Além do que me disse, pode dar-me informações mais amplas sobre esse indivíduo?
— É uma pessoa de gostos caros. Tem um fraco por cavalos. Durante algum tempo, jogou polo em Hurlingham, mas o escândalo de Praga foi divulgado e ele teve de retirar-se. Coleciona livros e quadros. Possui um senso artístico inegável. É, acredito, uma autoridade reconhecida em porcelana chinesa e escreveu um livro sobre o assunto.
— Uma personalidade complexa — comentou Holmes. — Todos os grandes criminosos possuem personalidades complexas. Meu velho amigo Charlie Peace era um virtuose do violino. Wainwright também era um artista. Poderia citar muitos outros. Bem, sir James, informe ao seu cliente que a partir deste momento vou concentrar a minha atenção no barão Gruner. Mais não posso dizer. Disponho de algumas fontes de informação próprias e ouso dizer que vamos encontrar um meio para iniciar o trabalho.

Assim que o nosso visitante saiu, Holmes permaneceu sentado e mergulhado numa meditação profunda por tanto tempo que me pareceu haver se esquecido da minha presença. Por fim, voltou com grande animação à realidade.

— Então, Watson, tem alguma ideia?
— Acho que o melhor que pode fazer é procurar a própria jovem.
— Meu caro Watson, se o seu pobre e velho pai, debilitado, não consegue fazê-la mudar de ideia, como eu, um desconhecido, posso ser bem-sucedido? No entanto, se tudo mais falhar, vou aproveitar a sua sugestão. Mas acho que devemos começar partindo de um ângulo diferente. Antes, imagino que Shinwell Johnson possa me ajudar.

Ainda não tive oportunidade de mencionar o nome de Shinwell Johnson nestas memórias, porque raras vezes tirei os meus casos da fase mais recente da carreira do meu amigo. Nos primeiros anos deste século, ele se tornou um colaborador valioso. Johnson, lamento dizer, começou ganhando fama como bandido muito perigoso e cumpriu duas penas na penitenciária de Parkhurst. Mais tarde, arrependeu-se e aliou-se a Holmes. Atuou como seu agente no enorme submundo do crime de Londres e lhe forneceu informações que se revelaram muitas vezes de importância decisiva.

Se Johnson fosse um informante da polícia, logo teria sido descoberto. Mas, como trabalhava em casos que nunca chegavam diretamente aos tribunais, as suas novas atividades nunca foram notadas pelos antigos companheiros. Com o prestígio das suas duas condenações à cadeia, tinha acesso livre a todos os clubes noturnos, albergues ordinários e antros de jogos da cidade, e a sua rapidez de observação e o seu cérebro ativo fizeram dele um agente ideal para a obtenção de informações. Era a esse informante que Holmes pensava agora recorrer.

Não me foi possível acompanhar todos os passos que meu amigo deu de imediato, porque eu tinha alguns compromissos profissionais urgentes a cumprir, mas no encontro que havíamos combinado naquela noite no Simpson's ele me contou algo do que sucedera, sentado em frente de uma pequena mesa ao lado da janela, observando o movimento intenso de transeuntes na Strand.

— Johnson saiu para a ronda — disse Holmes. — Talvez encontre alguma sujeira nos recantos mais obscuros do submundo. É lá, nas raízes do crime, que devemos procurar os segredos desse homem.

— Mas, se a moça não aceita sequer o que já é conhecido, por que uma nova descoberta que você possa fazer a desviaria da sua intenção?

— Quem sabe, Watson? O coração e a mente de uma mulher são enigmas insolúveis para o homem. Ela pode perdoar ou justificar um assassinato, e uma ofensa bem menor pode irritá-la. O barão Gruner me disse...

— Ele lhe disse!

— Ah, é verdade, não lhe contei meus planos. Bem, Watson, gosto do combate corpo a corpo com o homem que persigo. Gosto de enfrentar um adversário frente a frente e ver com os meus próprios olhos a substância de que é feito. Depois de dar minhas instruções a Johnson, peguei um cabriolé, fui a Kingston e encontrei o barão de muito bom humor.

— Ele o reconheceu?

— Não teve nenhuma dificuldade para me reconhecer, pela simples razão de que me fiz preceder pelo meu cartão. É um adversário excelente, frio como gelo, com a voz macia e melosa de algumas de suas pacientes elegantes, mas tão venenoso como uma cobra. Ele tem classe. É um verdadeiro aristocrata do crime, que o convida a tomar uma xícara de chá à tarde mas tem por trás a crueldade de um túmulo. Sim, estou satisfeito por me interessar pelo barão Adelbert Gruner.

— Você disse que ele estava de muito bom humor.

— O gato que ronrona quando vê um rato aproximar-se. A amabilidade de certas pessoas é mais mortal que a violência de indivíduos mais grosseiros. A maneira como ele me acolheu o caracteriza muito bem.

"— Eu imaginava que iria vê-lo mais cedo ou mais tarde, sr. Holmes — disse ele. — O senhor foi contratado, sem dúvida, pelo general de Merville para impedir o meu casamento com a sua filha, Violet, não é mesmo?

Concordei.

— Meu caro senhor — declarou —, só vai arruinar a sua reputação merecida. Trata-se de um caso no qual não há possibilidade de que tenha êxito. Será um trabalho inútil, para não falar dos perigos que possa correr. Permita-me aconselhá-lo vivamente a retirar-se, imediatamente.

— É curioso — repliquei —, mas era exatamente esse o conselho que eu tinha a intenção de lhe dar. Tenho o maior respeito pela sua inteligência, barão, e o pouco que vi da sua personalidade não a diminuiu. Permita-me que eu lhe fale de homem para homem. Ninguém quer revolver o seu passado e causar-lhe incômodos desnecessários. O passado é o passado e o senhor navega agora em águas tranquilas. Mas, se persistir na ideia desse casamento, levantará contra o senhor uma multidão de inimigos poderosos que não o deixarão sossegado enquanto não tornarem a sua permanência na Inglaterra insuportável. A aposta vale a pena? O senhor seria mais sensato se deixasse a jovem em paz. Seria pouco agradável para o senhor que ela viesse a conhecer certos episódios do seu passado.

O barão possui um bigodinho de pontas enceradas debaixo do nariz, que se parecem com as antenas curtas de um inseto. Os pelinhos se puseram a agitar de prazer enquanto ele me escutava e finalmente me respondeu com uma risada irônica:

— Desculpe o meu bom humor, sr. Holmes — disse ele. — Mas é muito engraçado vê-lo tentar jogar uma mão sem ter nenhuma carta. Acho que ninguém faria melhor, mas é patético mesmo assim. Não tem nenhuma carta boa, sr. Holmes. Nem o menor dos menores trunfos.

— Isso é o que pensa.

— Isso é o que sei. Permita-me explicar a coisa claramente ao senhor, pois as cartas que tenho na mão são tão fortes que posso me dar ao luxo de mostrá-las. Tive a sorte de conquistar inteiramente o afeto daquela jovem. Ela o entregou a mim apesar de eu lhe ter relatado claramente todos os incidentes infelizes do meu passado. Disse-lhe também que algumas pessoas más e intrigantes — espero que o senhor se reconheça entre elas — se aproximariam dela para lhe contar essas histórias, e a preveni indicando-lhe como devia tratá-las. Já ouviu falar da sugestão pós-hipnótica, sr. Holmes? Bem, vai ver como ela funciona na prática, pois um homem que possui personalidade pode usar a hipnose sem recorrer a passes nem a outras charlatanices. Ela está pronta para recebê-lo e estou certo de que não lhe recusará um encontro, pois é muito dócil às vontades do pai, com exceção do nosso pequeno assunto.

Pois bem, Watson, parecia não haver mais nada para dizer. Então me despedi com toda a fria dignidade de que fui capaz. Mas, no momento em que eu estava com a mão na maçaneta da porta, ele me deteve.

— A propósito, sr. Holmes, conhecia Le Brun, o detetive francês?

— Sim — respondi.

— Sabe o que aconteceu com ele?

— Ouvi dizer que foi espancado por alguns bandidos no distrito de Montmartre e ficou inválido para o resto da vida.

— Exatamente, sr. Holmes. Por uma coincidência curiosa, ele andou pedindo informações sobre os meus negócios uma semana antes. Não faça o mesmo, sr. Holmes. É coisa que não traz boa sorte. Não são poucos os que já o comprovaram. A minha última palavra: siga o seu caminho e me deixe seguir o meu. Até mais ver.

— Foi isso, Watson. Agora está a par das últimas novidades."

— Esse barão me parece perigoso.

— Muito perigoso. Os fanfarrões não me impressionam, mas esse é o tipo de homem que fala menos do que pretende fazer.

— Você é obrigado a se ocupar dele? Que importância tem se ele se casar com a moça?

— Diria que tem muita importância, considerando que, sem dúvida, assassinou a última esposa. Além disso, temos o cliente. Bem, bem, não precisamos discutir isso. Quando terminar o seu café, é melhor que venha comigo até a minha casa, pois o jovial Shinwell estará lá para fazer o seu relatório.

Ele já estava na Baker Street quando chegamos. Era um homem corpulento, de rosto corado e vulgar e aspecto escorbútico. Dois olhos negros de grande vivacidade constituíam o único sinal externo de uma mente muito esperta. Pelo visto, havia mergulhado no submundo do seu reino. Ao lado dele, no sofá, estava sentada uma mulher magra e ruiva, de rosto pálido, emotivo e juvenil, mas tão consumido pelo pecado e pela dor que era possível descobrir os anos terríveis que haviam deixado nela a sua marca.

— Apresento-lhe a srta. Kitty Winter — anunciou Shinwell Johnson, acenando com a mão gorda. — O que ela não sabe... Bem, ela mesma vai falar. Botei a mão nela, sr. Holmes, menos de uma hora depois de receber a sua mensagem.

— Não é difícil me encontrar — disse a jovem. — Estou sempre no inferno, em Londres. É o mesmo endereço de Porky Shinwell. Somos velhos companheiros, Porky e eu. Mas, com os diabos, existe outro que deveria estar num inferno mais profundo que o nosso, se houvesse justiça no mundo. É o homem atrás do qual o senhor anda, sr. Holmes.

Holmes sorriu.

— Parece-me que contamos com a sua simpatia, srta. Winter.

— Se puder ajudar a enviar esse homem para onde deve ir, estou à sua disposição — disse nossa visitante com uma energia furiosa.

Um ódio intenso passou pelo seu rosto pálido e determinado e pelos seus olhos em chamas, como nunca um homem e raramente uma mulher podem alcançar.

— O senhor não precisa ocupar-se do meu passado, sr. Holmes. Ele não tem nenhum interesse. Sou simplesmente o que Adelbert Gruner fez de mim. Se eu pudesse derrubá-lo! — Ela ergueu freneticamente as mãos em sinal de ameaça. — Ah, se eu pudesse arrastá-lo ao abismo para o qual ele empurrou tanta gente.

— A senhorita sabe do que se trata?

— Porky Shinwell esteve me contando. Ele anda atrás de outra pobre idiota, e desta vez quer se casar com ela. O senhor quer impedi-lo. Bem, o senhor certamente sabe o suficiente sobre esse demônio para evitar que qualquer moça decente, no seu juízo perfeito, queira viver na mesma paróquia que ele.

— Ela não está no seu juízo perfeito. Está loucamente apaixonada. Foi dito a ela tudo o que há para dizer e ela não se importa.

— Foi informada sobre o assassinato?

— Sim.

— Meu Deus, ela tem coragem!

— Ela acredita que seja tudo calúnia.

— Não pode apresentar provas diante dos seus olhos de idiota?

— Bem, pode nos ajudar a fazer isso?

— Não sou eu mesma uma prova em carne e osso? Se eu me encontrasse diante dela e lhe contasse como ele me tratou?

— A senhorita faria isso?

— Se eu faria? Claro que sim.

— Bem, talvez valesse a pena tentar. Mas ele lhe confessou a maior parte dos seus pecados e ela o absolveu. Não acredito que aceite abrir nova discussão sobre o assunto.

— Aposto que ele não lhe disse tudo — respondeu a srta. Winter. — Estive mais ou menos a par de um ou dois outros assassinatos que não causaram tanto barulho. Ele falava de alguém com a sua voz de veludo, depois olhava para mim com olhar fixo e dizia: "Ele morreu um mês depois". Não era fanfarrice. Mas eu não prestava muita atenção, porque naquele tempo eu o amava. Tudo o que ele fazia me agradava, exatamente como a essa pobre louca. Uma só coisa me chocou. Sim, com os diabos, não fosse a sua língua mentirosa e envenenada, que encontra explicação para tudo e tudo suaviza, eu o teria deixado naquela mesma noite. Ele possui um livro. Um livro com capa de couro marrom e um fecho, e com o seu brasão gravado em ouro. Acho que naquela noite estava um pouco bêbado, caso contrário não o teria mostrado para mim.

— Que livro é esse?

— Eu lhe digo, sr. Holmes. Aquele homem coleciona mulheres e sente tanto orgulho da sua coleção quanto outros sentem de sua coleção de mariposas ou borboletas. Punha tudo nesse livro. Fotografias instantâneas, nomes, detalhes, tudo sobre elas. É um livro obsceno, um livro que nenhum homem, mesmo que tenha vindo da sarjeta, seria capaz de escrever. Mas é o livro de Adelbert Gruner, apesar de tudo. "Almas que arruinei." Esse é o título que poderia escrever na capa, se tivesse espírito. No entanto, de nada adianta falar dele, porque o livro não pode ser-lhe útil e, se fosse, o senhor não poderia obtê-lo.

— Onde está esse livro?

— Como posso dizer-lhe onde se encontra agora? Há mais de um ano deixei Adelbert. Quando estava com ele, sabia onde o guardava. Em muitos aspectos, Gruner se parece com um gato: tem a sua limpeza e precisão. O livro talvez ainda esteja na gaveta da escrivaninha velha do gabinete interno. O senhor conhece a casa dele?

— Estive no gabinete — respondeu Holmes.

— Ah, sim? O senhor não perde tempo, se só começou a trabalhar esta manhã. Talvez o querido Adelbert tenha encontrado desta vez um adversário à altura. O gabinete externo, onde o senhor o viu, é o que contém as porcelanas chinesas, num grande armário de vidro entre as janelas. Atrás da mesa está a porta que abre para o gabinete interno, uma pequena sala onde ele guarda documentos e todo tipo de coisas.

— Ele não tem medo de ladrões?

— Adelbert não é covarde. Nem o seu pior inimigo poderia afirmar isso dele. Sabe cuidar de si mesmo. Durante a noite funciona um alarme contra roubo. Além do mais, o que há na casa dele que possa interessar a um ladrão? A menos que roube suas porcelanas chinesas.

— Não é interessante — atalhou Shinwell Johnson, com a autoridade de um especialista. — Nenhum receptador quer objetos desse tipo, que não pode fundir nem vender.

— Isso mesmo — concordou Holmes. — Bem, srta. Winter, se quiser voltar aqui amanhã às cinco da tarde, verificarei nesse meio-tempo se a sua sugestão de ver a jovem pessoalmente pode ser combinada. Fico extremamente grato pela sua colaboração. Não preciso dizer que meus clientes considerarão com liberalidade...

— Nem fale nisso, sr. Holmes — exclamou a jovem. — Não estou aqui por dinheiro. Ver esse homem na lama será a recompensa pelo meu trabalho. Na lama e com o meu pé esmagando o seu rosto maldito. Esse é o meu preço.

Estarei à sua disposição amanhã ou em qualquer outro dia, enquanto o senhor estiver no seu encalço. Porky lhe dirá onde pode me encontrar.

Não voltei a ver Holmes até a noite seguinte, quando jantamos mais uma vez em nosso restaurante na Strand. Ele deu de ombros quando lhe perguntei se tivera sorte em sua entrevista. Então me contou a história, que reproduzirei desta maneira. A sua exposição dura e seca precisa de alguns pequenos ajustes para adequar-se suavemente aos termos da vida real.

— Não tive dificuldade alguma para marcar o encontro — disse Holmes —, pois a jovem se gaba de exibir uma obediência filial abjeta em todas as coisas secundárias, na tentativa de fazer-se perdoar pela sua desobediência flagrante no que diz respeito ao noivado. O general me telefonou informando que estava tudo preparado, e a impetuosa srta. Winter, pontual ao encontro, subiu comigo num cabriolé que nos deixou às 17h30 em frente do número 104 da Berkeley Square, onde o velho soldado mora, um daqueles castelos cinzentos horrendos de Londres ao lado dos quais uma igreja parece de menor importância. Um criado de libré nos introduziu numa vasta sala de visitas com cortinas amarelas. Ali nos aguardava a jovem, recatada, pálida, distante, tão inflexível e fria como um boneco de neve no alto de uma montanha.

"Não sei bem como descrevê-la para você, Watson. Talvez tenha oportunidade de conhecê-la antes do fim da história, e então poderá usar o seu talento de escritor. Ela é bonita, mas com a beleza etérea de outro mundo, que se encontra às vezes em fanáticos cujo pensamento nunca deixa as alturas. Vi rostos que se pareciam com os dela nos quadros dos velhos mestres da Idade Média. Não posso imaginar como uma besta humana pôde botar as suas garras desprezíveis num ser como esse. Você deve ter notado que os extremos se atraem: o espiritual é atraído pelo animal, o homem das cavernas pelo anjo. Esse caso é o pior de todos os que você poderia imaginar.

Ela sabia, evidentemente, o motivo da nossa visita. O bandido não perdera tempo para envenenar a sua mente contra nós. A presença da srta. Winter a surpreendeu, creio eu, mas ela nos apontou com um gesto da mão duas poltronas, como o faria a reverenda madre de uma abadia ao receber dois mendigos hansenianos. Se tiver vontade um dia de inchar de importância, meu caro Watson, tome lições com a srta. Violet de Merville.

— Senhor — disse-me com uma voz que lembrava o vento que sopra de um *iceberg* —, o seu nome não me é desconhecido. Veio aqui, pelo que entendi, para falar mal do meu noivo, o barão Gruner. Só os recebo a pedido de meu pai, e desde já lhe aviso que nada do que me disser terá o menor efeito sobre as minhas disposições.

Tive pena dela, Watson. Naquele momento, pensei nela como pensaria numa filha minha. Quase nunca sou eloquente. Uso a cabeça, não o coração. Mas a verdade é que empreguei com ela as palavras mais calorosas que pude encontrar na minha maneira de ser.

Descrevi-lhe a situação terrível da mulher que só descobre o verdadeiro caráter de um homem depois de se tornar sua esposa. Uma mulher que deve submeter-se às carícias de mãos manchadas de sangue e de lábios impuros. Não lhe poupei nada: a vergonha, o medo, a angústia, o desespero de tudo isso. As minhas frases candentes não conseguiram trazer um pouco de cor àquela face de marfim ou um brilho de emoção ao seu olhar perdido ao longe. Pensei no que o canalha havia dito sobre influência pós-hipnótica. De fato, podia-se acreditar que ela vivia acima da terra numa espécie de sonho extático. No entanto, respondeu-me com uma precisão material.

— Eu o escutei com paciência, sr. Holmes. O efeito de suas palavras sobre a minha mente é exatamente como o que previ. Sei que Adelbert, o meu noivo, levou uma vida tempestuosa na qual atraiu contra si ódios ferozes e foi vítima de calúnias injustas. O senhor é o último de uma série de pessoas que expuseram diante de mim as suas calúnias.

A sua intenção talvez seja boa, embora eu saiba que é um agente pago, e que estaria disposto a agir tanto a favor do barão como contra ele. Em todo caso, quero que entenda de uma vez por todas que eu o amo, que ele me ama e que a opinião do mundo não me impressiona mais do que o chilrear dos pássaros do outro lado da janela. Se a sua natureza nobre decaiu em algum momento, talvez eu tenha sido especialmente destinada a reerguê-la ao seu elevado e verdadeiro nível. Não compreendi bem — acrescentou ela, voltando o seu olhar para a minha acompanhante — quem possa ser esta jovem.

Eu ia responder-lhe quando a srta. Winter interveio como um furacão. Se você já viu o fogo e o gelo frente a frente, pode imaginar o que ocorreu entre aquelas duas mulheres.

— Vou lhe dizer quem sou — gritou ela, pulando da poltrona com a boca torcida pela paixão. — Sou a última amante dele. Sou uma das cem mulheres que ele seduziu, usou, arruinou e jogou no lixo, como vai fazer com você. O lixo no qual você irá parar será provavelmente o túmulo, e assim talvez seja melhor. Eu lhe digo, mulher idiota: se casar com esse homem, será a sua morte. Ele despedaçará o seu coração ou quebrará o seu pescoço, mas a matará de uma maneira ou de outra. Não é por amor à senhorita que falo. Pouco me importa se vai viver ou morrer. Falo por ódio a ele, para contrariá-lo, para devolver-lhe o que ele me fez. Mas tanto faz, e não precisa olhar para mim desse jeito, minha bela senhorita, porque pode encontrar-se em uma situação mais baixa do que eu daqui a pouco tempo.

— Eu preferiria não discutir esses assuntos — disse a srta. de Merville friamente. — Deixe-me dizer-lhe de uma vez por todas que conheço três episódios da vida do meu noivo em que ele se enredou com mulheres intrigantes, e estou certa do seu arrependimento sincero por todo o mal que pôde cometer.

— Três episódios! — esbravejou a minha acompanhante. — Idiota! Idiota rematada!

— Sr. Holmes, suplico-lhe que ponhamos fim a esta

entrevista — disse a voz de gelo. — Obedeci ao desejo do meu pai recebendo-o, mas não sou obrigada a ouvir os delírios desta pessoa.

Com um palavrão, a srta. Winter atirou-se para a frente. Se eu não a tivesse segurado pelo pulso, ela teria agarrado a filha exasperante do general pelos cabelos. Puxei-a até a porta e tive a sorte de voltar a metê-la no cabriolé sem provocar um escândalo público, porque ela perdera o controle, de tanta raiva. Quanto a mim, Watson, embora mais frio, eu estava furioso, porque havia algo indescritivelmente incômodo na indiferença calma e na autocomplacência suprema da mulher que tentávamos salvar.

Agora você sabe outra vez exatamente em que pé estamos. É evidente que preciso preparar uma nova jogada, porque esse primeiro lance não funcionou. Vou continuar em contato com você, Watson, pois é mais que provável que terá o seu papel a desempenhar, mas é bem possível que a próxima jogada seja deles."

E assim foi. O golpe deles veio. Ou melhor, o golpe dele, porque nunca pude acreditar que a jovem estivesse a par disso. Creio que ainda hoje eu poderia mostrar a pedra da calçada onde eu me encontrava quando os meus olhos pousaram no jornal afixado e uma pontada de horror transpassou a minha alma. Foi entre o Grand Hotel e a estação de Charing Cross, onde um vendedor de jornais a quem faltava uma perna expusera os periódicos da tarde. Eram exatamente dois dias depois da nossa última conversa. Em letras pretas sobre fundo amarelo, destacava-se a manchete terrível:

**Atentado criminoso
contra Sherlock Holmes**

Acho que fiquei atordoado por alguns instantes. Tenho a vaga lembrança de que, em seguida, arranquei um jornal das mãos do vendedor, que reclamou por eu não lhe ter pagado, e parei diante da porta de uma farmácia enquanto procurava a notícia fatal. O seu texto é o seguinte:

Ficamos sabendo com pesar que o sr. Sherlock Holmes, conhecido detetive particular, foi vítima nesta manhã de uma agressão criminosa que o deixou em situação precária. Ainda faltam detalhes exatos, mas o incidente deve ter ocorrido por volta do meio-dia, na Regent Street, próximo ao Café Royal. Dois indivíduos armados de bastões atacaram o sr. Holmes, que recebeu vários golpes no corpo e na cabeça. Os médicos consideram grave o seu caso.

Ele foi transportado ao hospital de Charing Cross, mas insistiu para que o levassem ao seu apartamento na Baker Street. Os malfeitores que o agrediram estavam bem vestidos. Escaparam dos perseguidores atravessando o Café Royal e saindo por trás na Glasshouse Street. Pertencem, sem dúvida alguma, à confraria do crime, que teve tantas vezes a oportunidade de lamentar a atividade e o talento do ferido.

Não preciso dizer que, assim que acabei de ler a notícia, saltei num cabriolé e me pus a caminho da Baker Street. Encontrei sir Leslie Oakshott, o famoso cirurgião, na entrada e o seu carro esperando à porta.

— Não há perigo imediato — foi seu relatório. — Dois cortes no couro cabeludo e alguns hematomas importantes. Vários pontos foram indispensáveis. Apliquei-lhe morfina e o repouso é essencial, mas alguns minutos de conversa não estão proibidos.

Com essa autorização, entrei sem fazer ruído no quarto quase às escuras. O doente estava acordado e ouvi o meu nome num sussurro rouco. Três quartos da persiana estavam descidos, deixando passar um raio de sol que se projetava na cabeça enfaixada do ferido. Uma mancha vermelha havia atravessado as compressas de linho branco. Sentei-me ao lado dele e baixei a cabeça.

— Está tudo bem, Watson. Não faça esta cara de assustado — murmurou com uma voz muito fraca. — A coisa não está tão mal quanto parece.

— Graças a Deus!

— Não sou nada mau na luta com bastão, como você

sabe. Desviei da maioria dos golpes. Mas eles eram dois e o segundo era demais para mim.

— O que posso fazer, Holmes? Evidentemente, foi aquele maldito barão que os enviou. Se me autorizar, irei e esfolarei o couro dele.

— Bom e querido Watson! Não, não podemos fazer nada enquanto a polícia não botar as mãos naqueles homens. Eles prepararam bem a sua fuga. Podemos ter certeza disso. Espere um pouco. Tenho os meus planos. A primeira coisa a fazer é exagerar a gravidade dos meus ferimentos. Virão pedir-lhe notícias sobre mim. Aumente a dose, Watson. Diga que terei muita sorte se passar desta semana. Fale em delírio, comoção cerebral, no que quiser. Nunca há de exagerar demais.

— Mas e sir Leslie Oakshott?

— Quanto a ele, nenhuma preocupação. Ele anunciará o pior do meu estado. Vou cuidar disso.

— Mais alguma coisa?

— Sim. Avise Shinwell Johnson para tirar a moça de circulação. Aquelas lindezas vão agora atrás dela. Sabem, naturalmente, que ela está comigo no caso. Se eles ousaram me atacar daquela forma, é provável que não se esquecerão dela. É urgente. Faça isso nesta mesma noite.

— Vou agora mesmo. Nada mais?

— Coloque o cachimbo e o chinelo com tabaco sobre a mesa. Muito bem. Venha me ver cada manhã e estabeleceremos nosso plano de campanha.

Entendi-me com Johnson naquela mesma noite para que levasse a srta. Winter a um bairro tranquilo e a mantivesse ali até que o perigo passasse.

Durante seis dias, o público permaneceu sob a impressão de que Holmes estava à beira da morte. Os boletins de saúde eram muito graves e os jornais publicaram notícias assustadoras. Minhas visitas regulares ao doente me permitiram verificar que a coisa não era tão séria. A sua constituição robusta e a sua vontade de ferro operavam maravilhas. Ele se restabelecia rapidamente e eu chegava a suspeitar, às vezes, que se sentia melhor do que confessava, mesmo a mim.

Havia naquele homem uma tendência curiosa ao segredo, que produzia muitos efeitos dramáticos, mas que não permitia, mesmo ao seu amigo mais fiel, adivinhar os seus projetos. Holmes levava ao limite extremo o axioma segundo o qual o único conspirador seguro é aquele que conspira sozinho. Eu estava mais próximo dele do que qualquer outra pessoa, e mesmo assim sabia que um abismo nos separava.

No sétimo dia, foram retirados os pontos. Apesar disso, os jornais da noite noticiaram que ele contraíra erisipela. Na mesma noite, publicaram também uma nota que fui obrigado a comunicar ao meu amigo, estivesse ele doente ou com saúde. Entre os passageiros do navio Ruritania, da Companhia Cunard, que zarparia de Liverpool na sexta-feira, figurava o barão Adelbert Gruner, que tinha que resolver negócios financeiros importantes nos Estados Unidos antes do seu casamento iminente com a srta. Violet de Merville, filha única de... Holmes ouviu a notícia com uma expressão fria e concentrada no seu rosto pálido. Compreendi que o havia ferido duramente.

— Na sexta-feira! — exclamou por fim. — Só três dias. Creio que o canalha quer se pôr fora de perigo. Mas não conseguirá, Watson. Por todos os demônios, não conseguirá. Agora, Watson, quero que faça uma coisa para mim.

— Estou aqui para lhe ser útil, Holmes.

— Então passe as próximas 24h estudando de perto as porcelanas chinesas.

Ele não me deu nenhuma explicação, nem eu a pedi a ele que desse. Uma longa experiência ensinara-me a sabedoria da obediência. Mas, quando deixei o seu quarto, desci a Baker Street pensando em como poderia executar aquela ordem tão estranha. Acabei indo de cabriolé até a Biblioteca de Londres, na Saint-James's Square, expus a questão ao meu amigo Lomax, o sub-bibliotecário, e voltei para o meu apartamento com um volume grosso debaixo do braço.

Dizem que o advogado que estuda às pressas um caso

com muito cuidado para interrogar uma testemunha hábil na segunda-feira se esquece completamente antes do sábado de todos os conhecimentos forçados que adquiriu. Certamente, eu não gostaria de me apresentar agora como autoridade sobre cerâmica. No entanto, toda aquela tarde e toda aquela noite, com um breve intervalo para descanso, e toda a manhã seguinte passei absorvendo dados e carregando a minha memória de nomes.

Aprendi naquele livro os traços distintivos dos grandes artistas decoradores, o mistério das datas cíclicas, as marcas do Hung-wu e as belezas do Yung-lo, os escritos de Tang-ying e as glórias do período primitivo do Sung e do Yuan. Quando fui visitar Holmes na tarde seguinte, levava comigo todas essas informações. Ele já se havia levantado da cama, o que ninguém poderia adivinhar com base nas notícias publicadas, e estava sentado na sua poltrona preferida, apoiando na mão a cabeça toda enfaixada.

— Ora essa, Holmes, a julgar pelos jornais, você está agonizando — gracejei.

— É exatamente essa a impressão que quero disseminar — reiterou. — E você, Watson, aprendeu bem a sua lição?

— Pelo menos tentei.

— Ótimo. Sente-se capaz de manter uma conversa inteligente sobre o assunto?

— Acredito que sim.

— Então, passe-me a caixinha que está em cima da lareira.

Ele abriu a tampa e tirou um objeto pequeno cuidadosamente embrulhado numa seda fina oriental. Desdobrou-a e mostrou um pires pequeno delicado do mais lindo azul-escuro.

— É preciso manejá-lo com o maior cuidado, Watson. É verdadeira porcelana casca de ovo da dinastia Ming. É a peça mais fina que passou pela Christie's.[2] Um jogo comple-

---

[2] Christie's é uma das mais famosas casas de leilão de obras de arte do mundo, com sede em Londres, na Inglaterra. Foi fundada em 5 de dezembro de 1766 por James Christie. (N. do T.)

to teria o valor do resgate de um rei. Na verdade, duvido que haja um jogo completo fora do palácio imperial de Pequim. Um verdadeiro entendido ficaria maluco ao ver esse objeto.

— E o que devo fazer com isso?

Holmes entregou-me um cartão no qual estava gravado: "Dr. Hill Barton, Half Moon Street, 369".

— É assim que você se chamará esta noite, Watson. Irá visitar o barão Gruner. Conheço alguns dos seus hábitos e é provável que às 20h30 ele esteja livre. Um bilhete o avisará com antecedência que você passará na casa dele e dirá que leva a ele um exemplar de um jogo absolutamente único de porcelana Ming. Você pode muito bem ser um médico, porque é um papel que representa sem simulação. Mas é sobretudo um colecionador e esse jogo veio parar nas suas mãos por acaso. Ouviu falar do interesse do barão por porcelanas e está disposto a vendê-lo para ele por um bom preço.

— Que preço?

— Boa pergunta, Watson. Você certamente seria logo desmascarado se não soubesse o valor da sua mercadoria. Esse pires me foi trazido por sir James. Ele vem, conforme entendi, da coleção do seu cliente. Você não vai exagerar se disser que é difícil encontrar coisa igual no mundo.

— Eu talvez possa sugerir que o jogo seja avaliado por um perito.

— Excelente, Watson. Hoje você está deslumbrante. Sugira a Christie's ou a Sotheby's.[3] A sua delicadeza impede que você mesmo fixe o preço.

— E se ele não me receber?

— Ah, sim, ele o receberá. Gruner tem a mania de colecionar na sua forma mais aguda, especialmente porcelanas

---

[3] A Sotheby's é uma casa de leilões da Inglaterra, entre as mais importantes e com centenas de filiais no mundo inteiro, inclusive no Brasil. Sua sede histórica fica na New Bond Street, em Londres. Foi fundada em 11 de março de 1744 por Samuel Baker. (N. do T.)

chinesas. É uma autoridade reconhecida, não se esqueça. Sente-se, Watson, e vou lhe ditar o bilhete. Não precisa de resposta. Você vai simplesmente dizer que está indo e qual o motivo da visita.

Foi um documento admirável: curto, cortês e de natureza a estimular a curiosidade do apreciador. Um mensageiro do bairro o levou ao endereço indicado. Naquela mesma noite, com o pires precioso na mão e o cartão de dr. Barton no bolso, parti para a minha própria aventura.

A bela casa e o terreno sugeriam que o barão Gruner era muito rico, como sir James havia dito. Um caminho longo e cheio de curvas, com margens de arbustos raros dos dois lados, dava numa praça espaçosa coberta de cascalho e decorada com estátuas. O local havia sido construído por um rei do ouro da África do Sul, no tempo do auge das minas. A casa, longa e de pouca altura, com pequenas torres nos cantos, era imponente em tamanho e solidez, embora fosse um verdadeiro pesadelo arquitetônico. Um mordomo, que faria bela figura numa assembleia de bispos, abriu-me a porta e me confiou aos cuidados de um criado vestido de pelúcia, que me levou à presença do barão.

Este estava de pé na frente de uma grande vitrine, situada entre as duas janelas, que continha parte da sua coleção chinesa. Quando entrei, virou-se para mim. Segurava na mão um pequeno vaso marrom.

— Faça o favor de sentar-se, doutor — disse-me. — Eu estava inspecionando os meus tesouros e querendo saber se posso realmente dar-me ao luxo de aumentá-los. Este pequeno exemplar Tang, que data do século VII, provavelmente lhe interessaria. Tenho certeza de que nunca viu um trabalho mais delicado nem um esmalte mais rico. Tem aí o pires Ming de que me falou?

Desfiz o pacote com muito cuidado e o estendi a ele. Ele sentou-se à escrivaninha, aproximou a lâmpada, pois estava escurecendo, e se pôs a examiná-lo. Enquanto fazia isso, a luz amarela que se projetava sobre os seus traços me permitiu estudá-lo à vontade.

Era realmente um homem de muito boa aparência. A reputação que a sua beleza adquirira na Europa era merecida. A sua estatura não ia além da mediana, mas com uma compleição graciosa e cheia de vitalidade. Tinha o rosto moreno, quase oriental, com grandes olhos negros lânguidos que deviam exercer facilmente um fascínio irresistível sobre as mulheres. Os cabelos e o bigode eram pretos, sendo este último curto, com pontas e bem encerado. Tinha as feições regulares e agradáveis, com exceção da boca, de lábios retos e finos.

Se alguma vez vi uma boca de assassino, era sem dúvida aquela: um corte cruel e duro no rosto, comprimida, inexorável e terrível. O barão agia mal ao impedir que o bigode a dissimulasse, cobrindo-a, porque ela era o sinal de perigo que a natureza pusera como advertência para as suas vítimas. Possuía uma voz envolvente e maneiras perfeitas. Eu lhe daria um pouco mais de 30 anos. Na realidade, como mostrou a sua documentação mais tarde, tinha 42.

— Lindo! Muito lindo mesmo! — comentou por fim. — E o senhor diz que tem um jogo de seis. O que me intriga é que eu não tenha ouvido falar desses exemplares magníficos. Só conheço um jogo na Inglaterra capaz de se comparar a este e não é provável que esteja no mercado. Eu seria indiscreto, dr. Hill Barton, se lhe perguntasse como ele chegou às suas mãos?

— Isso tem alguma importância? — repliquei, adotando o ar de maior indiferença de que fui capaz. — O senhor pode ver que a peça é autêntica. Quanto ao seu valor, aceitarei a avaliação de um perito.

— Isso é muito misterioso — murmurou, e pelos seus olhos negros passou uma rápida chama de suspeita. — Quando se negocia com objetos desse valor, é normal que se queira saber tudo sobre a transação. A autenticidade da peça é incontestável. Não a ponho em dúvida. Mas sou obrigado a levar todas as possibilidades em conta: e se mais tarde ficar provado que o senhor não tinha o direito de vendê-la?

— Eu lhe darei garantia contra qualquer reclamação desse tipo.

— Isso, naturalmente, iria levantar o problema de saber o valor que tem a sua garantia.

— Meus banqueiros responderiam por isso.

— De acordo. Mesmo assim, a transação me parece fora do normal.

— O senhor pode fazer negócio ou não — disse eu com indiferença. — Eu me dirigi ao senhor primeiro porque soube que é um entendido no assunto, mas não terei dificuldade em vendê-lo a outras pessoas.

— Quem lhe disse que sou um entendido?

— Soube que escreveu um livro sobre o tema.

— Leu o livro?

— Não.

— Meu Deus, a coisa se torna cada vez mais difícil de compreender. O senhor é um entendido e um colecionador. Possui uma peça de grande valor na sua coleção. No entanto, nem se deu ao trabalho de consultar o único livro que lhe informaria sobre o real significado e o valor daquilo que tem em mãos. Como explica isso?

— Sou um homem muito ocupado. Sou médico. Tenho uma clientela.

— Isso não é resposta. Se um homem tem um *hobby*, dedica-se a ele, sejam quais forem as suas outras atividades. O senhor disse, em seu bilhete, que é um entendido na matéria.

— É verdade.

— Posso lhe fazer algumas perguntas para testá-lo? Sou obrigado a dizer-lhe, doutor, admitindo que seja realmente um médico, que o incidente me parece cada vez mais suspeito. Gostaria de perguntar-lhe o que sabe sobre o imperador Shomu e como o associa ao Shoso-in perto de Nara. Por Deus, isso o embaraça? Então me fale um pouco sobre a dinastia Wei do norte e o lugar que ocupa na história das cerâmicas.

Pulei da poltrona, simulando irritação.

— Isso é intolerável, senhor! — exclamei. — Vim aqui

para lhe dar preferência, e não para ser examinado como se fosse um aluno. Meu conhecimento sobre esses assuntos pode ser inferior ao seu, mas não estou disposto a responder a perguntas feitas de maneira tão ofensiva.

Ele olhou para mim fixamente. A languidez havia desaparecido dos seus olhos. De repente, estes cintilaram de forma ameaçadora. Entre os lábios cruéis entrevi o brilho dos dentes.

— Qual é o seu jogo? O senhor veio aqui para me espionar. É um emissário de Holmes. Este é um truque para tentar me enganar. O indivíduo está morrendo, segundo ouço dizer. Então envia seus sabujos para me vigiar. O senhor entrou aqui sem a minha permissão, mas, por Deus, vai achar mais difícil sair do que entrar.

Ele se levantara de um salto e eu dei um passo para trás, preparando-me para o seu ataque, pois o homem estava fora de si. Talvez tivesse suspeitado de mim desde o primeiro instante. Com certeza o interrogatório lhe revelara a verdade. Estava claro que eu não podia mais ter esperança de enganá-lo. Ele mergulhou a mão no lado de uma gaveta e remexeu dentro dela furiosamente. Mas algo deve ter chegado aos seus ouvidos, porque ele se deteve para escutar.

— Ah! — gritou.

E correu para o aposento que se encontrava atrás dele.

Com dois passos cheguei até a porta aberta. A cena que presenciei ali nunca sairá da minha mente. A janela desse segundo compartimento dava para o jardim e estava escancarada. Ao lado dela, parecendo um fantasma terrível, com a cabeça enfaixada e manchada de sangue, o rosto muito magro e lívido, estava Sherlock Holmes. No instante seguinte havia passado pela abertura e ouvi o choque do seu corpo com as moitas de loureiros no jardim. Com um urro de raiva, o dono da casa precipitou-se atrás dele pela janela aberta.

Então aconteceu num instante, e vi tudo claramente. Um braço, o braço de uma mulher, surgiu do meio das folhas de loureiro. No mesmo momento o barão soltou um grito horrível, um grito que ressoará sempre na minha memória.

Cobriu o rosto com as mãos e retornou com precipitação e em círculo ao aposento, batendo horrivelmente com a cabeça nas paredes. Depois caiu no tapete, rolando e se contorcendo, enquanto os seus brados se espalhavam por toda a casa.

— Água! Água pelo amor de Deus! — urrava sem parar.

Peguei uma garrafa numa mesa lateral e me apressei em prestar-lhe socorro. No mesmo momento acudiram o mordomo e vários criados. Lembro-me de que um deles desmaiou quando me ajoelhei junto ao ferido e expus o seu rosto desfigurado atrozmente à luz da lâmpada. O vitríolo[4] ia carcomendo-o em todas as partes e escorria das orelhas e do queixo. Um olho já estava branco e vidrado. O outro, vermelho e inflamado. A fisionomia que eu havia admirado minutos antes parecia agora um belo quadro sobre o qual o artista havia passado uma esponja úmida e imunda. Tornara-se sem brilho, sem cor, desumana, horrível.

Expliquei em poucas palavras exatamente o que sucedera, pelo menos no que se referia à agressão com vitríolo. Alguns criados saltaram pela janela, outros saíram correndo para o jardim, mas havia escurecido e começava a chover. Entre os gritos, a vítima se enfurecia e soltava gritos de raiva contra aquela que se vingara.

— Foi aquela bruxa do inferno! Foi Kitty Winter! — vociferava. — Oh, aquele demônio! Ela vai pagar por isso! Sim, vai pagar! Oh, Deus do céu, esta dor é maior do que posso suportar!

Banhei-lhe o rosto com óleo, apliquei um chumaço de algodão na sua pele em carne viva e ministrei-lhe uma injeção de morfina. Com o choque, desapareceram todas as suspeitas na sua mente a meu respeito. Ele agarrava-se às minhas mãos como se, ainda agora, eu tivesse o poder de

---

[4] Vitríolo é o nome antigo do ácido sulfúrico. É um composto químico muito corrosivo, o mais produzido no mundo. Pode causar queimaduras graves em contato com a pele. (N. do T.)

devolver vida aos seus olhos de peixe morto que se fixavam em mim. Eu poderia ter deplorado aquela destruição se não me lembrasse com muita clareza da vida abominável que teve como consequência uma mudança tão horrível.

Repugnava-me sentir o contato com as suas mãos muito quentes e fiquei aliviado quando o médico da família, seguido de perto por um especialista, vieram substituir-me. Um inspetor da polícia também chegou e estendi a ele o meu verdadeiro cartão de visita. Teria sido inútil e ingênuo agir de maneira diferente, pois na Scotland Yard todos me conheciam quase tanto quanto Sherlock Holmes. Em seguida deixei aquela casa de tristeza e de horror. Menos de uma hora mais tarde me encontrava na Baker Street.

Holmes estava sentado na sua poltrona habitual. Parecia muito pálido e esgotado. Além de seus ferimentos, mesmo os seus nervos de aço ficaram abalados com os acontecimentos da noite. Ouviu atônito o relato que fiz da transformação sofrida pelo barão.

— O salário do pecado, Watson! O salário do pecado! — comentou. — Cedo ou tarde, ele sempre virá. Deus sabe que ele pecou bastante — acrescentou, pegando sobre a mesa um livro marrom. — Este é o livro de que nos falou aquela mulher. Se ele não conseguir romper o noivado, nada o conseguirá. Mas ele o romperá, Watson. É preciso. Nenhuma mulher que se respeite a si mesma pode suportar uma coisa dessas.

— É o seu diário de amor?

— Ou o diário da sua luxúria. Chame-o como quiser. A partir do momento em que a srta. Winter nos falou do livro, compreendi que seria uma arma formidável se pudéssemos botar as mãos nele. Eu não disse nada na hora para não revelar o meu pensamento, porque a mulher poderia revelar os meus planos. Mas refleti longamente sobre o assunto. Depois houve a agressão. Ela me deu a oportunidade de fazer o barão acreditar que não precisava mais tomar nenhuma precaução contra mim. Tudo se deu do melhor modo possível. Eu poderia esperar mais um pouco, mas a viagem dele aos Estados Unidos me forçou a agir de imediato. Ele jamais partiria deixando para trás um documento tão comprometedor.

"Por isso tivemos que agir sem demora. Um assalto à noite era impossível, uma vez que ele toma suas precauções. Mas havia uma possibilidade no fim da tarde, se eu conseguisse distrair a atenção dele para outra coisa. Foi aí que entraram em cena você e seu pires azul. Mas precisava saber com certeza onde se encontrava o livro, pois só dispunha de alguns minutos, já que o meu tempo era limitado por seus conhecimentos sobre a porcelana chinesa. Por isso convoquei a moça no último momento. Como eu poderia adivinhar o que continha o pequeno pacote que ela levou com tanto cuidado debaixo da capa? Imaginei que ela viera unicamente por causa do meu caso, mas parece que ela também tinha o seu."

— O barão adivinhou que foi você quem me enviou.

— Eu temia isso. O certo é que você o entreteve o tempo suficiente para que eu pegasse o livro, mas não o suficiente para que eu escapasse sem ser visto. Ah, sir James, estou muito contente que tenha vindo.

Nosso amigo cortesão aparecera em resposta a uma convocação feita havia pouco. Ouviu com o mais vivo interesse o relato que Holmes fez dos acontecimentos.

— O senhor fez maravilhas! Maravilhas! — exclamou no final da narrativa. — Mas, se esses ferimentos são tão terríveis como o dr. Watson descreve, então a nossa intenção de frustrar o casamento será alcançada sem a necessidade de usar esse livro infame.

Holmes abanou negativamente a cabeça.

— Mulheres como a srta. de Merville não se comportam desse modo. Ela o amaria ainda mais como um mártir desfigurado. Não, não. É o seu aspecto moral, e não a sua aparência física, que temos que destruir. Este livro vai trazê--la de volta à terra. É a única coisa que pode consegui-lo. Está escrito com a própria letra dele. Ela não pode deixar de admiti-lo.

Sir James levou o livro e o pires precioso. Como eu estava atrasado, saí para a rua em sua companhia. Uma carruagem o aguardava. Saltou dentro dela, deu uma ordem breve ao cocheiro, que usava uma insígnia, e o veículo afastou-se rapidamente. Ele jogou metade do seu capote fora da janela para cobrir o brasão na portinhola, mas mesmo assim tive tempo de reconhecê-lo à luz da bandeira semicircular da nossa porta. Engasguei com a surpresa. Então dei meia-volta e subi até o quarto de Holmes.

— Descobri quem é o nosso cliente — exclamei, entrando de súbito com a minha grande notícia. — Bem, Holmes, é...

— É um amigo leal e um homem cavalheiresco — interrompeu Holmes, erguendo a mão para cortar-me a palavra. — Que isto seja suficiente para nós, agora e para sempre.

Não sei de que modo o livro infame foi usado. Talvez sir James se tenha encarregado da tarefa. Mas é mais provável que uma missão tão delicada tenha sido confiada ao pai da jovem. De qualquer maneira, o efeito foi o desejável. Três dias mais tarde, o *Morning Post* publicava uma nota anunciando que o casamento do barão Adelbert Gruner com a srta. Violet de Merville não seria mais realizado.

O mesmo jornal noticiava a primeira audiência do processo contra a srta. Kitty Winter, acusada do grave delito de ter lançado vitríolo em Adelbert Gruner. Durante o julgamento surgiram tantas circunstâncias atenuantes que a sentença, como todos se lembram, foi a mais branda possível para esse crime.

Sherlock Holmes viu-se ameaçado com a denúncia de roubo, mas, quando um objetivo é nobre e um cliente suficientemente famoso, mesmo a rígida lei britânica se torna humana e flexível. Meu amigo ainda não se sentou no banco dos réus.

Os três frontões

Creio que nenhuma das minhas aventuras com Sherlock Holmes começou de forma tão brusca e tão dramática como a que associo aos Três Frontões. Fazia vários dias que não via Holmes e não tinha ideia da direção em que suas atividades se desenvolviam. Mas, naquela manhã, ele estava com disposição para conversar. Eu acabava de me sentar na poltrona gasta e baixa que ficava num dos lados da lareira e, enquanto ele se encolhia com o cachimbo na boca na cadeira da frente, nosso visitante chegou. Se eu dissesse que um touro bravo havia chegado, daria uma impressão mais exata do que aconteceu.

A porta abriu-se de repente e um negro enorme invadiu a sala. Ele seria uma figura cômica se não fosse assustadora, porque vestia um terno xadrez cinza muito vistoso com uma gravata ondulante de cor salmão. O rosto largo e o nariz achatado projetavam-se para a frente, enquanto os olhos negros sombrios, com um brilho latente de malvadez, pousaram alternadamente em Holmes e em mim.

— Qual dos cavalheiros é o sr. Holmes? — perguntou.

Holmes ergueu o cachimbo com um sorriso de indiferença.

— Ah, é o senhor?

Nosso visitante avançou, contornando com passos desagradáveis e furtivos o canto da mesa.

— Ouça, sr. Holmes, não meta o bedelho nos negócios

dos outros. Deixe que cada um resolva os seus próprios problemas. Entendeu, sr. Holmes?

— Continue falando — respondeu Holmes. — Dá gosto ouvi-lo.

— Ah, dá gosto, não é? — rosnou o selvagem. — Não vai ser tão gostoso se me obrigar a cortá-lo em pedaços. Lidei com pessoas da sua espécie antes que não pareciam tão bem quando acabei de ajustar contas com elas. Olhe isto, sr. Holmes!

Ele balançou um punho enorme e cheio de saliências nodosas diante do nariz do meu amigo. Holmes examinou-o de perto com uma expressão de grande interesse.

— Já nasceu com o punho assim? — perguntou. — Ou ele foi se desenvolvendo aos poucos?

Talvez tenha sido a frieza gélida do meu amigo ou o ruído ligeiro que fiz ao apanhar o atiçador. Em todo caso, o ímpeto do nosso visitante tornou-se mais moderado.

— Bem, o senhor fica devidamente avisado — disse. — Um amigo meu tem interesses pelos lados de Harrow. O senhor sabe ao que me refiro. Ele não quer que ninguém atravesse o seu caminho. Entendeu? O senhor não é a lei. Eu também não sou. Se o senhor se intrometer, acertaremos as contas. Não se esqueça disso.

— Já desejava conhecê-lo há algum tempo — disse Holmes. — Não o convido a sentar-se, porque não gosto do seu cheiro. Você não é Steve Dixie, o pugilista?

— Este é o meu nome, sr. Holmes. E sem dúvida o enfiarei na sua goela, se continuar me ofendendo.

— É certamente a última coisa de que precisa — respondeu Holmes, com os olhos fixos na boca enorme do nosso visitante. — Você assassinou o jovem Perkins na frente da porta do Holborn Bar... Como! Já está indo?

O negro saltara para trás e o seu rosto se tornara cinzento como chumbo.

— Não vou ouvir a sua conversa — disse. — O que tenho a ver com esse Perkins, sr. Holmes? Eu estava treinando no Bull Ring, em Birmingham, quando esse rapaz se envolveu em problemas.

— Sim, você vai contar isso ao juiz, Steve — retorquiu Holmes. — Venho observando você e Barney Stockdale...

— Que Deus me ajude, sr. Holmes!

— Isto é suficiente. Saia daqui. Vou buscá-lo quando precisar de você.

— Bom dia, sr. Holmes. Espero que não me queira mal por causa desta visita.

— Só se me disser quem o enviou.

— Ora, isso não é segredo, sr. Holmes. É o mesmo cavalheiro que o senhor acaba de mencionar.

— E quem lhe deu ordens para vir aqui?

— Juro-lhe, sr. Holmes, que não sei. Ele me disse: "Steve, vá ver o sr. Holmes e diga-lhe que a vida dele correrá perigo se vier para o lado de Harrow". Esta é a pura verdade.

Sem esperar outras perguntas, nosso visitante saiu correndo da sala quase tão precipitadamente como entrou. Holmes sacudiu as cinzas do cachimbo com um riso dissimulado.

— Estou feliz que não tenha sido obrigado a quebrar a sua cabeça lanosa, Watson. Observei suas manobras com o atiçador. Mas ele é realmente um sujeito inofensivo, um bebê grande musculoso, estúpido, fanfarrão, e se acovarda facilmente, como você viu. É um dos membros da quadrilha de Spencer John e participou de alguns negócios sujos dos quais me ocuparei quando tiver tempo. O seu chefe imediato, Barney, é mais astuto. É um bando especializado em agressões, intimidações e outros delitos desse estilo. O que eu gostaria de saber é quem está por trás deles nesta ocasião particular.

— Mas por que querem intimidá-lo?

— Por causa desse caso de Harrow Weald. Resolvi examinar o assunto, porque, se alguém se interessa tanto por ele, não deve ser trivial.

— De que se trata?

— Eu ia contar-lhe quando tivemos esse intervalo cômico. Aqui está o bilhete da sra. Maberley. Se tiver vontade de vir comigo, vamos enviar-lhe um telegrama e partir imediatamente.

Li o bilhete seguinte:

Prezado sr. Holmes,
Tive uma sequência de incidentes estranhos relacionados com esta casa e gostaria muito de ouvir a sua opinião. O senhor me encontrará em casa amanhã, a qualquer hora. A casa fica a uma caminhada curta da estação de Weald. Creio que o meu finado marido, Mortimer Maberley, foi um dos seus primeiros clientes.
Atenciosamente,
Mary Maberley

O endereço era "Os Três Frontões, Harrow Weald".

— É isso — disse Holmes. — E agora, se puder dispor de algum tempo, Watson, vamos dar uma volta por lá.

Uma viagem curta de trem, e uma ainda mais curta de carro, levou-nos até a residência. Era uma casa de campo de tijolos e madeira, que se erguia em seu próprio terreno de um pouco mais de quatro hectares de pastagens não exploradas. Três pequenas saliências em cima das janelas do alto faziam uma tentativa frágil para justificar o nome de Três Frontões. Atrás havia um pequeno bosque de pinheiros melancólicos e em crescimento e todo o aspecto do lugar respirava pobreza e desalento. Entretanto, encontramos a casa bem mobiliada, e a senhora que nos recebeu pareceu-me uma pessoa muito simpática, de certa idade, visivelmente culta e refinada.

— Lembro-me bem do seu marido, madame — disse Holmes —, embora tenham transcorrido alguns anos desde que recorreu aos meus serviços para uma questão de pouca importância.

— Talvez o nome do meu filho, Douglas, lhe seja mais familiar.

Holmes olhou para ela com vivo interesse.

— Meu Deus! A senhora é a mãe de Douglas Maberley? Eu o conhecia pouco. Mas é claro que Londres inteira o conhece. Que pessoa magnífica! Onde está ele agora?

— Ele morreu, sr. Holmes. Morreu. Era adido da embaixada em Roma e morreu ali de pneumonia no mês passado.

— Sinto muito. Parecia impossível associar a morte com um homem como ele. Jamais conheci alguém que apreciasse tanto a vida. Ele vivia intensamente, com todas as fibras do seu corpo.

— Intensamente até demais, sr. Holmes. Essa foi a ruína dele. O senhor se lembra de como ele era: afável e fascinante. Não viu a criatura mal-humorada, triste e taciturna que se tornou. O seu coração se partiu. Em apenas um mês pareceu-me ver o meu rapaz exuberante transformar-se num homem cínico e abatido.

— Um caso de amor? Uma mulher?

— Ou um demônio. Bem, não foi para falar do meu pobre filho que lhe pedi para vir, sr. Holmes.

— O dr. Watson e eu estamos à sua disposição.

— Vários incidentes muito estranhos têm ocorrido. Moro nesta casa há mais de um ano. Como queria levar uma vida retirada, quase não conheço os meus vizinhos. Há três dias recebi a visita de um homem que se identificou como agente imobiliário. Disse-me que esta casa conviria perfeitamente a um de seus clientes e que, se eu estivesse disposta a deixá-la, o dinheiro não seria problema. Isso me pareceu muito estranho, porque há na região várias casas vazias para vender e todas elas em iguais condições. Mas, naturalmente, a proposta dele me interessou.

"Em consequência, indiquei um preço que era 500 libras a mais do que paguei. Ele aceitou a minha proposta imediatamente, mas acrescentou que o seu cliente desejava comprar também os móveis e me pediu para fixar o preço. Parte dos móveis vem da minha casa antiga e, como pode ver, estão em bom estado. Por isso fixei uma quantia bem alta. Ele também concordou com isso. Eu sempre quis viajar e o negócio era tão bom que acreditei, na verdade, que poderia viver confortavelmente até o fim da minha vida.

Ontem, o agente se apresentou com o contrato já preparado para a assinatura. Felizmente mostrei-o ao meu advogado, sr. Sutro, que mora em Harrow.

— Este é um documento muito estranho — disse-me ele. — A senhora compreendeu que, se o assinar, não poderá retirar legalmente nada da casa, nem mesmo os seus objetos de uso pessoal?

Quando o agente retornou à tarde, fiz a ele essa observação e lhe esclareci que só pretendia vender os móveis.

— Não, não, tudo — respondeu. — O preço de compra inclui tudo.

— Mas as minhas roupas? As minhas joias?

— Bem, poderemos fazer-lhe algumas concessões quanto aos objetos de uso pessoal. Mas nada deverá sair da casa sem ser verificado. O meu cliente é uma pessoa muito liberal, mas tem seus caprichos e sua maneira própria de fazer as coisas. Com ele é tudo ou nada.

— Pois então será nada! — declarei. — E aí terminou o assunto. Mas a coisa toda me pareceu tão incomum que pensei..."

Nesse ponto ocorreu uma interrupção extraordinária.

Holmes levantou a mão pedindo silêncio. Em seguida atravessou a sala, abriu a porta bruscamente e puxou para dentro uma mulher alta e magra, que agarrara pelo ombro. Ela entrou se debatendo desajeitadamente como uma galinha grande e desengonçada que é tirada do galinheiro cacarejando.

— Solte-me! O que está fazendo? — esbravejou.

— Susan, o que é isso?

— Bem, senhora, eu vinha perguntar se as visitas iam ficar para o almoço quando esse homem pulou em cima de mim.

— Há mais de cinco minutos que a estou escutando, mas não queria interromper o seu relato tão interessante. Você é um pouco asmática, não é, Susan? Tem a respiração forte demais para esse tipo de trabalho.

Susan virou para Holmes o rosto carrancudo, mas espantado.

— Quem é o senhor, em todo caso, e com que direito me trata de maneira tão rude?

— Simplesmente porque quero fazer uma pergunta na sua presença. A senhora mencionou a alguém, sra. Maberley, a sua intenção de me escrever e me consultar?

— Não, sr. Holmes, a ninguém.

— Quem pôs a carta no correio?

— Susan.

— Exatamente. Agora, Susan, para quem você escreveu ou mandou uma mensagem avisando que a sua patroa ia me pedir um conselho?

— É mentira. Não mandei nenhuma mensagem.

— Ouça, Susan. Os asmáticos às vezes não vivem muito tempo, você sabe. É uma coisa repugnante contar mentiras. A quem avisou?

— Susan! — gritou a sua patroa. — Você é uma mulher má e traiçoeira. Lembro-me agora de que a vi conversando com alguém por cima da cerca.

— Este é um assunto meu — respondeu Susan, de mau humor.

— E se eu lhe disser que era com Barney Stockdale que você falava? — interveio Holmes.

— Bem, se o senhor sabe, por que está me perguntando?

— Eu não tinha certeza, mas agora tenho. Pois bem, Susan, se quiser ganhar dez libras, só tem que me dizer quem é a pessoa que está por trás de Barney.

— Alguém que pode me oferecer mil libras para cada dez que o senhor possui no mundo.

— Então é um homem rico? Não. Você sorriu. Uma mulher rica, então? Agora que chegamos tão longe, pode dizer o nome dela e ganhar as dez libras.

— Eu o verei no inferno primeiro.

— Que linguagem, Susan!

— Vou embora daqui. Estou farta de todos vocês. Mandarei buscar a minha mala amanhã.

Ao dizer isso, dirigiu-se à porta.

— Boa tarde, Susan. Um calmante é o melhor remédio.

De imediato — prosseguiu Holmes, abandonando repentinamente o tom jovial e adotando uma expressão séria quando a porta se fechou atrás da mulher corada e com raiva —, essa quadrilha leva muito a sério o seu negócio. Vejam como são rápidos no jogo. A pequena carta que a senhora me enviou tinha o carimbo do correio das dez horas da noite. Susan manda o recado a Barney. Barney encontra tempo para ir ver o chefe e receber instruções. O patrão ou a patroa — acho que se trata de uma mulher quando revejo o sorriso irônico de Susan imaginando que eu me enganava — traça um plano. O negro Steve é chamado e às 11h da manhã seguinte recebo a advertência de que me mantenha afastado do caso. Como veem, eles trabalham depressa.

— Mas o que querem?

— Sim, esta é a questão. Quem morou nesta casa antes da senhora?

— Um oficial da marinha reformado, que se chamava Ferguson.

— Sabe algo especial sobre ele?

— Não ouvi nada a respeito.

— Eu estava me perguntando se ele não teria enterrado alguma coisa aqui. Claro, hoje em dia as pessoas enterram um tesouro num cofre de banco. Mas há sempre alguns malucos por aí. Sem eles o mundo seria chato. Primeiro pensei que havia algo de valor enterrado em algum lugar. Mas por que, neste caso, eles querem os seus móveis? A senhora não possui por acaso, sem saber, um Rafael ou um manuscrito original de Shakespeare?

— Não, não creio que possua nada mais precioso do que um jogo de chá Crown Derby.[1]

— Isso dificilmente justificaria todo esse mistério. Além disso, por que não declaram claramente o que querem? Se

---

[1] A Royal Crown Derby Porcelain Company é uma fábrica de porcelana com sede em Derby, na Inglaterra, conhecida desde o final do século XVIII por seus produtos de alta qualidade. (N. do T.)

desejam o seu jogo de chá, podem seguramente oferecer um preço por ele, sem comprar tudo o que existe dentro da casa. Não, como vejo as coisas, existe algo que a senhora não sabe que possui e que não venderia se soubesse.

— É também a minha opinião — disse eu.

— O dr. Watson concorda comigo, de modo que não há mais o que discutir.

— Mas, sr. Holmes, o que pode ser? — perguntou a sra. Maberley.

— Vamos ver se, valendo-nos simplesmente da análise mental, podemos ir mais longe. A senhora mora nesta casa há um ano.

— Quase dois.

— Tanto melhor. Durante esse longo período ninguém lhe pediu nada. Agora, de repente, em três ou quatro dias, recebe propostas insistentes. O que conclui disso?

— Isso só pode significar — observei — que o objeto, seja ele qual for, acaba de entrar na casa.

— De acordo mais uma vez — disse Holmes. — Sra. Maberley, um objeto novo acaba de chegar aqui?

— Não. Não comprei nada novo neste ano.

— Realmente? Isso é extraordinário. Bem, acho que o melhor é deixar os fatos se adiantarem um pouco mais para termos uma visão mais clara do assunto. O advogado que a senhora consultou é competente?

— O sr. Sutro é muito competente.

— Tem outra empregada doméstica? Ou essa encantadora Susan que acaba de bater a porta da frente era a sua única empregada?

— Tem uma mocinha.

— Procure fazer com que Sutro passe uma noite ou duas na sua casa. A senhora talvez precise de proteção.

— Contra quem?

— Quem sabe? O caso, evidentemente, ainda está obscuro. Se não posso descobrir o que andam buscando, terei que focalizar o assunto pela outra ponta, tentando chegar ao mandante. O agente imobiliário deixou-lhe o seu endereço?

— Só o seu cartão e a sua profissão: Haines-Johnson, leiloeiro e avaliador.

— Não creio que o encontremos no catálogo de profissões. Os homens de negócios honestos não escondem em seus cartões o lugar onde trabalham. Bem, comunique-me qualquer novidade que ocorra. Aceitei o seu caso e pode confiar que me ocuparei dele até que seja resolvido.

Quando passamos pela entrada, os olhos de Holmes, que não deixam escapar nada, pousaram em várias malas e caixas empilhadas num canto. As etiquetas ainda se destacavam nelas.

— Milão. Lucerna. Essas bagagens vêm da Itália.

— São as coisas do pobre Douglas.

— A senhora ainda não as desembrulhou? Há quanto tempo as recebeu?

— Chegaram na semana passada.

— Mas a senhora disse... Bem, esse pode ser o elo que nos faltava. Como sabe que aí dentro não há nada de valor?

— É pouco provável, sr. Holmes. O pobre Douglas só tinha o seu salário e uma pequena renda anual. O que poderia possuir de valor?

Holmes perdeu-se em seus pensamentos.

— Não demore mais, sra. Maberley — recomendou por fim. — Mande levar estas bagagens para o seu quarto, lá em cima. Examine-as o quanto antes e veja o que contêm. Virei amanhã e ouvirei o seu relato.

Era evidente que os Três Frontões estavam sob vigilância estreita, porque, quando contornamos a cerca alta no final do caminho, lá estava o boxeador negro, na sombra. Tropeçamos nele de repente e a sua figura parecia sinistra e ameaçadora naquele lugar isolado. Holmes pôs a mão no bolso.

— Procurando o revólver, sr. Holmes?

— Não, o meu frasco de perfume, Steve.

— O senhor é engraçado, não é, sr. Holmes?

— Não será engraçado para você, Steve, se eu for atrás de você. Eu o avisei esta manhã.

— Bem, sr. Holmes, pensei em tudo o que me disse e não quero mais falar no assunto do sr. Perkins. Se puder ajudá-lo, sr. Holmes, conte comigo.

— Então me diga quem está por trás deste caso.

— Que Deus me ajude, sr. Holmes! Eu lhe disse a verdade antes. Não sei. O meu chefe Barney me dá ordens, e é tudo.

— Então, lembre-se bem, Steve, de que a senhora dessa casa e tudo o que há debaixo desse teto estão sob a minha proteção. Não se esqueça disso.

— Está certo, sr. Holmes. Vou me lembrar.

— Acho que o assustei e o fiz temer pela sua própria pele — observou Holmes, quando retomamos a nossa caminhada. — Creio que ele delataria o seu patrão se soubesse quem ele é. Foi uma sorte que eu tivesse algum conhecimento da atuação da quadrilha de Spencer John e que Steve faz parte dela. Agora, Watson, este é um caso para Langdale Pike e vou vê-lo imediatamente. Quando eu voltar, talvez possa ver mais claro o assunto.

Não voltei a ver Holmes durante o dia, mas posso imaginar a maneira como o empregou, pois Langdale Pike era o seu livro vivo de consulta sobre todos os escândalos da sociedade. Esse personagem estranho e indolente passava as horas em que não dormia na janela arcada de um clube na Saint James Street, e era a estação receptora e emissora de todas as fofocas da metrópole. Diziam que obtinha uma renda de quatro algarismos com as notas que enviava todas as semanas aos jornais que recolhem todo tipo de lixo para satisfazer um público de leitores curiosos. Se uma turbulência estranha ou redemoinho ocorresse nas profundezas turvas da vida de Londres, ela era registrada com exatidão automática na superfície por essa máquina implacável. Holmes ajudava Langdale discretamente com suas informações, e este lhe prestava serviços ocasionalmente.

Quando fui visitar o meu amigo nos seus aposentos nas primeiras horas da manhã seguinte, percebi pela sua aparência que tudo estava bem, mas uma surpresa desagradável nos aguardava. Ela assumiu a forma do telegrama seguinte:

> Por favor, venha com urgência. A casa da cliente foi assaltada esta noite. A polícia está no local.
> Sutro.

Holmes deixou escapar um assobio.

— O drama chegou a uma crise, e mais depressa do que eu esperava. Por trás desse negócio há uma pessoa com grande poder de manipulação, Watson. A crise não me surpreende depois do que ouvi. Esse Sutro é, naturalmente, o advogado dela. Receio ter cometido um erro ao não pedir a você que passasse a noite de guarda. Esse homem mostrou claramente que não é confiável. Bem, não há outro remédio senão fazer outra viagem a Harrow Weald.

Encontramos os Três Frontões em situação bem diferente da casa de família em boa ordem do dia anterior. Um pequeno grupo de desocupados se reunira junto ao portão do jardim, enquanto dois policiais examinavam as janelas e os canteiros de gerânios. No interior, fomos recebidos por um senhor de cabelos grisalhos, que se apresentou como advogado da sra. Maberley, e por um inspetor agitado e rubicundo, que cumprimentou Holmes como um velho amigo.

— Bem, sr. Holmes, receio que não haja nada para o senhor neste caso. É só um roubo comum, ordinário, no limite das capacidades desta pobre e velha polícia. Os especialistas não são necessários.

— Estou certo de que o caso se encontra em muito boas mãos — respondeu Holmes. — Só um roubo comum, o senhor disse?

— Sim. Sabemos muito bem quem são os homens e onde os encontrar. É a quadrilha de Barney Stockdale, com o negro enorme... Foram vistos nos arredores.

— Muito bem. O que levaram?

— Bem, parece que não levaram muita coisa. A

sra. Maberley foi anestesiada com clorofórmio e a casa... Ah, aqui está a própria senhora.

Nossa amiga da véspera, mostrando-se muito pálida e doente, entrara na sala apoiando-se numa pequena criada.

— O senhor me deu um bom conselho, sr. Holmes — disse ela, sorrindo tristemente. — Infelizmente não o segui. Não quis incomodar o sr. Sutro e fiquei sem proteção.

— Só ouvi falar disso esta manhã — explicou o advogado.

— O sr. Holmes me aconselhou a ter um amigo em casa. Não atendi ao seu conselho e agora tenho que pagar por isso.

— A senhora parece muito mal — observou Holmes. — Talvez não esteja em condições de me contar o que ocorreu.

— Está tudo anotado aqui — replicou o inspetor, batendo de leve num bloco de notas volumoso.

— No entanto, se a sra. Maberley não se sente muito cansada...

— Na verdade, há muito pouco para contar. Não tenho nenhuma dúvida de que a traiçoeira Susan preparou tudo para que entrassem na casa. Eles a conheciam em cada centímetro. Tive por um instante a sensação do pano impregnado de clorofórmio que me colocaram na boca, mas não tenho ideia de quanto tempo permaneci sem sentidos. Quando acordei, um homem se encontrava ao lado da cama e outro se levantava com um pacote que tinha tirado da bagagem do meu filho. Esta estava parcialmente aberta e seu conteúdo espalhado no soalho. Antes que ele pudesse fugir, dei um pulo e o agarrei.

— A senhora correu um grande risco — comentou o inspetor.

— Eu me agarrei a ele, mas ele se livrou e o outro deve ter batido em mim, porque não me lembro de mais nada. Mary, a pequena criada, ouviu o barulho e se pôs a gritar na janela. A polícia veio, mas os malandros já tinham fugido.

— O que eles roubaram?

— Acho que não falta nada de valor. Tenho certeza de que não havia nada nas malas do meu filho.

— Os ladrões não deixaram nenhuma pista?
— Havia uma folha de papel que devo ter arrancado do homem a quem me agarrei. Estava amarrotada no soalho. A letra é do meu filho.
— O que significa que não será muito útil para nós — comentou o inspetor. — Agora, se esteve nas mãos do ladrão...
— Exatamente — disse Holmes. — Que bom-senso sutil! Mesmo assim, estou curioso para vê-la.
O inspetor tirou da sua carteira uma folha de papel dobrada.
— Nunca deixo passar nada, por mais insignificante que pareça — disse ele com certa empáfia. — Este é o conselho que lhe dou. Em 25 anos de experiência, aprendi a minha lição. Há sempre a possibilidade de encontrar uma impressão digital ou alguma outra coisa.
Holmes examinou a folha de papel.
— O que acha disso, inspetor?
— Parece ser o final de um romance esquisito, até onde posso ver.
— Pode muito bem ser o final de uma história curiosa — observou Holmes. — Notou o número no alto da página? É o número 245. Onde estão as outras 244 páginas?
— Bem, suponho que os ladrões as levaram. Que façam bom proveito!
— É estranho que assaltem uma casa para roubar papéis como esses. Isso não lhe sugere nada, inspetor?
— Sim, senhor. Sugere que, em sua pressa, os bandidos apanharam o que primeiro lhes caiu à mão. Desejo que desfrutem com alegria do que roubaram.
— Por que se interessaram pelas coisas do meu filho? — indagou a sra. Maberley.
— Como não encontraram embaixo objetos de valor, tentaram a sorte no primeiro andar. É assim que entendo as coisas. Qual é a sua opinião, sr. Holmes?
— Preciso refletir sobre isso, inspetor. Venha até a janela, Watson.

Então, enquanto estávamos lado a lado, Holmes leu o que estava escrito nesse pedaço de papel. O texto começava no meio de uma frase e dizia o seguinte:

> ... rosto sangrava intensamente em consequência dos cortes e golpes, mas aquilo não era nada ao lado do que sangrava o seu coração quando viu aquele rosto lindo, o rosto pelo qual estava disposto a sacrificar a sua vida, assistir à sua angústia e à sua humilhação. Ela sorria... Sim, por Deus, ela sorria, como o demônio sem coração que era, enquanto ele olhava para ela. Foi então que o amor morreu e nasceu o ódio. O homem deve viver por alguma coisa. Se não é por seus abraços, minha senhora, será certamente por sua ruína e por minha vingança total.

— Redação estranha — disse Holmes com um sorriso, ao devolver o papel ao inspetor. — Notou como ele de narrador mudou, de repente, para personagem? O autor ficou tão entusiasmado com a sua própria história que se imaginou como herói no momento supremo.

— Pareceu-me um texto muito pobre — murmurou o inspetor, que repôs o manuscrito na sua carteira. — Como! Vai nos deixar, sr. Holmes?

— O caso está em tão boas mãos que não acho que haja mais alguma coisa para eu fazer. A propósito, sra. Maberley, não me disse que gostaria de viajar?

— Foi sempre o meu sonho, sr. Holmes.

— Para onde teria vontade de ir? Cairo, Madeira, Riviera?

— Ah, se eu tivesse dinheiro faria uma viagem ao redor do mundo.

— Boa ideia. Ao redor do mundo. Então, bom dia. Talvez lhe envie algumas linhas esta noite.

Quando passamos em frente à janela, vi de relance o inspetor que sorria e sacudia a cabeça. "Estes sujeitos inteligentes têm sempre um toque de loucura": foi assim que interpretei o sorriso do inspetor.

— Agora, Watson, estamos na última etapa da nossa

pequena viagem — disse Holmes quando nos encontramos novamente na agitação do centro de Londres. — Creio que o melhor é esclarecer de uma vez o caso, e seria bom que você me acompanhasse, porque é mais seguro ter uma testemunha quando se está lidando com uma mulher como Isadora Klein.

Tomamos um cabriolé e saímos a toda a pressa para um endereço na Grosvenor Square. Holmes, mergulhado em suas reflexões, agitou-se de repente.

— A propósito, Watson, suponho que esteja vendo tudo com clareza.

— Não, não posso dizer isso. Somente presumo que nos dirigimos agora para a casa da mulher que está por trás de todos esses delitos.

— Exatamente. Mas o nome de Isadora Klein não lhe lembra nada? Ela foi, naturalmente, uma beldade famosa. Nunca houve mulher que pudesse competir com ela em beleza. É uma espanhola pura, tem sangue dos conquistadores poderosos nas veias, e a sua família governou Pernambuco durante gerações. Casou-se com o alemão Klein, o velho rei do açúcar, e logo se tornou a viúva mais adorável e mais rica da terra. Seguiu-se um período de aventuras, durante o qual se entregou às suas fantasias. Teve vários amantes, e Douglas Maberley, um dos homens mais notáveis de Londres, foi um deles. Segundo dizem, teve com ele muito mais do que uma simples aventura. Ele não era uma mariposa da sociedade, mas um homem forte e orgulhoso que dava tudo e exigia tudo em troca. Mas ela é a *belle dame sans merci*[2] dos romances. Quando o seu capricho está satisfeito, o caso está encerrado. E, se o parceiro não se resigna a aceitar a sua decisão, ela sabe como convencê-lo.

— Então, esta era a própria história de Douglas Maberley.

— Ah, você começa a compreender. Ouvi dizer que ela está para se casar com o jovem duque de Lomond, que po-

---

[2] *Bela dama sem coração*. Em francês, no original. (N. do T.)

deria ser seu filho. A mãe de Sua Graça pode fechar os olhos para a diferença de idade, mas um grande escândalo seria um caso especial. Por isso era imperioso... Ah, já chegamos.

Era uma das casas de esquina mais belas do West End. Um lacaio pegou nosso cartão como um autômato e retornou dizendo que a senhora não estava em casa.

— Neste caso, vamos esperar até que volte — respondeu Holmes cordialmente.

O autômato se embaraçou.

— Não está em casa significa que não está para os senhores — explicou o lacaio.

— Bem — retorquiu Holmes. — Isso quer dizer que não teremos que esperar. Tenha a bondade de entregar este bilhete à sua patroa.

Rabiscou três ou quatro palavras numa folha do seu caderno de anotações, dobrou-a e a passou às mãos do lacaio.

— O que escreveu, Holmes? — perguntei.

— Simplesmente isto: "Então será a polícia?" Acho que ela nos receberá.

E ela nos recebeu. Um minuto mais tarde, com uma rapidez surpreendente, fomos introduzidos numa sala de visitas ao estilo dos contos das mil e uma noites, ampla e maravilhosa, mergulhada numa semiobscuridade produzida por uma ocasional luz elétrica cor-de-rosa. A senhora havia chegado, eu sentia, a essa idade da vida em que a beleza mais orgulhosa acha a meia-luz mais conveniente. Quando entramos, ela se levantou do sofá. Era alta, majestosa, uma aparência perfeita, um rosto lindo como se fosse uma máscara, dois olhos espanhóis maravilhosos que pareciam querer assassinar-nos.

— Que intrusão é esta? E o que significa esta mensagem insultuosa? — indagou ela, segurando o pedaço de papel.

— Não preciso dar-lhe explicações, senhora. Tenho muito respeito pela sua inteligência para fazer isso, embora reconheça que nos últimos tempos essa inteligência teve deslizes surpreendentes.

— Como assim, senhor?

— Supondo que os seus brutamontes de aluguel poderiam afastar-me do meu trabalho com ameaças. Nenhum homem abraçaria a minha profissão se o perigo não o atraísse. Foi então a senhora que me forçou a me debruçar sobre o caso do jovem Maberley.

— Não tenho a menor ideia do que está falando. O que tenho a ver com brutamontes de aluguel?

Holmes deu meia-volta com expressão de cansaço.

— Na verdade, superestimei a sua inteligência. Tanto pior. Boa tarde.

— Espere! Para onde vai?

— Para a Scotland Yard.

Não estávamos ainda a meio caminho da porta quando ela nos alcançou e segurou Holmes pelo braço. Num instante havia mudado do aço para o veludo.

— Voltem, senhores, e sentem-se. Vamos falar sobre o assunto. Sinto que posso ser franca com o senhor, sr. Holmes. O senhor tem os sentimentos de um cavalheiro. O instinto feminino descobre isso rapidamente. Vou tratá-lo como amigo.

— Não posso prometer-lhe reciprocidade, madame. Não sou a lei, mas represento a justiça no limite das minhas modestas faculdades. Estou disposto a ouvi-la e lhe direi em seguida como vou proceder.

— Foi sem dúvida uma tolice da minha parte ameaçar um homem corajoso como o senhor.

— O que foi realmente uma tolice, senhora, é ter-se colocado nas mãos de um bando de malandros que podem submetê-la a chantagem ou denunciá-la.

— Não, não sou tão ingênua. Já que prometi ser sincera, devo dizer que ninguém, a não ser Barney Stockdale e Susan, sua mulher, tem a menor ideia sobre quem é o chefe. Quanto a esses dois, bem, não é a primeira...

Ela sorriu e inclinou a cabeça com uma coqueteria encantadora e íntima.

— Entendo. A senhora os pôs à prova antes.

— São bons cães de caça que correm em silêncio.

— Esses cães, cedo ou tarde, costumam morder a mão que os alimenta. Serão presos por este roubo. A polícia já está atrás deles.

— Eles aceitarão as consequências. É para isso que são pagos. Não devo aparecer no caso.

— A menos que eu a faça aparecer.

— Não, não, o senhor não o faria. É um cavalheiro. Trata-se de um segredo de mulher.

— Primeiro, deve devolver o manuscrito.

Ela rompeu num acesso de riso e caminhou até a lareira. Havia ali uma massa calcinada que revolveu com o atiçador.

— Devo devolver isso? — perguntou.

Tão brejeira e delicada parecia, de pé na nossa frente com um sorriso desafiador, que compreendi que, de todos os criminosos com quem Holmes se defrontou, ela era a que ia lhe dar mais trabalho. No entanto, sabia que ele estava imune ao sentimento.

— Isso decide a sua sorte — declarou friamente. — A senhora é muito rápida para agir, mas desta vez foi longe demais.

Ela jogou o atiçador no chão com estardalhaço.

— Como o senhor é rigoroso! — gritou. — Posso contar-lhe toda a história?

— Suponho que eu poderia contá-la à senhora.

— Mas o senhor deve olhá-la com os meus olhos, sr. Holmes. Deve compreendê-la do ponto de vista de uma mulher que vê toda a ambição da sua vida prestes a ser destruída no último momento. Essa mulher deve ser reprovada se ela se protege?

— O pecado original foi seu.

— Sim, sim. Eu admito. Douglas era um rapaz encantador, mas infelizmente não se incluía nos meus planos. Queria casar-se comigo. Casar-se, sr. Holmes... um plebeu sem um tostão! Não se conformou com menos que isso. Tornou-se obstinado. Como eu me havia entregue a ele, parecia pensar que eu deveria entregar-me sempre, e só a ele. Era intolerável. Por fim, tive que fazer que compreendesse isso.

— Contratando brutamontes para espancá-lo debaixo da sua própria janela.

— O senhor parece saber tudo. Sim, é verdade. Barney e seus rapazes o expulsaram de casa e admito que foram um pouco rudes. O que ele fez então? Eu nunca poderia imaginar que um cavalheiro praticasse um ato semelhante. Ele escreveu um livro no qual contou a sua história. Eu, é claro, era o lobo; ele, o cordeiro. Estava tudo lá, com nomes diferentes, evidentemente. Mas quem, em Londres, não nos reconheceria? O que diz a isso, sr. Holmes?

— Bem, ele estava no seu direito.

— Era como se o ar da Itália tivesse entrado no seu sangue, introduzindo nele o velho espírito vingativo italiano. Ele me escreveu e enviou uma cópia do seu livro para que eu sofresse a tortura da antecipação. Disse-me que havia duas cópias: uma para mim, outra para o seu editor.

— Como sabia que o editor não havia recebido a sua cópia?

— Eu sabia quem era o editor. Este não é o único romance de Douglas, o senhor sabe. Descobri então que o editor não o tinha recebido. Em seguida ocorreu a morte súbita de Douglas. Enquanto o outro manuscrito existisse, eu não poderia me sentir em segurança. Evidentemente, ele deveria estar entre os seus objetos de uso pessoal, que seriam restituídos à sua mãe. Pus todo o bando a trabalhar. Susan entrou como empregada na casa da sra. Maberley. Eu queria agir honestamente. Asseguro-lhe que queria realmente agir desse modo. Estava disposta a comprar a casa e tudo o que ela continha. Aceitei o preço que ela me pediu. Só tentei o outro meio quando tudo o mais falhou. Agora, sr. Holmes, admitindo que eu tenha sido muito dura com Douglas, e Deus sabe o quanto me arrependo, o que mais eu poderia fazer com o meu futuro em jogo?

Sherlock Holmes encolheu os ombros.

— Bem, bem. Suponho que eu vá pactuar com um crime, como de costume — disse ele. — Quanto custa uma viagem de primeira classe ao redor do mundo?

A mulher olhou para ele com espanto.
— Pode ser feita com cinco mil libras?
— Sim, acho que sim.
— Muito bem. Queira, por favor, assinar um cheque com essa quantia e cuidarei para que chegue às mãos da sra. Maberley. A senhora lhe deve uma pequena mudança de ares. Enquanto isso, madame...

Ele levantou um dedo em sinal de advertência.

— Tome cuidado! Muito cuidado! A senhora não pode brincar a vida inteira com instrumentos afiados sem cortar essas mãos delicadas.

O SOLDADO PÁLIDO

As ideias do meu amigo Watson são limitadas, mas ele se obstina naquelas que vêm à sua mente. Há muito tempo vem insistindo para que eu mesmo escreva uma de minhas aventuras. Talvez eu seja um pouco responsável por essa persistência, pois muitas vezes tive oportunidade de comentar como são superficiais os seus relatos e o acusei de se mostrar complacente com o gosto do público em vez de se restringir rigorosamente aos fatos e aos personagens.

— Tente você mesmo, Holmes — retorquiu.

Sou obrigado a reconhecer que, com a pena na mão, começo a perceber que o assunto deve ser apresentado de modo que desperte o interesse do leitor. O caso a seguir dificilmente deixará de interessar, pois faz parte dos mais estranhos da minha coleção, embora Watson não o tenha na dele. Por falar no meu velho amigo e biógrafo, aproveito a oportunidade para ressaltar que, se levo comigo um companheiro em minhas diversas e pequenas investigações, não o faço por afeição nem por capricho. É porque Watson possui algumas características notáveis, às quais, em sua modéstia, tem dado pouca importância, em razão do apreço exagerado que tem pelas minhas atividades. Um parceiro que prevê as suas conclusões e o curso dos acontecimentos é sempre perigoso. Mas o colaborador para o qual cada acontecimento sobrevém como uma surpresa perpétua, e para quem o futuro permanece continuamente como um livro fechado, é realmente um companheiro ideal.

Observo no meu caderno de anotações que foi em janeiro de 1903, assim que terminou a Guerra dos Bôeres, que recebi a visita do sr. James M. Dodd, um inglês alto, jovem, vigoroso, queimado pelo sol. Na época, o bom Watson me havia deixado para se casar. É a única ação egoísta de que me lembro do tempo desde o início da nossa associação. Eu estava só.

Tenho por hábito sentar-me de costas para a janela e colocar meus visitantes na cadeira em frente, de modo que a luz bata em cheio no rosto deles. O sr. James M. Dodd parecia não saber como iniciar a conversa. Não tentei ajudá-lo, pois o seu silêncio me dava mais tempo para observá-lo. Notei que dava bom resultado impressionar os clientes exibindo uma sensação de poder, e por isso quis revelar-lhe algumas de minhas conclusões.

— Percebo que o senhor vem da África do Sul.

— Sim, senhor — respondeu-me ele um tanto surpreso.

— Voluntário na cavalaria imperial, suponho.

— Exato.

— Do corpo de Middlesex, sem dúvida.

— Isso mesmo. Sr. Holmes, o senhor é um adivinho.

Sorri ao ver sua expressão de espanto.

— Quando um cavalheiro de aparência viril entra na minha sala com o rosto bronzeado de um jeito que o sol da Inglaterra nunca poderá produzir, e com o lenço na manga e não no bolso, não é difícil identificar o lugar de onde vem. O senhor usa barba curta, o que revela que não é soldado da ativa. Tem porte de cavaleiro. Quanto a Middlesex, o seu cartão já me informou que é corretor de valores na Throgmorton Street. A que outro regimento poderia incorporar-se?

— Nada lhe escapa.

— Não vejo mais que o senhor, mas me exercitei em prestar atenção ao que vejo. De qualquer modo, sr. Dodd, não foi para discutir sobre a ciência da observação que veio visitar-me esta manhã. O que está acontecendo em Tuxbury Old Park?

— Sr. Holmes!

— Meu caro senhor, não há mistério. Sua carta chegou a mim com esse cabeçalho, e o senhor solicitou esse encontro em termos tão insistentes que estou certo de que algo repentino e importante ocorreu.

— É verdade. Mas escrevi a carta depois do meio-dia e desde então muita coisa ocorreu. Se o coronel Emsworth não me tivesse posto no olho da rua...

— Ele o expulsou?

— Bem, o que ele fez dá quase no mesmo. O coronel Emsworth é uma pessoa difícil de lidar. É o maior disciplinador do Exército em seu tempo e também um militar de linguagem rude. Eu não suportaria o coronel se não fosse em atenção a Godfrey.

Acendi o cachimbo e me recostei na cadeira.

— Talvez me explique sobre o que está falando.

Meu cliente sorriu com malícia.

— Eu começava a acreditar que o senhor soubesse tudo sem que lhe dissessem — observou. — Vou apresentar-lhe os fatos e queira Deus que o senhor possa esclarecer-me o que significam. Não fechei os olhos esta noite quebrando a cabeça. Mas, quanto mais reflito, mais incrível a história se torna.

"Quando me alistei em janeiro de 1901, há exatamente dois anos, o jovem Godfrey Emsworth havia ingressado no mesmo esquadrão. Ele é o filho único do coronel Emsworth, que recebeu a Cruz Victoria[1] na guerra da Crimeia. Como tem o sangue de combatente nas veias, não é de admirar que se alistasse como voluntário. Não havia no regimento rapaz mais formidável. Tornamo-nos amigos, com a amizade que só se estabelece quando se vive a mesma vida e se compartilham as mesmas alegrias e as mesmas dores. Ele era o meu companheiro, o que significa muito no exército.

---

[1] Victoria Cross ou VC, em inglês: é a condecoração militar mais alta na Commonwealth, a Comunidade Britânica das Nações. (N. do T.)

Durante um ano de duros combates, experimentamos juntos o melhor e o pior. Depois, numa ação perto da Colina do Diamante, nos arredores de Pretória, ele foi atingido por uma bala de uma arma de grosso calibre. Recebi duas cartas dele: a primeira veio do hospital da Cidade do Cabo, a segunda de Southampton. Desde então, nem uma palavra... nem uma palavra, sr. Holmes, há seis meses e mais, e ele era o meu melhor amigo.

Quando a guerra acabou, todos voltamos. Escrevi ao pai dele e perguntei onde Godfrey se encontrava. Não obtive resposta. Esperei um pouco e voltei a escrever-lhe. Desta vez recebi uma resposta, curta e ríspida. Godfrey havia partido para fazer a volta ao mundo e era provável que não retornasse antes de um ano. E nada mais.

Não me dei por satisfeito, sr. Holmes. Tudo aquilo me pareceu totalmente anormal. Godfrey era um bom rapaz, incapaz de abandonar um companheiro desse modo. Isso não correspondia ao seu modo de ser. Soube, além disso, que era herdeiro de uma grande quantia de dinheiro, e que o seu pai e ele nem sempre se davam muito bem. O velho se mostrava às vezes tirânico e o jovem Godfrey era genioso demais para suportá-lo.

Não, eu não podia me dar por satisfeito e decidi ir à raiz da questão. Sucedeu, entretanto, que os meus negócios precisavam ser postos em dia, após dois anos de ausência, e só nesta semana tive tempo de retomar o caso de Godfrey. Mas, desde que passei a dedicar-me a ele, resolvi largar tudo para elucidá-lo."

O sr. James M. Dodd parecia ser o tipo de pessoa que é preferível ter como amigo do que como inimigo. Os seus olhos azuis tinham uma expressão severa e, enquanto falava, o seu maxilar quadrado tornava-se tenso.

— E o que o senhor fez? — indaguei.

— O meu primeiro passo consistiu em ir até a casa dele, em Tuxbury Old Park, perto de Bedford, para ver com os meus próprios olhos como o terreno se apresentava. Por isso escrevi à sua mãe. Não quis mais tratar com o pai rabugento. Lancei-me num ataque frontal. Disse-lhe que Godfrey era o meu melhor amigo, que eu tinha grande interesse por ele e que poderia contar a ela nossas aventuras em comum. Eu estaria nas redondezas e perguntei-lhe se via algum inconveniente em fazer-lhe uma visita, etc. Recebi uma resposta muito amável e um convite para passar a noite na casa dela. Foi isso que me levou até lá na segunda-feira.

Tuxbury Old Hall é inacessível, a oito quilômetros do lugar mais próximo. Na estação não havia meio de transporte e tive que fazer o trajeto a pé, carregando a mala. Estava quase escuro quando cheguei. É uma casa grande e isolada dentro de um parque enorme. Considero que todas as épocas estão representadas na arquitetura do edifício, começando pelas bases de madeira e alvenaria do período elisabetano e terminando num pórtico do tempo vitoriano. No interior tudo é de carvalho, com tapeçarias e quadros velhos meio apagados. Uma casa para almas do outro mundo, cheia de mistérios.

Havia um mordomo, o velho Ralph, que parecia ter a mesma idade da casa. A sua mulher talvez fosse ainda mais velha. Tinha sido a babá de Godfrey, e este me falou dela com muito carinho, tendo por ela a maior afeição logo depois da sua mãe. Por isso me senti atraído por ela, apesar da sua aparência estranha. Também simpatizei com a mãe, uma mulher baixa e delicada como um camundongo branco. Só o coronel eu não podia aturar.

Logo tivemos uma pequena discussão, e só não voltei a pé para a estação imediatamente porque achei que estaria fazendo o jogo dele. Fui conduzido diretamente ao seu escritório e ali o encontrei, sentado atrás da sua escrivaninha desarrumada: um homem enorme um pouco arqueado, com a pele escura e a barba grisalha em desordem. Um nariz de veias vermelhas projetava-se como o bico de um abutre. Dois olhos cinzentos agressivos cravaram-se em mim debaixo de sobrancelhas eriçadas. Compreendi por que Godfrey raramente falava do pai.

— Bem, senhor — dirigiu-se a mim com uma voz desagradável —, gostaria de conhecer os motivos reais da sua visita.

Respondi que os tinha explicado em minha carta à sua esposa.

— Sim, sim. Nela o senhor dizia que conheceu Godfrey na África. Naturalmente, temos como prova somente a sua palavra.

— Tenho cartas dele no meu bolso.

— Deixe-me vê-las, por favor.

Deu uma olhada nas duas que lhe estendi e logo as atirou de volta para mim.

— Então, de que se trata? — prosseguiu.

— Eu gostava muito do seu filho Godfrey, senhor. Muitos laços e lembranças nos uniam. Não é natural que o seu silêncio repentino me espante e que eu procure saber o que aconteceu com ele?

— Tenho a vaga recordação de que já mantive correspondência com o senhor e lhe informei o que sucedeu com ele. Ele partiu para realizar uma viagem ao redor do mundo. Depois de suas aventuras na África estava com a saúde debilitada. A sua mãe e eu concordamos que ele precisava de um repouso absoluto e de uma mudança de ares. Eu lhe agradeceria se transmitisse essa explicação a todos os seus outros amigos que estejam interessados no assunto.

— Certamente — respondi. — Mas talvez o senhor tivesse a bondade de me dar o nome do navio e da companhia de navegação e a data da partida. Não tenho dúvida de que farei uma carta chegar até ele.

O meu pedido pareceu embaraçar e irritar o meu anfitrião. Ele franziu as sobrancelhas grossas e tamborilou impacientemente com os dedos na mesa. Por fim, ergueu os olhos com a expressão do jogador de xadrez que viu o adversário fazer um lance perigoso no tabuleiro e decidiu responder a ele.

— Sr. Dodd — reagiu —, muitas pessoas se ofenderiam com a sua teimosia infernal e pensariam que essa insistência chegou ao limite da impertinência.

— O senhor deve atribuí-la à amizade sincera que devoto ao seu filho.

— Exato, mas já levei em conta esse motivo. Devo, no entanto, pedir-lhe que ponha um fim às suas perguntas. Toda família tem a sua intimidade própria e os seus motivos particulares que os estranhos nem sempre podem entender, mesmo quando bem-intencionados. A minha mulher deseja ansiosamente ouvir falar da vida militar de Godfrey que o senhor está em condições de lhe contar, mas rogo-lhe que deixe de lado o presente e o futuro. Essas perguntas seriam inúteis, senhor, e nos poriam numa situação delicada e difícil.

Desse modo, sr. Holmes, encontrei-me num beco sem saída. Não havia como seguir adiante. Eu só podia fingir que aceitava a situação e fazer no meu íntimo a promessa de que não descansaria enquanto o mistério relativo ao destino do meu amigo não fosse esclarecido. A tarde foi monótona. Jantamos os três tranquilamente numa velha sala lúgubre e mal iluminada. A senhora me questionou impacientemente sobre o filho, mas o coronel parecia mal--humorado e deprimido.

Eu estava tão aborrecido com a situação que me desculpei assim que foi possível fazê-lo decentemente e me retirei para o meu quarto. Era um aposento grande e simples no térreo, tão sinistro quanto o resto da casa. Mas, depois de dormir um ano na estepe, sr. Holmes, uma pessoa não é muito exigente em relação a alojamentos. Abri as cortinas e contemplei o jardim, observando que a noite era magnífica, com uma meia-lua brilhante. Depois me sentei junto ao fogo, com a lâmpada numa mesa ao lado, e me esforcei para me distrair com um romance. No entanto, fui interrompido por Ralph, o velho mordomo, que veio me trazer um novo suprimento de carvão.

— Receei que pudesse ficar sem carvão durante a noite, senhor. O tempo está implacável e estes quartos são frios.

Ele hesitou antes de sair do aposento. Quando me voltei, estava em pé na minha frente com um olhar pensativo no seu rosto enrugado.

— Peço-lhe que me perdoe, senhor, mas não pude deixar de ouvir o que disse no jantar sobre o jovem patrão Godfrey. O senhor sabe que a minha mulher cuidou dele e assim posso dizer que sou um pouco seu pai adotivo. É normal que nos interessemos por ele. O senhor diz que ele se portou bem, não é?

— Não havia homem mais corajoso no regimento. Em certa ocasião me salvou dos fuzis dos bôeres. Sem ele, eu talvez não estivesse aqui.

O velho mordomo esfregou as mãos magras.

— Sim, senhor, é o patrãozinho Godfrey por inteiro. Ele nunca teve medo. Não há uma só árvore no parque, senhor, na qual não tenha subido. Nada era capaz de detê-lo. Era um menino formidável... e também, senhor, era um homem formidável.

Pus-me em pé de um salto.

— Ouça aqui! — exclamei. — O senhor disse *era*. Fala dele como se estivesse morto. O que significa todo esse mistério? O que aconteceu com Godfrey Emsworth?

Agarrei o velho pelos ombros, mas ele se esquivou.

— Não sei o que quer dizer. Pergunte ao patrão. Ele sabe. Não devo me intrometer.

Ia deixar o quarto, mas o segurei pelo braço.

— Preste atenção — disse eu. — O senhor vai responder a uma só pergunta antes de sair, mesmo que eu tenha de retê-lo aqui a noite inteira. Godfrey morreu?

Ele não conseguiu sustentar o meu olhar. Parecia estar hipnotizado. A resposta demorou a desprender-se de seus lábios. Foi terrível e imprevista.

— Seria melhor que tivesse morrido! — gritou e, livrando-se das minhas mãos, precipitou-se para fora do quarto.

O senhor pode adivinhar, sr. Holmes, que não voltei à minha cadeira em estado de espírito muito feliz. As palavras do velho me pareceram oferecer uma só interpretação. Evidentemente, o meu pobre amigo se envolvera num crime ou, pelo menos, numa transação infame, que afetava a honra da família. O coronel severo enviara o filho para longe a fim de escondê-lo do mundo, com medo de que um escândalo estourasse.

Godfrey era um rapaz imprudente. Deixava-se influenciar facilmente pelos que o rodeavam. Sem dúvida caíra em mãos maldosas que o desencaminharam e levaram à ruína. Seria lamentável se realmente se tratasse disso. Mas, mesmo nesse caso, o meu dever era procurá-lo e ver se poderia ajudá-lo. Eu estava refletindo apreensivamente sobre o assunto quando ergui a cabeça, e quem estava lá, de pé, na minha frente? Godfrey Emsworth."

Meu cliente interrompeu a narrativa tomado por uma emoção profunda.

— Prossiga, por favor — disse eu. — O seu problema apresenta características muito especiais.

— Ele estava do lado de fora da janela, sr. Holmes, com o rosto colado na vidraça. Como eu lhe disse, momentos antes eu contemplava a noite. Eu havia deixado as cortinas parcialmente abertas. Distingui a silhueta dele na abertura das cortinas. A janela chegava até o chão, de modo que pude vê-lo inteiro. Mas foi o seu rosto que atraiu o meu olhar. Estava mortalmente pálido. Nunca tinha visto um homem tão branco. Imagino que os fantasmas devem ter essa aparência. Mas os seus olhos cruzaram com os meus e eram olhos de um homem vivo. Quando notou que eu também olhava para ele, deu um salto para trás e desapareceu na escuridão.

"Havia algo chocante no aspecto daquele homem, sr. Holmes. Não falo só do rosto cadavérico que se destacava branco como queijo no escuro. Era algo mais sutil do que isso. Algo dissimulado, furtivo, culpado. Algo bem diferente do rapaz franco e viril que conheci. Deixou uma sensação de horror na minha mente.

Mas, quando um homem serviu como soldado durante um ano ou dois, tendo o irmão bôer como parceiro no jogo, sabe manter o sangue-frio e agir com rapidez. Godfrey mal havia desaparecido e eu já estava diante da janela. A tranca era pouco prática e demorei algum tempo para poder levantá-la. Finalmente consegui passar para o jardim e corri pela trilha, seguindo a direção que achei que ele poderia ter tomado.

A trilha era longa e a luz não muito boa, mas me pareceu que alguma coisa se deslocava na minha frente. Continuei correndo e o chamei pelo nome, mas sem sucesso. Ao chegar ao fim da trilha vi que ela se ramificava em várias direções, indo parar em diferentes dependências da casa. Fiquei indeciso e foi então que ouvi distintamente o barulho de uma porta que se fechava. O ruído não veio de trás de mim, na casa, mas da minha frente, em algum lugar na escuridão. Aquilo foi suficiente, sr. Holmes, para me convencer de que o que eu tinha visto não era uma visão. Godfrey fugira de mim e fechara uma porta atrás dele. Disso eu tinha certeza.

Não havia mais nada que eu pudesse fazer. Passei uma noite agitada. Virei e revirei o assunto na minha mente, tentando descobrir uma teoria que levasse em conta todos os fatos. Na manhã seguinte, encontrei o coronel um pouco mais conciliador e, como a sua esposa comentasse que havia na vizinhança alguns lugares interessantes, aproveitei a ocasião para perguntar se a minha presença na casa por mais uma noite iria incomodá-los. Uma aquiescência um tanto relutante do velho me proporcionou um dia inteiro para fazer minhas observações. Eu já estava convencido de que Godfrey se escondia ali por perto, mas me restava averiguar onde e por quê.

A casa era tão grande e tão cheia de voltas e reviravoltas que um regimento inteiro poderia esconder-se dentro dela sem que ninguém percebesse. Se ela abrigasse o segredo, seria difícil, para mim, deslindá-lo. Mas a porta que ouvi fechar-se não era certamente da casa. Eu deveria, portanto, explorar o jardim e ver o que conseguia encontrar. Nenhuma dificuldade se apresentava para isso, pois os velhos tinham suas ocupações e me deixaram em liberdade para passar o tempo à vontade.

Havia várias pequenas dependências externas, mas no fundo do jardim erguia-se um prédio isolado de certa dimensão, com tamanho suficiente para servir de residência a um jardineiro ou a um guarda do mato. Não teria sido daquele lugar que viera o ruído da porta se fechando? Aproximei-me dele com ar de indiferença, como se estivesse caminhando sem rumo fixo pelo parque. Naquele momento saiu pela porta um homem baixo, apressado, de barba, com casaco preto e chapéu-coco, que em nada se parecia com um jardineiro. Para o meu espanto, trancou a porta e pôs a chave no bolso. Então olhou para mim um tanto surpreso.

— Está em visita à casa? — perguntou.

Disse-lhe que sim e que era amigo de Godfrey.

— É uma pena que esteja viajando — acrescentei —, porque ele gostaria muito de me ver.

— Isso mesmo, é verdade — respondeu-me com expressão um pouco culpada. — Não há dúvida de que vai renovar a visita em ocasião mais favorável.

Seguiu adiante, mas, quando me virei, vi que parara para ficar de olho em mim, meio encoberto pelos loureiros que formavam uma moita no fundo do jardim.

Observei bem a pequena casa quando passei em frente dela, mas as janelas eram protegidas por cortinas grossas e, até onde se podia ver, deu-me a impressão de que não havia ninguém dentro. Eu me arriscava a fazer malograr o meu próprio jogo e me expunha até a ser expulso do local se fosse audacioso demais, porque ainda tinha a percepção de que me vigiavam. Por isso voltei sem pressa para o edifício principal e esperei a noite para retomar a minha investigação. Quando escureceu e tudo ficou tranquilo, saí pela janela do meu quarto e me dirigi tão silenciosamente quanto possível para a pequena casa misteriosa.

Eu lhe disse que havia nas janelas cortinas grossas, mas, à noite, descobri que as persianas também tinham sido fechadas. Entretanto, uma luz brilhava através de uma das janelas e, por isso, concentrei nela a minha atenção. Eu estava com sorte, pois a cortina não tinha sido completamente corrida e uma fresta na persiana me permitia ver o interior do aposento. Era um lugar agradável, com uma lâmpada cintilante e um fogo intenso. Na minha frente estava sentado o homem baixo que eu vira de manhã. Fumava cachimbo e lia um jornal."

— Que jornal? — perguntei.

Meu cliente pareceu contrariado com a interrupção do seu relato.

— Isso tem importância?

— É fundamental.

— Realmente, não prestei atenção.

— Talvez tenha observado se era um diário de folhas largas ou um de tamanho menor, como costumam ser os semanários.

— Agora que o senhor menciona esse detalhe, não era grande. Talvez fosse *The Spectator*. Mas não tive tempo para pensar nessas minúcias, pois um segundo homem estava sentado de costas para a janela, e eu poderia jurar que esse segundo homem era Godfrey. Não via o rosto dele, mas reconheci a inclinação dos ombros. Com o corpo voltado para a lareira, apoiava-se no cotovelo, numa atitude de grande melancolia. Eu hesitava sobre o que deveria fazer quando senti uma batida forte no ombro. O coronel Emsworth estava ao meu lado.

— Por aqui, senhor — ordenou em voz baixa.

Caminhou, sem acrescentar uma palavra, em direção a casa e o segui até o meu quarto. Ao passar pela entrada, tinha pegado um horário de trens.

— Há um trem para Londres às oito e meia — disse. — O cabriolé estará na frente da porta às oito.

Estava branco de raiva. Na verdade, eu me sentia na situação difícil de só conseguir balbuciar algumas palavras incoerentes, tentando desculpar-me pela ansiedade de encontrar o meu amigo.

— O assunto não admite discussão — interrompeu ele abruptamente. — O senhor se intrometeu de maneira condenável na intimidade da nossa família. Foi acolhido como convidado e se comportou como espião. Não tenho mais nada a acrescentar, senhor, a não ser que não quero voltar a vê-lo nunca mais.

Ao ouvir aquilo, perdi a paciência, sr. Holmes, e falei com certa irritação.

— Vi o seu filho e tenho certeza de que por uma razão pessoal o senhor o está escondendo do mundo. Não consigo imaginar os motivos que o levam a isolá-lo dessa maneira, mas estou seguro de que ele não é mais um homem livre. Advirto-o, coronel Emsworth, de que não vou desistir dos meus esforços para elucidar o mistério enquanto não estiver convencido da segurança e do bem-estar do meu amigo. E certamente não vou me intimidar por algo que o senhor possa dizer ou fazer.

O velho lançou-me um olhar diabólico e cheguei a pensar que ia me agredir. Eu o descrevi como um velho alto, magro e violento. Embora não seja fraco, eu teria dificuldade para me defender. No entanto, depois de um longo olhar fulminante, ele girou nos calcanhares e saiu do quarto. Pela minha parte, tomei de manhã o trem que me fora indicado, com a intenção firme de vir direto para consultá-lo e pedir conselho e ajuda, no encontro que já lhe havia solicitado por escrito."

Esse foi o problema que meu visitante expôs. Ele apresentava, como o leitor atento já percebeu, poucas dificuldades para a sua solução, porque havia uma série muito limitada de alternativas na raiz do problema. De qualquer modo, por mais elementar que fosse, o caso comportava detalhes novos e interessantes que justificavam a sua inclusão neste registro. E agora, usando o meu conhecido método de análise lógica, passarei a reduzir o número de soluções possíveis.

— Os criados — indaguei. — Quantos há na casa?

— Pelo que vi, há só o velho mordomo e a sua mulher. A vida naquele lugar me pareceu das mais simples.

— Então, na casa isolada não há nenhum criado.

— Nenhum, a menos que o homem baixo de barba seja um. No entanto, deu-me a impressão de ser uma pessoa de nível bem superior.

— Isso me parece muito sugestivo. Notou algum indício de que estivessem levando comida de uma casa para a outra?

— Agora que o senhor me fala disso, vi o velho Ralph carregando uma cesta no jardim e se dirigindo para a casa pequena. No momento não me ocorreu a ideia de que a cesta pudesse conter alimentos.

— Fez alguma investigação local?

— Sim. Conversei com o chefe da estação e com o estalajadeiro do povoado. Perguntei simplesmente se sabiam alguma coisa sobre o meu velho camarada Godfrey Emsworth. Os dois me afirmaram que ele estava fazendo uma viagem ao redor do mundo. Depois da guerra, ele havia retornado para casa e quase em seguida voltou a sair para empreendê-la. A história é, evidentemente, aceita pelas pessoas das redondezas.

— O senhor não falou nada sobre as suas suspeitas?

— Não.

— Agiu com muita prudência. O caso merece certamente uma investigação. Vou acompanhá-lo a Tuxbury Old Park.

— Hoje mesmo?

Sucedeu, na época, que eu andava ocupado em esclarecer o caso que o meu amigo Watson relatou como "Escola da Abadia", no qual o duque de Greyminster se achava tão profundamente envolvido. Também havia recebido do sultão da Turquia uma incumbência que exigia ação imediata, porque, se fosse negligenciada, poderia ocasionar complicações políticas graves. Portanto, foi só no início da semana seguinte, como a minha agenda confirma, que pude pôr-me a caminho de Bedfordshire em companhia do sr. James M. Dodd para cumprir o meu compromisso. Enquanto nos dirigíamos para a estação de Euston, apanhamos um cavalheiro sério e taciturno, de cabelos cinzentos escuros, com o qual eu havia tomado as providências prévias necessárias.

— Apresento-lhe um velho amigo — disse eu a Dodd. — É possível que a presença dele se revele desnecessária, mas também pode vir a ser fundamental. No momento atual, não preciso me aprofundar no assunto.

Os relatos de Watson acostumaram, sem dúvida, o leitor ao fato de que não desperdiço palavras e não revelo meus planos enquanto um caso não está resolvido. Dodd pareceu surpreso, mas não disse nada, e nós três prosseguimos a viagem juntos. No trem fiz a Dodd mais uma pergunta que gostaria que fosse ouvida pelo nosso companheiro.

— O senhor disse que viu o rosto do seu amigo com muita clareza na janela, de forma tão clara que tem certeza da sua identidade.

— Não tenho dúvida alguma sobre isso. O seu nariz estava colado na vidraça. A luz da lâmpada o iluminava em cheio.

— Não poderia ser alguém parecido com ele?

— De forma alguma. Era ele mesmo.

— Mas o senhor afirmou que ele tinha mudado.

— Somente na cor. O seu rosto estava... como posso descrever? O seu rosto estava branco como a barriga de um peixe. Estava branqueado.

— Com o mesmo tom branco em todo ele?

— Acho que não. Foi a testa que vi claramente quando ele colou a cabeça na janela.

— O senhor o chamou?

— Eu estava muito surpreso e horrorizado naquele momento. Então o persegui, como lhe contei, mas sem resultado.

Meu caso estava praticamente concluído. Só um pequeno incidente precisava ser esclarecido. Quando, depois de uma viagem interminável de carro, chegamos à casa velha, estranha e retirada que meu cliente havia descrito, foi Ralph, o mordomo idoso, quem nos abriu a porta. Eu havia alugado o carro para o dia todo e pedi ao meu velho amigo que permanecesse dentro dele até que o chamássemos. Ralph, um sujeito baixinho e enrugado, vestia o traje convencional: casaco preto e calças pretas com listras brancas, com uma única variante curiosa. Calçava luvas de couro castanho, que se apressou em tirar assim que nos viu, depositando-as sobre a mesa da entrada quando nos introduziu.

Sou dotado, como meu amigo Watson deve ter observado, de sentidos com desenvolvimento excepcional. Senti um cheiro fraco, porém penetrante. Parecia vir da mesa da entrada. Dei meia-volta, pus o meu chapéu em cima dela, derrubei-o, abaixei-me para apanhá-lo e dei um jeito de aproximar o nariz a pouco mais de 30 centímetros das luvas. Indiscutivelmente, saía delas aquele cheiro esquisito de alcatrão. Dirigi-me ao escritório com o caso resolvido. Infelizmente, quando conto eu mesmo as minhas histórias, mostro as cartas que tenho na mão, enquanto Watson esconde os elos da cadeia, o que lhe permite produzir efeitos finais fascinantes.

O coronel Emsworth não estava no seu quarto, mas não demorou a chegar assim que recebeu o recado de Ralph. Ouvimos os seus passos rápidos e firmes no corredor. Abriu a porta violentamente e entrou no escritório como um raio, com a barba em desordem e o rosto contorcido. Eu nunca tinha visto um velho tão terrível. Trazia nossos cartões de visita na mão. Rasgou-os em pedaços e os pisou com força.

— Já não lhe disse, seu bisbilhoteiro dos infernos, para ficar longe daqui? Nunca mais se atreva a mostrar a sua cara maldita nesta casa. Se entrar aqui outra vez sem a minha autorização, estarei no meu direito de recorrer à violência. Vou atirar no senhor. Por Deus, se vou! Quanto ao senhor...

Ele se voltou para mim.

— Esse aviso vale para o senhor também. Conheço a sua profissão desprezível, mas vá desenvolver os seus pretensos talentos em outra freguesia. Não há lugar para eles aqui.

— Não posso sair daqui — pronunciou meu cliente com firmeza — enquanto não ouvir da própria boca de Godfrey que não sofreu nenhuma reclusão.

Nosso anfitrião involuntário tocou a campainha.

— Ralph — disse ele —, telefone para a polícia do condado e peça ao inspetor que mande dois policiais. Diga-lhe que há ladrões na casa.

— Um momento! — intervim. — O senhor deve saber, sr. Dodd, que o coronel Emsworth está no seu direito e a nossa situação não é legal dentro desta casa. De outra parte, ele deve reconhecer que a sua ação é ditada unicamente por sua solicitude em relação ao filho dele. Ouso esperar que, se puder conversar cinco minutos com o coronel Emsworth, conseguirei modificar o seu ponto de vista sobre o assunto.

— Eu não me deixo influenciar tão facilmente — reagiu o velho soldado. — Ralph, faça o que eu lhe disse. Que diabos está esperando? Chame a polícia!

— O senhor não vai fazer nada disso — afirmei, encostando-me na porta. — Uma intervenção da polícia provocaria a catástrofe que o senhor tanto teme.

Peguei o meu caderno de anotações e escrevi uma só palavra numa folha solta, que estendi ao coronel.

— Foi isso o que nos trouxe aqui — acrescentei.

Ele olhou para a folha de papel e do seu rosto desapareceu qualquer expressão, menos o espanto.

— Como o senhor sabe? — gaguejou, deixando-se cair pesadamente numa cadeira.

— O meu negócio é saber as coisas. É a minha profissão.

O coronel permaneceu em reflexão profunda. A sua mão de ossos salientes alisava os pelos da sua barba descuidada. Depois fez um gesto de resignação.

— Pois bem, já que querem ver Godfrey, vão ver. Não era essa a minha vontade, mas os senhores me obrigaram a isso. Ralph, avise o sr. Godfrey e o sr. Kent que daqui a cinco minutos vamos visitá-los.

Quando os cinco minutos se escoaram, atravessamos o jardim e nos encontramos em frente à pequena casa misteriosa. Um homem baixo e de barba nos aguardava à porta. O seu rosto exibia uma surpresa enorme.

— Isso é muito repentino, coronel Emsworth — observou —, e vai comprometer todos os nossos planos.

— Não posso evitá-lo, sr. Kent. Estamos sendo obrigados. O sr. Godfrey pode nos receber?

— Sim. Está esperando lá dentro.

Deu meia-volta e nos conduziu a uma sala grande, mobiliada sem luxo. Um homem nos esperava de pé, de costas para a lareira. Quando o viu, meu cliente lançou-se na direção dele com a mão estendida.

— Godfrey, meu velho, como é bom vê-lo.

Mas o outro o afastou com um gesto.

— Não me toque, Jimmie. Não chegue perto de mim. Sim, pode me olhar bem. Não me pareço mais com o elegante cabo Emsworth, do esquadrão B, não é mesmo?

Certamente, a sua aparência era extraordinária. Podia-se ver que fora um homem atraente, com feições de contornos nítidos e bronzeadas pelo sol da África. Mas, na superfície mais morena do rosto, curiosas manchas descoradas haviam embranquecido a sua pele.

— É por esse motivo que não gosto de receber visitas — prosseguiu. — Não me importo com você, Jimmie, mas preferiria vê-lo sem o seu amigo. Suponho que haja uma boa razão para isso, mas você me pegou desprevenido.

— Eu queria ter certeza de que estava tudo bem com você, Godfrey. Reconheci-o naquela noite em que veio olhar pela janela e não podia ficar tranquilo enquanto as coisas não fossem esclarecidas.

— O velho Ralph me disse que você estava ali e não pude deixar de verificar. Esperava que você não me visse. Tive de correr para a minha toca quando ouvi a janela se abrir.

— Mas qual é o problema, em nome do Céu?

— Bem, não é longa a história a contar — disse ele, acendendo um cigarro. — Você se lembra daquele combate de manhã em Buffelsspruit, fora de Pretória, na ferrovia do Leste? Você soube que fui ferido?

— Sim, eu soube, mas nunca obtive detalhes.

— Três de nós nos separamos dos outros. Era uma região muito acidentada, como você deve se lembrar. Formávamos o pequeno grupo Simpson, companheiro que chamávamos de Careca, Anderson e eu. Partimos em reconhecimento para limpar o terreno de irmãos bôeres, mas eles estavam de atalaia e nos tomaram como alvos. Os dois outros foram mortos. Recebi no ombro uma bala de grosso calibre. No entanto, agarrei-me ao meu cavalo e ele galopou vários quilômetros antes que eu desmaiasse e caísse da sela.

"Quando recuperei os sentidos estava escurecendo.

Levantei-me, mas me sentia muito fraco e indisposto. Para minha surpresa, vi uma casa fechada perto do local onde me encontrava: uma casa bem grande com uma varanda ampla e muitas janelas. Fazia um frio insuportável. Lembra-se do frio paralisante que costumava fazer à tardinha? Um frio implacável e de deixar doente, muito diferente do frio seco e saudável daqui. Meu Deus, eu estava gelado até os ossos. A minha única esperança consistia, aparentemente, em chegar àquela casa.

Andei cambaleando e me arrastei para a frente, quase sem saber o que estava fazendo. Tenho uma vaga lembrança de que subi lentamente os degraus de uma escada, entrei por uma porta escancarada, passei a um dormitório espaçoso que possuía várias camas e me joguei numa delas com um suspiro de satisfação. A cama estava desfeita, mas isso não me incomodou nem um pouco. Puxei as cobertas sobre o meu corpo que tremia de frio e um instante depois dormia a sono solto.

Era de manhã quando acordei. Pareceu-me que, em vez de estar voltando para um mundo saudável, eu emergira num pesadelo extraordinário. O sol da África penetrava pelas janelas grandes sem cortinas e cada detalhe daquele vasto dormitório vazio e caiado sobressaía com clareza e austeridade. Diante de mim estava um homem pequeno, quase um anão, com uma cabeça enorme e saliente, que falava com dificuldade e excitação em holandês, agitando duas mãos horríveis semelhantes a esponjas marrons. Atrás dele se comprimiam várias pessoas que pareciam divertir-se muito com a situação. Mas senti um calafrio quando olhei para elas. Nenhuma era um ser humano normal. Todas eram tortas, inchadas ou desfiguradas de maneira estranha. O riso desses monstros esquisitos era terrível de ouvir.

Pelo visto, nenhum deles sabia falar inglês. Mas a situação precisava ser esclarecida, pois o anão de cabeça grande se enfurecia cada vez mais. Soltando gritos selvagens, ele pôs as suas mãos deformadas em mim e me puxava para fora da cama, sem se preocupar com o sangue que corria do meu ferimento. Aquele pequeno monstro possuía a força de um touro. Não sei o que teria acontecido comigo se um homem de certa idade, que exercia claramente a autoridade ali, não tivesse sido atraído ao dormitório pela algazarra. Ele pronunciou algumas palavras severas em holandês e o meu perseguidor se retraiu. Então ele se virou para mim e me olhou com o maior espanto.

— Como o senhor chegou aqui? — perguntou, admirado.
— Espere um momento. Vejo que está exausto e que esse ombro ferido exige cuidados. Sou médico e vou fazer-lhe um curativo. Mas, homem de Deus, corre aqui um perigo bem maior do que em qualquer campo de batalha. Está no Hospital de Leprosos e dormiu na cama de um leproso.

Preciso dizer-lhe mais, Jimmie? Parece que, prevendo a batalha, todas aquelas pobres criaturas tinham sido evacuadas no dia anterior. Depois, como os ingleses avançavam, foram trazidas de volta pelo médico superintendente. Este me afirmou que, embora se julgasse imune à lepra, nunca ousaria fazer o que eu fiz. Instalou-me num quarto particular e me tratou com gentileza. Oito dias mais tarde eu era removido ao hospital geral em Pretória.

Esta é a minha tragédia. Esperei contra toda a esperança. Mas, assim que voltei para casa, os sintomas terríveis apareceram. As manchas que vê no meu rosto me revelaram que eu fora contaminado. O que eu poderia fazer? Encontrava-me nesta casa isolada. Tínhamos dois criados nos quais podíamos confiar totalmente. Havia um pavilhão onde eu podia viver. Prometendo guardar segredo, um médico, o sr. Kent, mostrou-se disposto a permanecer comigo. Nessas condições, tudo parecia muito simples.

A alternativa era terrível: o isolamento por toda a vida entre estranhos, sem a menor esperança de recuperar a liberdade um dia. Mas o segredo absoluto era necessário, ou até nesta zona rural pacífica ocorreria um alvoroço, e eu me veria arrastado à minha sorte horrível. Mesmo você, Jimmie... mesmo você não deveria saber. Não consigo entender porque o meu pai cedeu."

O coronel Emsworth apontou para mim.

— Este é o cavalheiro que me forçou a isso — desdobrou a folha de papel na qual eu escrevera a palavra "lepra".

— Pareceu-me que ele sabia tanto que seria melhor que soubesse tudo.

— Isso mesmo — confirmei. — Quem sabe se de tudo isso não resulte algum benefício? Creio que só o sr. Kent examinou o doente. Posso perguntar-lhe, senhor, se é especialista nesse tipo de doenças? Pelo que sei, elas são de natureza tropical ou semitropical.

— Possuo o conhecimento comum de quem se formou em medicina — respondeu-me com certa aspereza.

— Não duvido, senhor, que seja muito competente, mas tenho certeza de que vai concordar que, nesse caso, uma segunda opinião é valiosa. O senhor deve tê-la evitado, acredito, com receio de que o pressionassem a isolar o doente.

— Exato — comprovou o coronel Emsworth.

— Eu previ esta situação — expliquei — e trouxe comigo um amigo em cuja discrição podem confiar inteiramente. Em certa ocasião prestei-lhe um serviço profissional. Ele está disposto a lhe dar uma orientação mais como amigo do que como especialista. O nome dele é sir James Saunders.

A perspectiva de uma entrevista com lorde Roberts[2] não teria despertado maior admiração e prazer num subalterno inexperiente do que o que se via no rosto do sr. Kent.

— Sem dúvida alguma vou me sentir muito honrado — murmurou.

— Então vou pedir a sir James que venha aqui. Ele se encontra neste momento no carro na frente da casa. Nesse meio-tempo, coronel Emsworth, talvez possamos nos reunir

---

[2] Frederick Sleigh Roberts (1832-1914) foi um militar do Reino Unido que recebeu as condecorações militares mais importantes por sua participação ativa em muitas guerras do Império Britânico. Em janeiro de 1900, foi nomeado comandante-chefe das forças britânicas que lutavam na Segunda Guerra dos Bôeres (1899-1902). (N. do T.)

no seu escritório, onde lhes darei as explicações necessárias.

É aqui que sinto falta do meu Watson. Com perguntas habilidosas e exclamações de surpresa, ele teria elevado a simplicidade da minha arte, que não é outra coisa senão o senso comum sistematizado, ao nível de um prodígio. Quando eu mesmo conto a minha história, não disponho de semelhante ajuda. Contudo, vou expor o método do meu pensamento exatamente como o apresentei à minha pequena plateia, que incluía a mãe de Godfrey, no escritório do coronel Emsworth.

— Esse método — disse eu — parte do pressuposto de que, quando se eliminou tudo o que é impossível, o que resta, por mais improvável que pareça, deve ser a verdade. É bem possível que várias explicações permaneçam. Nesse caso, elas são postas sucessivamente à prova até que uma ou outra obtenha uma base convincente de apoio. Vamos agora aplicar esse princípio ao caso em questão.

"Da maneira como me foi apresentado no início, havia três explicações possíveis para a reclusão ou o isolamento deste cavalheiro numa casa pequena da mansão do seu pai. Uma das explicações consistia em que ele estava se escondendo por causa de um crime que cometeu. Outra explicação era que ficara louco e a família queria evitar a sua internação num asilo. Havia, por fim, a explicação de que contraíra alguma doença que o obrigava a viver separado. Não me ocorriam outras soluções adequadas. Eu deveria, portanto, examiná-las e avaliá-las uma após a outra.

A suposição de um crime não resistia à análise. Nenhum crime misterioso fora cometido nesta região. Eu tinha certeza disso. Se fosse um crime que ainda não tinha sido descoberto, era evidente que o interesse da família seria livrar-se do delinquente e enviá-lo para o exterior, e não em o manter escondido em casa.

A loucura me parecia mais plausível. A presença de uma segunda pessoa no pavilhão fazia pensar num guardião. O fato de ele ter trancado a porta à chave quando saiu reforçava essa hipótese e dava a ideia de restrição. Por outro lado, a restrição não poderia ser muito severa, porque o jovem pôde sair e dirigir-se até a casa para ver o amigo. O senhor deve se lembrar, sr. Dodd, de que fui tateando em busca de detalhes. Perguntei-lhe, por exemplo, sobre o jornal que o sr. Kent estava lendo. Se fosse *The Lancet* ou *The British Medical Journal*, serviria como ajuda.

Todavia, a lei não proíbe que se mantenha um louco em local particular, desde que seja atendido por uma pessoa qualificada e as autoridades tenham sido devidamente notificadas. Por que, então, esse desejo enorme de segredo? Mais uma vez a teoria não se ajustava aos fatos.

Restava a terceira eventualidade. Com ela, embora fosse incomum e improvável, tudo parecia encaixar-se. A hanseníase não é rara na África do Sul. Esse jovem poderia ter contraído a doença por acaso. E a sua família deveria encontrar-se em uma situação terrível se quisesse livrá-lo do isolamento. O segredo mais absoluto era indispensável para evitar que corresse o boato do que ocorria e a posterior intervenção das autoridades. Não seria difícil encontrar um médico devotado, e adequadamente remunerado, para cuidar do doente. Não havia razão alguma para que este não pudesse sair de sua reclusão assim que anoitecesse.

O clareamento da pele é uma consequência comum da doença. A explicação era convincente. Tão convincente que resolvi agir como se a minha hipótese já estivesse confirmada. Quando, ao chegar aqui, observei que Ralph, que leva as refeições, usava luvas impregnadas de desinfetantes, as minhas últimas dúvidas se dissiparam. Uma única palavra, senhor, mostrou-lhe que o seu segredo tinha sido descoberto. Se eu a escrevi em vez de pronunciá-la, foi para assegurar-lhe que podia confiar na minha discrição."

Eu estava concluindo esta pequena análise do caso quando a porta se abriu. A pessoa austera do grande dermatologista foi introduzida. Pela primeira vez o seu rosto de esfinge estava relaxado e o seu olhar brilhava de calor humano. Ele caminhou em direção ao coronel Emsworth e lhe apertou a mão.

— A minha sina consiste geralmente em anunciar más

notícias e raramente boas — disse. — Esta ocasião é das mais bem-vindas. O seu filho não tem lepra.

— Como?

— Trata-se de um caso nítido de pseudolepra ou ictiose, uma doença de pele. Esta se torna escamosa, pouco agradável à vista. A moléstia é persistente, mas possivelmente curável e certamente não contagiosa. Sim, sr. Holmes, é uma coincidência notável. Mas será mesmo uma coincidência? Certas forças sutis, sobre as quais pouco sabemos, não entraram em ação? Estamos certos de que a apreensão que esse jovem veio sofrendo terrivelmente desde a sua exposição ao contágio não produziu um efeito físico simulando o que ele temia? Seja como for, dou em garantia a minha reputação profissional. Mas a senhora desmaiou. Acho que o melhor é que o sr. Kent cuide dela até que se recupere desse choque de alegria.

A juba do leão

É realmente muito curioso que um problema intrincado e extraordinário como nenhum outro que enfrentei em minha longa carreira profissional se apresentasse a mim logo depois da minha aposentadoria e fosse trazido quase à minha porta. O fato ocorreu quando eu acabava de me retirar para uma pequena casa em Sussex e me dedicava inteiramente à vida tranquila, em contato com a natureza, pela qual ansiara tantas vezes nos longos anos que passei em meio à neblina de Londres.

Nesse período, o bom Watson quase havia desaparecido da minha vida. De períodos em períodos uma curta visita de fim de semana à minha pequena casa era o tempo máximo que chegava a vê-lo. Por isso, tenho que ser o meu próprio cronista. Ah, se ele estivesse comigo, o que não teria feito de um acontecimento tão pouco corriqueiro e do meu triunfo eventual contra todas as dificuldades! Mas, como isso não é possível, vejo-me obrigado a contar a minha história do meu jeito simples, mostrando com as minhas próprias palavras cada passo do caminho difícil que se estendia à minha frente quando eu procurava elucidar o mistério da juba do leão.

A minha propriedade está situada na encosta sul dos Downs, oferecendo uma vista maravilhosa do Canal da Mancha. Nesse ponto, a costa é constituída exclusivamente por penhascos de calcário que só é possível descer por uma única senda longa e tortuosa, escarpada e escorregadia. Na parte de baixo da senda alastra-se uma faixa de pedras e cascalho com cerca de cem metros de largura, mesmo quando a maré está alta. Aqui e ali se desenham curvas e cavidades que constituem piscinas naturais esplêndidas, cuja água se renova regularmente a cada fluxo. Essa praia admirável se estende por alguns quilômetros à direita e à esquerda, a não ser num ponto, onde a pequena enseada e o vilarejo de Fulworth quebram a monotonia.

A minha casa é isolada. Eu, a velha governanta e as minhas abelhas temos a propriedade inteira para nós. A 800 metros, entretanto, ergue-se o conhecido estabelecimento de ensino de Harold Stackhurst, Os Frontões. É um edifício grande onde dezenas de jovens se preparam para diversas profissões, orientados por vários professores. O próprio Stackhurst foi, no seu tempo, um remador famoso de Cambridge e ótimo aluno. Fiz amizade com ele desde o dia em que me estabeleci no litoral. Era o único homem da região que de noite vinha à minha casa, ou o único a cuja casa eu me dirigia sem um convite.

Em fins de julho de 1907, houve uma tempestade violenta e o vento castigou o Canal da Mancha. O mar veio fustigar a base dos penhascos e deixou na praia uma lagoa quando a maré baixou. Na manhã de que estou falando, o vento amainara. Toda a natureza estava limpa e revigorada. Era impossível trabalhar num dia tão agradável. Saí antes do almoço para dar uma volta e respirar o ar puro. Tomei a senda que conduzia à descida íngreme para a praia. Enquanto caminhava, ouvi um grito atrás de mim. Era Harold Stackhurst, que acenava com a mão, cumprimentando-me alegremente.

— Que manhã, sr. Holmes! Achei que iria encontrá-lo ao ar livre.

— Saindo para dar um mergulho, pelo que vejo.

— Ah, o senhor e seus velhos truques de novo — disse, rindo e batendo de leve no seu bolso avolumado. — Sim. McPherson saiu cedo e espero encontrá-lo por aqui.

Fitzroy McPherson era o professor de Ciências, um rapaz atraente e distinto, cuja vida fora afetada por problemas do coração que se seguiram a uma febre reumática. Atleta nato, entretanto, destacava-se em todos os esportes que não exigiam esforço excessivo. Ia nadar sempre no inverno e no verão e, como também gosto de nadar, acompanhei-o muitas vezes.

Naquele instante, vimos McPherson em pessoa. A cabeça surgiu acima da crista do penhasco onde a senda terminava. Em seguida, a sua figura inteira apareceu no topo, cambaleando como se estivesse bêbado. Quase de imediato ergueu as mãos e, soltando um grito terrível, caiu de rosto no chão. Stackhurst e eu, que estávamos a uns 50 metros dali, corremos para socorrê-lo e o viramos de costas. Visivelmente, ele agonizava. Aqueles olhos vidrados e fundos e as bochechas espantosamente lívidas não podiam significar outra coisa.

Uma centelha de vida iluminou o seu rosto por um instante e ele pronunciou duas ou três palavras num tom ansioso de advertência. Eram mal-articuladas e indistintas, mas as últimas que ouvi e compreendi brotaram dos seus lábios como um grito: "a juba do leão". Eram totalmente irrelevantes e ininteligíveis, mas não consegui reduzi-las a nenhum outro som. Ele ainda tentou levantar-se do chão, atirou os braços para o alto e caiu de lado. Estava morto.

O meu companheiro ficou paralisado com o horror repentino. Mas eu, como se pode imaginar, tinha todos os sentidos atentos. Era necessário, pois logo ficou evidente que nos encontrávamos na presença de um caso extraordinário. McPherson usava apenas o seu casaco impermeável, as calças e um par de alpargatas desamarradas. Quando desabou, o casaco, que simplesmente jogara sobre os ombros, escorregou, deixando o seu torso exposto.

Olhamos para ele com espanto. Tinha as costas cobertas de linhas vermelhas escuras, como se tivesse sido açoitado horrivelmente por um chicote de arame fino. O instrumento que lhe infligira essa punição era evidentemente flexível, pois os vergões longos e irados desenhavam linhas curvas ao redor dos ombros e das costelas. O sangue escorria pelo queixo, porque mordera o lábio inferior na crise da agonia. Os seus traços contorcidos e tensos revelavam como fora terrível essa agonia.

Eu me encontrava de joelhos junto ao corpo enquanto Stackhurst permanecera de pé, quando uma sombra se projetou sobre nós. Ian Murdoch chegara ao nosso lado. Murdoch dava aulas de matemática no estabelecimento. Alto, moreno e magro, era tão taciturno e reservado que ninguém podia dizer que era seu amigo. Parecia viver em alguma região etérea, abstrata, de números irracionais e seções cônicas, que pouco o prendia à vida concreta. Os alunos o consideravam um indivíduo excêntrico e teriam feito dele alvo de suas piadas se aquele homem não tivesse um pouco de sangue estranho e exótico nas veias, o que se adivinhava não só nos seus olhos negros como carvão e no seu rosto bronzeado, mas também em explosões ocasionais de mau humor, que eles eram unânimes em descrever como ferozes.

Em certa ocasião, importunado por um cãozinho que pertencia a McPherson, agarrara o pequeno animal e o atirara pela janela. Stackhurst o teria demitido por esse procedimento se ele não fosse um excelente professor. Assim era o personagem estranho e complexo que surgiu ao nosso lado. Parecia estar sinceramente chocado com o espetáculo que presenciava, embora o incidente do cão mostrasse que não havia grande simpatia entre ele e o homem que acabava de morrer.

— Pobre companheiro! Pobre companheiro! O que posso fazer? Como posso ajudar?

— Você estava com ele? Pode nos explicar o que aconteceu?

— Não, eu estava atrasado esta manhã. Não fui à praia. Venho direto dos Frontões. O que posso fazer?

— Corra à delegacia de polícia de Fulworth e comunique o que houve imediatamente.

Ele se afastou a toda a pressa, sem uma palavra. Continuei a tomar o assunto em mãos, enquanto Stackhurst, atordoado com a tragédia, permanecia ao lado do corpo. O meu primeiro passo consistiu, naturalmente, em observar quem se encontrava na praia. Do alto da senda eu podia vê-la em toda a extensão. Estava deserta. Só duas ou três silhuetas escuras caminhavam ao longe na direção do vilarejo de Fulworth. Satisfeito em relação a esse ponto, desci a senda lentamente. Havia argila ou marga mole misturada com calcário. Aqui e acolá vi as mesmas pegadas que subiam e desciam. Ninguém mais fora à praia por aquela senda naquela manhã.

Em um lugar observei a impressão de uma mão aberta com os dedos estendidos para a subida. Isso só podia significar que o pobre McPherson tropeçara quando subia. Vi também marcas redondas, sugerindo que ele caíra de joelhos mais de uma vez. Na parte baixa da senda se estendia uma lagoa grande que se formara com a retirada do mar. McPherson tirara a roupa ao lado, porque a sua toalha se encontrava em cima de uma rocha. Estava dobrada e seca, o que parecia indicar que ele nem sequer havia entrado na água. Uma ou duas vezes, ao procurar rastros no cascalho duro, notei pequenos espaços de areia onde reconheci a impressão das suas alpargatas e também dos seus pés descalços. Esse último detalhe provava que ele se preparara para o banho, mas a toalha enxuta mostrava que não chegara a banhar-se.

E aí o problema estava claramente definido, um dos mais estranhos com que eu já me havia defrontado. McPherson permanecera na praia quinze minutos, no máximo. Stackhurst o seguira de perto depois da sua saída dos Frontões. Portanto, não podia haver dúvida quanto a isso. Ele ia banhar-se e tinha até tirado a roupa, como os seus pés descalços confirmavam. De repente, voltara a vestir as roupas apressadamente, pois elas estavam desarrumadas e desabotoadas. E teve de voltar sem tomar banho ou pelo menos sem se enxugar. A causa dessa mudança de intenção é que fora açoitado de maneira selvagem e desumana, torturado a ponto de morder o lábio na sua agonia, ficando com força suficiente apenas para afastar-se dali cambaleando e morrer.

Quem praticara uma agressão tão bárbara? Havia, é verdade, pequenas grutas e cavernas na base dos penhascos, mas o sol baixo as iluminava diretamente e elas não podiam servir de esconderijo. Também havia os vultos distantes na praia, mas estavam tão longe que não podiam ter relação com o crime. Além disso, entre eles e o morto, lambendo as rochas, estendia-se a lagoa larga na qual McPherson tinha a intenção de se banhar. No mar, dois ou três barcos de pesca estavam muito próximos. Os seus ocupantes poderiam ser interrogados mais tarde. Vários caminhos se abriam para a investigação, mas nenhum conduzia para um objetivo muito claro.

Quando finalmente retornei para junto do corpo, um pequeno grupo de curiosos estava reunido em volta dele. Stackhurst, naturalmente, ainda estava ali. Ian Murdoch acabava de chegar com Anderson, o policial do vilarejo, um homem corpulento, com bigode ruivo, do povo lento e sólido de Sussex, povo que esconde muito bom-senso por trás de uma aparência pesada e silenciosa. Ele ouviu tudo, tomou nota de tudo o que contamos e, por fim, me chamou de lado.

— Gostaria de conhecer a sua opinião, sr. Holmes. Este caso é muito grande para mim e, se errar, serei admoestado por Lewes.[1]

Aconselhei-o a mandar chamar o seu superior imediato e um médico. E também a não permitir que algo fosse mexido. E ainda a reduzir ao mínimo novas impressões de passos. Nesse meio-tempo revistei os bolsos do morto. Encontrei um lenço, um canivete grande e uma pequena carteira para cartões de visita dobrável. Nesta sobressaía um pedaço de

---

[1] Lewes é uma pequena cidade e a capital do distrito de Lewes, situada a sudeste do condado de Sussex Oriental, na Inglaterra. Encontra-se a cerca de 70km a sudeste de Londres. (N. do T.)

papel, que desdobrei e estendi ao policial. Estava escrito, rabiscado por mão feminina:

> Estarei lá, pode ter certeza.
> Maudie.

Deu-me a impressão de se tratar de um caso de amor, de um encontro. Todavia, os pormenores eram um mistério. O policial o recolocou na carteira, que retornou, com as outras coisas, aos bolsos do casaco. Então, como nada mais parecia se impor, voltei à minha casa para o café da manhã, deixando tudo disposto para que a base dos penhascos fosse cuidadosamente revistada.

Stackhurst veio me ver um pouco mais tarde para me informar que o corpo fora transportado para Os Frontões, onde se realizaria o inquérito policial. Trouxe-me algumas notícias sérias e definitivas. Como eu esperava, disse que nada fora encontrado nas pequenas grutas e cavernas na base do penhasco e que tinha examinado os papéis no gabinete de McPherson. Alguns lhe revelaram que havia uma correspondência íntima entre o jovem professor de ciências e uma tal srta. Maud Bellamy, de Fulworth. Assim, estava estabelecida a identidade da autora do bilhete.

— A polícia tem as cartas — explicou. — Não pude trazê-las. Mas não há dúvida de que se tratava de um caso sério de amor. Não vejo razão, no entanto, para associá-lo a esse acontecimento horrível, a não ser que a moça tenha efetivamente marcado um encontro com ele.

— Dificilmente, numa lagoa que todos costumam usar — objetei.

— Foi por puro acaso — disse ele — que muitos alunos não estivessem com McPherson.

— Será que foi por acaso?

Stackhurst franziu as sobrancelhas, refletindo.

— Ian Murdoch os reteve — justificou. — Ele insistiu em fazer algumas demonstrações de álgebra antes do café. Pobre rapaz! Está terrivelmente angustiado com tudo isso.

— No entanto, eu soube que não eram amigos.

— Numa certa época, não. Mas de um ano para cá, mais ou menos, Murdoch mantinha com McPherson relações tão estreitas como pode ter uma pessoa como ele. Murdoch não é um homem muito simpático por natureza.

— Compreendo. Lembro-me de que o senhor me falou há algum tempo sobre uma discussão entre os dois porque ele maltratou um cachorro.

— Tudo terminou muito bem.

— Talvez tenha deixado algum sentimento de vingança.

— Não, não. Tenho certeza de que eram amigos de verdade.

— Então devemos voltar a nossa atenção para o lado da jovem. Conhece-a?

— Todo o mundo a conhece. É a rainha da beleza da região. Uma verdadeira beleza, Holmes, que não passaria despercebida em parte alguma. Eu sabia que McPherson sentia atração por ela, mas não cheguei a supor que as coisas tinham avançado ao ponto que essas cartas parecem indicar.

— Mas quem é ela?

— É filha do velho Tom Bellamy, dono de todos os barcos e cabinas de banho de Fulworth. Começou como pescador, mas agora é homem de algumas posses. Ele e o filho William dirigem o negócio.

— Deveríamos ir a Fulworth para vê-los?

— Com que pretexto?

— Ah, arranjaremos um facilmente. Afinal, o pobre McPherson não se maltratou tão cruelmente sozinho. Uma mão humana empunhava o cabo do chicote, admitindo que tenha sido um chicote que infligiu os ferimentos. Neste lugar isolado, o círculo das suas relações devia ser reduzido. Sigamos esse círculo em todas as direções e acabaremos descobrindo o motivo, o que nos levará ao criminoso.

Se não tivéssemos o espírito atormentado pela tragédia que presenciamos de manhã, o passeio pelas terras baixas perfumadas pelo tomilho teria sido agradável. O vilarejo de Fulworth está situado numa depressão em curva num semicírculo em volta da baía. Atrás do antigo vilarejo, várias casas modernas foram construídas na encosta. Stackhurst me conduziu a uma delas.

— Aquela casa é "O Refúgio", como Bellamy a batizou. A que tem uma pequena torre num canto e o telhado de ardósia. Nada mau para um homem que começou sem dinheiro algum... Por Deus, olhe aquilo!

O portão do jardim abriu-se e um homem saiu. Impossível enganar-se sobre a figura alta, magra e desengonçada. Era Ian Murdoch, o matemático. Ele cruzou conosco na estrada.

— Olá! — disse Stackhurst.

Murdoch respondeu com um aceno de cabeça e um olhar de soslaio dos seus olhos negros curiosos, e teria passado direto por nós se o seu diretor não o tivesse parado.

— O que estava fazendo na casa? — perguntou-lhe.

O rosto de Murdoch ficou vermelho de raiva.

— Sou seu subordinado, senhor, debaixo do seu teto. Não creio que deva prestar-lhe contas da minha vida particular.

Depois de tudo o que tinha suportado, Stackhurst estava com os nervos à flor da pele. Em outro momento, talvez tivesse reagido melhor. Mas perdeu completamente o controle.

— Nesta circunstância, a sua resposta é pura impertinência, sr. Murdoch.

— O mesmo qualificativo talvez possa aplicar-se à sua pergunta.

— Não é a primeira vez que tenho que fechar os olhos para a sua insubordinação. Será a última. Faça o favor de tomar providências quanto ao seu futuro o mais rápido possível.

— Eu já tinha essa intenção. Perdi hoje a única pessoa que tornava Os Frontões toleráveis.

Seguiu com passos largos o seu caminho, enquanto Stackhurst o via afastar-se com olhar furioso.

— Não é mesmo um homem impossível e insuportável? — gritou.

A única coisa que veio naturalmente à minha mente foi que Ian Murdoch aproveitava a primeira oportunidade para escapar da cena do crime. Uma suspeita vaga e nebulosa começou a tomar forma na minha cabeça. Talvez a visita aos Bellamys lançasse uma luz nova sobre o caso. Stackhurst se recompôs e nos dirigimos à casa.

O sr. Bellamy era um homem de meia-idade, com uma barba vermelha chamejante. Parecia estar de muito mau humor, e o seu rosto logo se tornou tão vermelho como o seu cabelo.

— Não, senhor, não quero detalhes. O meu filho aqui presente...

Ao dizer isso, apontou-nos um rapaz robusto que estava sentado, com um rosto enfadonho e carrancudo, num canto da pequena sala.

— O meu filho pensa como eu. As atenções desse sr. McPherson a Maud eram insultuosas. Sim, senhor, a palavra "casamento" nunca foi pronunciada. No entanto, houve cartas, encontros e muitas outras coisas que nem o meu filho nem eu podíamos aprovar. Ela não tem mãe e somos os seus únicos tutores. Estamos determinados...

Mas o aparecimento da jovem em pessoa fez as palavras morrerem em seus lábios. Não se podia negar que ela embelezaria qualquer reunião no mundo. Quem poderia supor que flor tão rara crescesse de tal raiz e numa atmosfera tão pesada? Raras vezes senti atração por mulheres, pois o meu cérebro sempre governou o meu coração, mas me bastou olhar aquele rosto perfeitamente delineado, delicadamente colorido pelo frescor suave das terras baixas, para compreender que nenhum jovem poderia atravessar-se no seu caminho e sair ileso. Assim era a moça que empurrara a porta e se encontrava, com o olhar intenso dos seus olhos dilatados, na frente de Harold Stackhurst.

— Já sei que Fitzroy está morto — disse ela. — Não tenha medo de me contar os detalhes.

— O outro professor nos trouxe a notícia — explicou o pai.

— Não há razão alguma para que a minha irmã seja envolvida nesse caso — resmungou o filho.

Maud disparou um olhar duro e feroz contra ele.

— Este é um assunto meu, William. Por favor, deixe que eu o resolva do meu jeito. Pelo que sei, um crime foi cometido. Se puder ajudar a apontar quem o praticou, é o mínimo que posso fazer por aquele que se foi.

Ela ouviu o breve relato do meu companheiro com uma concentração serena que me mostrou que, além da grande beleza, possuía um temperamento forte. Maud Bellamy permanecerá sempre na minha memória como a imagem de uma mulher completa e admirável. Sem dúvida já me conhecia de vista, porque em seguida se voltou para mim.

— Leve-os perante a justiça, sr. Holmes. Conte para isso com a minha simpatia e a minha ajuda, sejam eles quem forem.

Tive a impressão de que, enquanto falava, ela lançou um olhar de desafio para o pai e o irmão.

— Obrigado — respondi. — Dou muita importância ao instinto feminino nesses assuntos. A senhorita usou a palavra "eles". Acha que há mais de uma pessoa envolvida?

— Eu conhecia o sr. McPherson o suficiente para saber que era um homem valente e forte. Uma pessoa só não seria capaz de infligir-lhe ferimentos tão atrozes.

— Posso ter uma palavra em particular com a senhorita?

— Já lhe disse, Maud, para ficar fora desse assunto — gritou-lhe o pai, furioso.

Ela lançou um olhar de desamparo para mim.

— O que posso fazer?

— Todo mundo vai logo conhecer os fatos — respondi. — Por isso, não haverá nenhum problema em discuti-los aqui. Eu preferiria conversar com a senhorita em particular, mas, como o seu pai não permite, ele vai participar das decisões.

Falei então do bilhete que fora encontrado no bolso de McPherson.

— Ele certamente será apresentado no inquérito. Posso pedir-lhe que dê algumas explicações?

— Não vejo nenhum motivo para fazer mistério — respondeu ela. — Estávamos noivos e íamos casar. Guardávamos em segredo o nosso projeto porque o tio de Fitzroy, que é muito idoso e está para morrer, segundo dizem, poderia deserdá-lo se casasse contra a vontade dele. Não havia outra razão.

— Você poderia nos ter dito — rosnou o sr. Bellamy.

— Eu o teria feito, pai, se tivessem mostrado alguma simpatia.

— Desaprovo que a minha filha saia com rapazes de outra posição social.

— O seu preconceito contra ele nos impediu de dizer-lhe. Quanto a esse encontro...

Ao dizer isso, ela tirou de seu vestido um papel amassado.

— ... era em resposta a isto.

Ela leu o recado:

Querida, no mesmo local na praia, na terça-feira, depois do pôr do Sol. É a única hora em que posso sair.
F. M.

— Terça-feira é hoje — acrescentou ela. — Eu tinha a intenção de me encontrar com ele esta noite.

Virei o bilhete do outro lado.

— Isto não veio pelo Correio. Como o recebeu?

— Prefiro não responder a esta pergunta. Ela realmente não tem nenhuma relação com o caso que o senhor investiga. Mas responderei com toda a liberdade o que se refira a ele.

Ela cumpriu a palavra, mas nada do que nos disse foi útil para a nossa investigação. Acreditava que o noivo não possuía um inimigo oculto, mas admitiu que tivera vários admiradores ardorosos.

— Posso perguntar-lhe se o sr. Ian Murdoch figurava entre eles?

Ela enrubesceu e pareceu embaraçada.

— Em certa época, creio que sim. Mas tudo mudou quando ele compreendeu as relações que uniam Fitzroy e eu.

De novo a sombra daquele homem estranho pareceu tomar contornos mais definidos. Era preciso examinar o seu passado. O seu quarto deveria ser particularmente revistado. Stackhurst me ajudaria com toda a boa vontade, pois também na sua cabeça as suspeitas iam surgindo. Voltamos do "Refúgio" com a esperança de que uma ponta da meada já estava em nossas mãos.

Uma semana se passou. O inquérito não tinha esclarecido nada e prosseguia em busca de novas provas. Stackhurst fizera uma investigação discreta sobre o seu subordinado e uma revista superficial do seu quarto não dera nenhum resultado. Pessoalmente, repassei tudo outra vez, tanto com as pernas como com a cabeça, sem chegar a conclusões novas. O leitor nunca encontrará em todas as minhas crônicas um caso em que me encontrei completamente no limite das minhas capacidades. Nem mesmo a minha imaginação conseguia conceber uma solução para o mistério. Então ocorreu o incidente do cão.

Foi a minha velha governanta quem ouvir falar dele primeiro, graças a essa misteriosa rede sem fio que permite às pessoas do campo ter notícias de uns e outros.

— Uma história muito triste, senhor, a do cão do sr. McPherson — disse ela uma noite.

Eu não estimulo esse tipo de conversa, mas aquelas palavras chamaram a minha atenção.

— O que aconteceu com o cão do sr. McPherson?

— Morreu, senhor. Morreu de tristeza pela perda do dono.

— Quem lhe contou isso?

— Todos estão falando disso, senhor. Estava terrivelmente desolado. Não queria comer nada havia uma semana. Hoje, dois jovens estudantes dos Frontões o encontraram morto. Morto na praia, senhor, no mesmo local onde o dono encontrou o seu fim.

"No mesmo local." Essas palavras se destacaram claramente na minha cabeça. Uma percepção vaga de que esse detalhe era de importância vital surgiu na minha mente. Que o cão morresse combinava com a natureza magnificamente fiel dos cães. Mas "no mesmo local"! Por que essa praia deserta foi fatal para ele? Seria possível que ele também tivesse sido sacrificado por um ressentimento vingativo? Seria possível? Sim, a percepção era vaga, mas algo já estava se construindo na minha cabeça. Alguns minutos mais tarde cheguei aos Frontões, onde encontrei Stackhurst no seu gabinete. Ao meu pedido, mandou chamar Sudbury e Blount, os dois alunos que tinham descoberto o cão.

— Sim, ele estava exatamente à beira da lagoa — confirmou um deles. — Deve ter seguido o rastro do dono falecido.

Vi o cadáver do pequeno animal fiel, um *terrier airedale*, estendido no capacho da entrada. Tinha o corpo duro e rígido, os olhos saltados e os membros contorcidos. O sofrimento estava retratado em cada linha do seu corpo.

Dos Frontões me dirigi em seguida à lagoa. O sol havia deitado. A sombra do grande penhasco projetava-se negra sobre a água, que brilhava frouxamente como uma folha de chumbo. O local estava deserto. Com exceção de duas aves marinhas que desenhavam círculos soltando gritos, não havia nenhum sinal de vida. Na luz que se extinguia, mal pude distinguir os pequenos rastros do cão na areia em volta da rocha onde o seu dono deixara a toalha.

Durante um longo tempo permaneci em meditação profunda. À minha volta, as sombras se adensavam. A minha mente estava cheia de pensamentos que se sucediam velozes. O leitor sabe o que é viver um pesadelo no qual sente que há certa coisa muito importante que procura e sabe que está ali mesmo, mas não consegue alcançar. Foi o que experimentei naquela noite em que fiquei sozinho naquele lugar marcado pela morte. Finalmente, dei meia-volta e retomei lentamente o caminho de casa.

Eu acabava de atingir o topo da senda quando tudo ficou claro. Como um relâmpago, lembrei-me da coisa da qual com tanta ansiedade eu queria me apoderar e não conseguia. O leitor sabe, ou então Watson escreveu inutilmente, que possuo uma reserva enorme de conhecimentos fora do comum, amontoados sem sistema científico, porém muito úteis para as necessidades do meu trabalho. A minha mente se parece com um depósito abarrotado de pacotes de todos os tipos e bem guardados. São tantos que tenho só uma vaga ideia do que existe ali. Eu tinha certeza de que alguma coisa na minha cabeça podia relacionar-se com o caso. Ainda continuava vaga, mas pelo menos eu sabia como torná-la mais clara. Era monstruosa, incrível, e ainda assim era sempre uma possibilidade. E eu a testaria ao máximo.

Na minha casa há um grande sótão cheio de livros. Mergulhei neles e pesquisei durante uma hora. No fim desse tempo saí com um pequeno volume de capa chocolate e prata. Virei impaciente as páginas até o capítulo do qual guardara uma lembrança imprecisa. Era, sem dúvida, uma hipótese ousada e pouco provável. Ainda assim, não poderia descansar enquanto não tivesse certeza da sua impossibilidade. Era tarde quando me deitei, com a minha mente aguardando ansiosamente o trabalho do dia seguinte.

Mas esse trabalho deparou com uma interrupção irritante. Eu acabava de tomar a primeira xícara de chá e ia sair para a praia quando recebi a visita do inspetor Bardle, da polícia de Sussex. Era um homem firme, vigoroso, bovino, com olhos pensativos. Olhou para mim com expressão muito inquieta.

— Conheço, senhor, a sua experiência enorme — começou. — Esta visita não apresenta nenhum caráter oficial e não precisa ter outras consequências. Mas não tenho sorte com este caso McPherson. A questão é saber se devo proceder à detenção ou não.

— Está se referindo ao sr. Ian Murdoch?

— Sim, senhor. Não há realmente nenhum outro suspeito, pensando bem. Esta é a vantagem de um lugar isolado. Vamos reduzindo o raio de ação, até que se torne bem pequeno. Se ele não fez isso, então quem foi?

— O que tem contra ele?

Tinha colhido nos mesmos sulcos que eu. Ficara impressionado com o temperamento de Murdoch e o mistério que parecia pairar em torno daquele homem, com os seus violentos acessos de raiva, como mostrou no incidente do cão, com o fato de ter brigado com McPherson no passado e havia alguma razão para pensar que poderia ter-se ressentido com as atenções dele em relação à srta. Bellamy. O inspetor possuía todos esses detalhes, como eu, e nada mais, a não ser que Murdoch parecia preparar-se para partir.

— Como ficaria a minha situação se eu o deixasse escapar com todas essas provas contra ele?

Aquele homem corpulento e fleumático estava seriamente conturbado.

— Considere as lacunas fundamentais no seu caso — retruquei. — Na manhã do crime, ele pode comprovar um álibi irrefutável. Estava com os alunos até o último instante, e foi pouco depois do aparecimento de McPherson que chegou atrás de nós. Além disso, tenha em mente a impossibilidade absoluta de que poderia sozinho infligir esses açoites num homem tão forte quanto ele. Por fim, há a questão do instrumento que provocou esses ferimentos.

— O que poderia ser, senão um chicote flexível ou algo parecido?

— O senhor examinou as marcas? — perguntei.

— Eu as vi. O médico também.

— Mas eu as examinei cuidadosamente com uma lente. Elas apresentavam peculiaridades.

— Quais são, sr. Holmes?

Entrei no meu escritório e lhe mostrei uma fotografia ampliada.

— Este é o meu método, nesses casos — expliquei.

— O senhor trabalha seriamente, sr. Holmes.

— Se eu não trabalhasse assim, dificilmente seria o que sou. Agora, consideremos este vergão que se estende ao redor do ombro direito. Não observa nada de especial?

— Não posso dizer que vejo alguma coisa.

— É evidente que ela é de uma intensidade desigual. Aqui se vê um pingo de sangue que extravasou e outro ali. Há indicações semelhantes no outro vergão mais embaixo. O que isso significa?

— Não tenho nenhuma ideia. E o senhor?

— Talvez sim, talvez não. É possível que logo eu possa anunciar algo mais. Qualquer coisa que determine o que fez essa marca nos levará perto do criminoso.

— Tenho uma ideia absurda, naturalmente — murmurou o policial. — Mas, se uma rede de arame em brasa tivesse sido colocada nas costas dele, então os pontos mais bem marcados poderiam representar os lugares onde os fios se cruzam entre si.

— Uma comparação muito engenhosa. Ou ainda poderíamos pensar num açoite de material muito duro com nós pequenos rígidos.

— Por Deus, sr. Holmes, acho que acertou em cheio.

— A menos que se tratasse de outra causa, sr. Bardle. Em todo caso, as suas provas são muito fracas para proceder a uma prisão. Além disso, temos as últimas palavras da vítima: "a juba do leão".

— Eu me perguntei se Ian...

— Sim. Eu também pensei nisso. Se a segunda palavra tivesse um som parecido com Murdoch, mas não tinha. Ele a pronunciou quase gritando, e estou certo de que a primeira foi juba.

— O senhor tem outra alternativa, sr. Holmes?

— Talvez eu tenha. Mas não quero discutir o assunto até que haja algo mais sólido.

— E quando será isso?

— Daqui a uma hora. Talvez menos.

O inspetor coçou o queixo e olhou para mim com expressão de dúvida.

— Eu gostaria de adivinhar o que passa pela sua cabeça, sr. Holmes. Talvez aqueles barcos de pesca?

— Não, eles estavam muito longe.

— Então seriam Bellamy e o seu filho grandão? Eles não tinham grande simpatia pelo sr. McPherson. Não teriam feito uma maldade com ele?

— Não, não. O senhor não vai tirar nada de mim antes que eu esteja pronto — disse eu, com um sorriso. — Agora, inspetor, ambos temos nosso trabalho a fazer. Se o senhor quiser, poderemos nos rever aqui ao meio-dia.

Havíamos chegado a este ponto quando ocorreu a interrupção formidável que marcou o início do fim.

A porta da minha casa abriu-se violentamente. Passos vacilantes ressoaram no corredor e Ian Murdoch entrou aos tropeções no meu escritório, lívido, com os cabelos desgrenhados e as roupas em desalinho, segurando-se com as mãos esquálidas nos móveis para não cair.

— Conhaque! Conhaque! — arfou, e caiu soltando gemidos no sofá.

Não vinha sozinho. Atrás dele notei Stackhurst, ofegante e sem chapéu, quase tão fora de si quanto o companheiro.

— Sim, sim, conhaque! — gritou. — Este homem está no último suspiro. Trazê-lo aqui foi tudo o que pude fazer. Desmaiou duas vezes no caminho.

Meio copo de álcool puro operou uma transformação fantástica. Murdoch ergueu-se sobre um braço e retirou o casaco dos ombros.

— Pelo amor de Deus! — gritou. — Óleo, ópio, morfina! Qualquer coisa que alivie esta dor infernal!

O inspetor e eu soltamos um grito ao ver aquilo. Ali, entrecruzada no ombro nu do homem, desenhava-se a mesma rede de linhas vermelhas inflamadas que selara o destino de Fitzroy McPherson.

A dor era evidentemente terrível e não era somente local, pois a respiração do ferido parava por um momento, o seu rosto se tornava escuro e ele levava a mão ao coração, enquanto da sua testa caíam gotas de suor. A qualquer instante poderia morrer. Derramamos mais e mais conhaque na sua garganta e cada nova dose o trazia de volta à vida. Gazes de algodão embebidas em azeite de salada pareceram amenizar a dor desses ferimentos misteriosos. Por fim, a sua cabeça caiu pesadamente sobre a almofada. Esgotada, a sua natureza buscara refúgio na sua última reserva de vitalidade. Era meio sono e meio desmaio, mas pelo menos aliviava os seus sofrimentos.

Interrogá-lo seria impossível. Mas, assim que nos tranquilizamos sobre o seu estado, Stackhurst voltou-se para mim.

— Meu Deus! — exclamou. — O que é isso, Holmes? O que é?

— Onde o encontrou?

— Embaixo, na praia. Exatamente no local onde o pobre McPherson perdeu a vida. Se o coração de Murdoch fosse fraco como o de McPherson, não estaria aqui agora. Mais de uma vez imaginei que estava morto, enquanto o transportava. Os Frontões ficavam muito longe. Por isso pensei na sua casa.

— Viu-o na praia?

— Eu estava caminhando no alto do penhasco quando escutei o seu grito. Ele estava à beira da água e andava como um bêbado. Desci correndo, joguei algumas roupas em cima dele e o trouxe para cá. Pelo amor de Deus, Holmes, use todos os seus talentos, não poupe esforços para acabar com a maldição neste lugar, pois a vida está se tornando insuportável. Não pode, com a sua reputação mundial, fazer nada por nós?

— Acho que posso, Stackhurst. Venha comigo. E o senhor, inspetor, acompanhe-nos. Vamos ver se podemos entregar esse assassino nas suas mãos.

Deixando Murdoch inconsciente aos cuidados da minha governanta, descemos os três até a lagoa da morte. No cascalho se erguia ainda o pequeno amontoado de roupas e toalhas que pertenciam à segunda vítima. Lentamente, fui caminhando à beira da água. Os meus companheiros me seguiam em fila indiana. A maior parte da lagoa era pouco profunda, mas na base do penhasco, onde a praia formava uma depressão, tinha entre um metro e vinte e um metro e meio de profundidade.

Era para esse lado que os nadadores se dirigiam naturalmente, porque formava uma bela piscina, com água verde transparente, tão clara como cristal. Na base do penhasco e por cima da água havia uma fileira de rochas. Caminhei ao longo dessas rochas, sem deixar de olhar ansiosamente para as profundezas abaixo de mim. Havia chegado à parte mais funda e calma da piscina quando os meus olhos notaram o que eu procurava, e soltei um grito de triunfo.

— Uma água-viva! — exclamei. — Uma água-viva! Vejam a água-viva-juba-de-leão!

O objeto estranho que eu apontava se parecia, de fato, com uma massa emaranhada de pelos arrancados da juba de um leão. Repousava sobre um leito de rocha a cerca de 90 centímetros debaixo da água. Era uma medusa que se agitava levemente e formava ondas. Uma criatura peluda com fios de prata entre as suas mechas amarelas. Pulsava com uma dilatação e uma contração lenta e pesada.

— Ela já causou muito mal. Os seus minutos estão contados — gritei. — Ajude-me, Stackhurst. Vamos acabar com a assassina para sempre.

Um pouco acima do leito de rocha havia uma pedra grande. Nós a empurramos até que caiu com estrondo enorme na água. Quando as ondas se dissiparam, vimos que se fixara sobre o leito de rocha onde a água-viva descansava. Uma ponta de membrana amarela que se agitava nos fez ver que a nossa vítima se encontrava debaixo da pedra. Uma espuma espessa e oleosa escorreu do monstro marinho e sujou a água ao subir lentamente para a superfície.

— Isso me espanta! — exclamou o inspetor. — O que era isso, sr. Holmes? Nasci e sempre vivi por estas bandas, mas nunca vi nada parecido. Isso não é de Sussex.

— Tanto melhor para Sussex — respondi. — Deve ter sido a tempestade do sudoeste que a trouxe para cá. Voltemos para a minha casa e apresentarei aos dois a experiência terrível de um homem que tem um bom motivo para se lembrar do seu próprio encontro com esse mesmo perigo dos mares.

Quando chegamos ao meu escritório, verificamos que Murdoch se recuperara e já podia sentar-se. Mas estava atordoado e de vez em quando era sacudido por uma dor violenta. Explicou-nos com palavras entrecortadas que não tinha ideia do que acontecera com ele. Só se recordava de que pontadas atrozes atravessaram de repente o seu corpo e precisou de toda a energia para alcançar a praia.

— Aqui está um livro — intervim, pegando o pequeno volume encontrado na noite anterior — que me trouxe as primeiras luzes sobre o que poderia permanecer desconhecido para sempre. *Out of doors* foi escrito pelo famoso observador J. G. Wood.[2] O próprio Wood quase pereceu em consequência de um contato com essa criatura abominável. Por isso escreveu sobre ela com conhecimento de causa. *Cyanea capillata* é o nome completo da delinquente, que pode revelar-se perigosa para a vida e muito mais dolorosa do que a mordida de uma cobra. Permitam-me que eu leia um pequeno trecho:

> Se o banhista avistar uma massa redonda e solta de membranas e fibras de cor castanho-amarelada, algo parecido com um punhado muito grande de juba de leão e papel prateado, tome cuidado. É a *Cyanea capillata*, com poder terrível de açoitar.

"É possível descrever com maior clareza a nossa amiga sinistra?

---

[2] John George Wood (1827-1889) foi um autor britânico de história natural. Não se dedicou à pesquisa, mas à vulgarização dos conhecimentos nesta área. Publicou inúmeras obras, com grande sucesso. *Out of doors* (Ao ar livre) apareceu em 1874. (N. do T.)

Wood conta então o seu próprio encontro com a *Cyanea capillata* quando nadava no litoral de Kent. Percebeu que essa medusa irradiava filamentos quase invisíveis até uma distância de 15 metros, e que toda pessoa que estivesse no interior dessa circunferência se encontrava em perigo de morte. Mesmo a essa distância, o efeito sobre Wood foi quase fatal:

> Os numerosos fios produziram na minha pele linhas vermelhas que, num exame mais minucioso, revelaram-se como pontos minúsculos ou pústulas, cada ponto carregado, por assim dizer, com uma agulha em brasa abrindo caminho através dos nervos.

A dor local é, como Wood explica, a menor do tormento no mais alto grau:

> Senti pontadas que atravessavam o meu peito e me faziam cair como se tivesse sido atingido por uma bala. A pulsação se interrompia e então o coração dava seis ou sete saltos como se quisesse sair do peito.

Aquela medusa quase matou Wood, embora ele tivesse ficado exposto a ela num oceano agitado e não nas águas calmas e limitadas de uma piscina. Ele acrescenta que teria dificuldade de se reconhecer em seguida, de tão branco, enrugado e ressequido que se tornou o seu rosto. Tomou uma garrafa inteira de conhaque, e parece que isso salvou a sua vida. Entrego-lhe este livro, inspetor. O senhor não pode duvidar que ele contenha uma explicação satisfatória para a tragédia do pobre McPherson."

— Explicação que, de passagem, prova a minha inocência — acrescentou Murdoch com um sorriso irônico. — Não o censuro, inspetor, nem o senhor, sr. Holmes, pois as suas suspeitas eram normais. Sinto que, na véspera da minha detenção, só me isentei de culpa compartilhando o destino do meu pobre amigo.

— Não, sr. Murdoch. Eu já estava na pista e, se tivesse

saído tão cedo como queria, poderia muito bem poupá-lo dessa aventura terrível.

— Mas como sabia, sr. Holmes?

— Sou um leitor que devora tudo, com uma estranha retenção na memória de coisas insignificantes. As palavras de McPherson, "a juba de leão", tornaram-se ideia fixa na minha mente. Eu sabia que as tinha lido em alguma parte num contexto inesperado. Os senhores viram que é a descrição perfeita da medusa. Sem dúvida, ela flutuava sobre a água quando McPherson a viu e essas palavras foram as únicas que lhe ocorreram para nos transmitir um alerta sobre a criatura que causou a sua morte.

— Então estou reabilitado, pelo menos — declarou Murdoch, pondo-se lentamente de pé. — Gostaria de dizer algumas palavras de explicação, porque sei em que direção suas investigações se encaminharam. É verdade que eu amava aquela moça, mas, a partir do dia em que ela escolheu o meu amigo McPherson, o meu único desejo foi ajudá-la a ser feliz. Contentei-me em viver ao lado deles e servir como mensageiro dos dois. Levei muitas vezes os recados de um ao outro. Porque era da sua confiança e porque tinha tanto carinho por ela, apressei-me em comunicar-lhe a morte do meu amigo, com receio de que alguém se antecipasse e a contasse de maneira mais brusca e cruel. Ela não lhe falou sobre a nossa relação, senhor, porque temia que a desaprovasse e eu pudesse sofrer. Com a sua permissão, vou tentar voltar aos Frontões. A minha cama será muito bem-vinda.

Stackhurst estendeu-lhe a mão.

— Os nossos nervos foram submetidos às provas mais duras — disse. — Perdoe-me o passado, Murdoch. Vamos nos entender melhor no futuro.

Saíram juntos de braços dados, como amigos. Fiquei sozinho com o inspetor, que olhava para mim em silêncio, com os seus olhos bovinos.

— Bem, o senhor conseguiu! — exclamou por fim. — Li muitas coisas sobre o senhor, mas nunca acreditei. É fabuloso!

Fui forçado a abanar a cabeça. Aceitar um elogio como aquele seria rebaixar-me aos seus próprios padrões.

— Fui lento no início, lento de modo repreensível. Se o corpo tivesse sido encontrado na água, eu dificilmente erraria. Foi a toalha que me enganou. O pobre homem nunca pensou em enxugar-se. O meu erro foi acreditar que ele não tinha entrado na água. Por que, então, o ataque de um monstro marinho surgiria na minha mente? Foi aí que me perdi. Bem, inspetor, muitas vezes me atrevo a zombar dos senhores da força policial, mas a *Cyanea capillata* esteve perto de vingar a Scotland Yard.

O FABRICANTE DE TINTAS APOSENTADO

Naquela manhã, o humor de Sherlock Holmes encontrava-se melancólico e filosófico. A sua natureza, sempre desperta e prática, estava sujeita a essas reações.

— Você o viu? — perguntou.
— O velho que acaba de sair?
— Ele mesmo.
— Sim, cruzei com ele na porta.
— Que impressão ele lhe causou?
— Um homem patético, fútil, prostrado.
— Exatamente, Watson. Patético e fútil. Mas toda a vida não é patética e fútil? A história dele não é um microcosmo do todo? Estendemos o braço. Agarramos. E, no final, o que fica nas nossas mãos? Uma sombra. Ou pior que uma sombra: o sofrimento.
— É um de seus clientes?
— Bem, suponho que posso chamá-lo de cliente. Foi encaminhado a mim pela Yard, assim como um médico às vezes manda um doente incurável procurar um charlatão. A polícia argumenta que não pode fazer mais nada e que o doente não ficará pior do que já está, aconteça o que acontecer.
— Qual é o problema?

Holmes pegou um cartão de visita encardido sobre a mesa.

—Josiah Amberley. Ele diz que foi sócio minoritário de Brickfall & Amberley, fabricantes de produtos artísticos.

Você pode ver seus nomes em latas de tinta. Ele juntou o seu pé-de-meia, aposentou-se na empresa aos 61 anos, comprou uma casa em Lewisham e se instalou para descansar depois de uma vida de trabalho contínuo. O seu futuro parecia estar razoavelmente garantido.

— Sim, é verdade.

Holmes deu uma olhada em algumas notas que havia rabiscado nas costas de um envelope.

— Aposentou-se em 1896, Watson. No início de 1897 casou-se com uma mulher 20 anos mais nova que ele, uma mulher muito bonita, se a fotografia não a favorece. Uma renda suficiente para viver, uma esposa, tempo livre: uma estrada reta parecia estender-se à sua frente. No entanto, não foram necessários mais de dois anos para que se tornasse, como você viu, a mais miserável e mais acabrunhada criatura que rasteja debaixo do sol.

— O que aconteceu?

— A velha história, Watson. Um amigo desleal e uma esposa inconstante. Parece que Amberley tem uma mania na vida: o jogo de xadrez. Não longe da casa dele, em Lewisham, mora um médico jovem que também joga xadrez. Anotei o seu nome: dr. Ray Ernest. Ernest visitava a casa frequentemente e a consequência natural foi que nascesse entre ele e a sra. Amberley uma intimidade. Você deve reconhecer que o nosso infortunado cliente possui poucos encantos físicos, por maiores que sejam as suas virtudes morais.

"Os dois fugiram na semana passada, com destino ignorado. Mais, e ainda pior, a esposa infiel levou o cofre de documentos do velho nas suas bagagens, com boa parte das economias que ele havia feito durante a sua vida. Podemos encontrar a senhora? Podemos recuperar o dinheiro? O problema é trivial até agora, mas vital para Josiah Amberley."

— O que vai fazer?

— Meu caro Watson, a questão imediata é: o que *você* vai fazer, se tiver a bondade de me substituir. Você sabe que estou preocupado com o caso dos dois patriarcas coptas, que deve chegar hoje à fase decisiva. Não tenho tempo para me deslocar a Lewisham, mas uma investigação no local tem valor especial. O velho insistiu muito para que eu fosse, mas lhe expliquei a minha dificuldade. Ele está disposto a receber o meu representante.

— Seja como você quiser — respondi. — Reconheço que não lhe prestarei um grande serviço, mas estou disposto a fazer o melhor que puder.

Foi assim que, numa tarde de verão, pus-me a caminho para Lewisham. Não imaginava que em uma semana o caso em que estava me envolvendo provocaria uma discussão apaixonada em toda a Inglaterra.

A noite já ia avançada quando regressei a Baker Street para fazer o relato da minha missão. A figura magra de Holmes estava recostada na poltrona, com o cachimbo deixando escapar para o teto espirais lentas de uma fumaça de cheiro forte. As suas pálpebras caíam tão preguiçosas sobre os olhos, que ele parecia estar dormindo. Só as levantava pela metade quando eu me detinha no meu relato ou quando este merecia um esclarecimento. Então os seus olhos cinzentos, tão brilhantes e pontiagudos como espadas, transfixavam-me com um olhar inquisidor.

— "Oásis" é o nome que o sr. Josiah Amberley deu à sua casa — expliquei. — Acho que ela lhe interessaria, Holmes. É como se um aristocrata arruinado se visse obrigado a morar em companhia de seus inferiores. Você conhece as características do bairro, as ruas monótonas com casas de tijolos, as avenidas enfadonhas desse subúrbio. Mesmo no meio de tudo isso se ergue uma pequena ilha de cultura antiga e de conforto. É essa casa velha, cercada por um muro alto banhado pelo sol, coberto de liquens e de musgo, o tipo de muro que...

— Suprima a poesia, Watson! — atalhou Holmes com severidade. — Anoto simplesmente: um muro alto de tijolos.

— Exatamente. Eu não saberia qual das casas era o "Oásis" se não perguntasse a um desocupado que fumava na rua. Tenho minhas razões para mencionar esse homem.

Era alto, moreno, de bigode grande e aparência militar. Respondeu à minha pergunta com um sinal de cabeça e me lançou um olhar curiosamente interrogativo, que voltou à minha memória um pouco mais tarde.

"Eu mal havia atravessado o portão quando vi o sr. Amberley descendo a alameda. Eu só o vira de relance esta manhã e ele já me dera a impressão de um indivíduo estranho. Mas, quando o encontrei em plena luz, a sua aparência me pareceu ainda mais anormal.

— Eu o estudei, naturalmente, mas a sua impressão pessoal me interessa — disse Holmes.

— Ele me pareceu literalmente esmagado pelas preocupações. Tinha as costas arcadas como se carregasse um peso enorme. No entanto, não é tão fraco como imaginei no início. Os seus ombros e o peito são de um gigante, embora o corpo se vá afinando para baixo até terminar num par de pernas compridas e delgadas.

— Sapato esquerdo enrugado, direito liso.

— Não observei isso.

— Você não. Eu reparei na sua perna artificial. Mas prossiga, Watson.

— Fiquei impressionado com as mechas brancas nos seus cabelos grisalhos que se enroscavam debaixo de um chapéu velho de palha, com o rosto de expressão feroz e ansiosa e com as feições profundamente enrugadas.

— Muito bem, Watson. O que ele disse?

— Começou descarregando o relato de seus dissabores. Fomos caminhando juntos pela alameda e eu, naturalmente, aproveitei para inspecionar o local. Nunca vi lugar tão mal-cuidado. O jardim estava totalmente abandonado, dando a impressão de negligência completa em que se permitiu que as plantas seguissem mais os caprichos da natureza do que as normas da arte. Não sei como uma mulher decente pôde tolerar tal estado de coisas. A casa também estava no grau mais elevado do desleixo. O pobre homem parecia dar-se conta disso e queria remediar a situação, porque uma grande lata de tinta verde se encontrava na entrada e ele segurava um pincel grosso na mão esquerda. Estivera pintando o conjunto de madeiras da casa.

Introduziu-me no seu santuário encardido e conversamos de maneira demorada. Como é natural, estava desapontado porque você não foi pessoalmente.

— Eu não esperava — disse ele — que um indivíduo tão modesto como eu, sobretudo depois das grandes perdas financeiras que acabo de sofrer, pudesse receber a atenção completa de um homem tão famoso como o sr. Sherlock Holmes.

Certifiquei-lhe que a questão de dinheiro não fora levada em conta.

— Não, é claro! — retorquiu. — Ele trabalha por amor à arte. Mas, mesmo no plano artístico do crime, ele poderia encontrar aqui alguma coisa para estudar. É a natureza humana, dr. Watson, a ingratidão negra de tudo isso. Jamais lhe neguei algum pedido. Já houve mulher tão mimada? E esse jovem médico! Poderia ser o meu próprio filho. Tinha acesso livre à minha casa. No entanto, veja como me trataram. Ah, dr. Watson, este mundo é atroz, terrível!

Essa foi a sua cantilena durante uma hora ou mais. Não suspeitava, ao que parece, da intriga amorosa. Moravam sozinhos, a não ser por uma mulher que vinha trabalhar a cada dia e saía às seis da tarde. Naquela noite, o velho Amberley, querendo fazer um agrado à mulher, adquirira dois assentos de balcão no Teatro Haymarket. No último momento ela se queixou de dor de cabeça e se recusou a ir. Ele foi sozinho. Parece-me que não há dúvida sobre o fato, porque ele me mostrou o bilhete não utilizado que comprara para a mulher."

— Isso é importante, muito importante — comentou Holmes, cujo interesse pelo caso parecia aumentar. — Continue, por favor, Watson. Acho o seu relato impressionante. Examinou o bilhete pessoalmente? Anotou, por acaso, o número?

— Anotei, sim — respondi com certo orgulho. — Por acaso, foi o meu antigo número na escola, o 31, e ficou gravado na minha cabeça.

— Excelente, Watson! A poltrona dele era, portanto, a 30 ou a 32.

— Perfeitamente — respondi um pouco desconfiado. — E na fila B.

— Isso é mais satisfatório. O que mais lhe disse?

— Mostrou-me o seu quarto-forte, como ele o chama. E é realmente isso, como num banco, com porta e grade de ferro, à prova de ladrões, como ele afirmou. No entanto, a mulher parece que tinha uma cópia da chave. Levaram cerca de sete mil libras em dinheiro e títulos.

— Títulos! Como poderão vendê-los?

— Disse-me que tinha entregado uma lista dos valores à polícia e esperava que não pudessem ser vendidos. Voltou do teatro à meia-noite, encontrou o local saqueado, a porta e a janela abertas, e os fugitivos longe dali. Não lhe deixaram carta nem mensagem. Nem ouviu uma palavra sobre eles desde então. Imediatamente prestou queixa à polícia.

Holmes meditou por alguns minutos.

— Você me disse que ele estava pintando. O que pintava?

— Estava pintando o corredor. Mas já tinha pintado a porta e o madeirame do quarto de que lhe falei.

— Essa ocupação não lhe pareceu estranha, dadas as circunstâncias?

— "Preciso fazer alguma coisa para aliviar o coração dolorido": esta foi a explicação que ele me deu. Certamente, é um pouco esquisito, mas ele é claramente um homem esquisito. Rasgou uma fotografia da sua mulher na minha frente, furiosamente, numa tempestade de paixão. "Não quero voltar a ver o seu rosto maldito nunca mais!" — gritou.

— Mais algum detalhe, Watson?

— Sim. Uma coisa me chamou a atenção mais do que outra qualquer. Eu me havia dirigido de carro à estação de Blackheath e já estava no trem. No instante em que ele partia, vi um homem precipitar-se no vagão vizinho ao meu. Você sabe que tenho o olho vivo para reconhecer os rostos, Holmes. Era indiscutivelmente o homem alto e moreno com quem eu falara na rua. Voltei a vê-lo na Ponte de Londres e depois o perdi de vista no meio da multidão. Mas estou persuadido de que estava me seguindo.

— Claro que sim! Claro que sim! — exclamou Holmes.
— Um homem alto, moreno, de bigode grande, você me disse, com óculos escuros?

— Holmes, você é um adivinho. Eu não lhe falei, mas ele *usava* óculos escuros.

— E um alfinete de gravata maçônico?
— Holmes!
— Muito simples, meu caro Watson. Mas vamos descer ao que é prático. Devo confessar-lhe que o caso me parecia absurdamente simples, tão simples que quase não merecia a minha atenção, mas está assumindo rapidamente um aspecto bem diferente. Embora você tenha deixado passar na sua missão tudo o que era importante, as coisas que se impuseram por si mesmas à sua observação deram origem a uma reflexão séria.

— O que deixei passar?
— Não se ofenda, meu caro amigo. Você sabe que sou totalmente impessoal. Ninguém mais teria feito melhor. Alguns, possivelmente, não tão bem. Mas é evidente que alguns pontos essenciais lhe escaparam. O que pensam os vizinhos desse Amberley e da sua mulher? Seria importante saber. E o que pensam do dr. Ernest? Era o Lotário[1] alegre que se poderia esperar? Com as suas vantagens naturais, Watson, toda mulher se torna sua colaboradora e cúmplice. Interrogou a funcionária dos correios ou a mulher do quitandeiro? Posso imaginá-lo sussurrando pequenas futilidades à moça da "Âncora Azul" e recebendo em troca informações sólidas. Tudo isso você deixou de fazer.

— Ainda posso fazê-lo.

---

[1] Lotário é um personagem "altivo, alegre e galante" da tragédia *A penitente justa* (1703), de Nicholas Rowe (1674-1718), a peça mais popular na Inglaterra do século XVIII. Tornou-se sinônimo de homem libertino, sem coração. (N. do T.)

— Já foi feito. Graças ao telefone e à ajuda da Yard, geralmente consigo obter o essencial sem sair deste quarto. Na verdade, as minhas informações confirmam a história do homem. Ele tem no bairro a fama de ser avarento e também marido rigoroso e exigente. É certo que possuía uma grande quantia de dinheiro no seu quarto-forte. Também é verdade que o jovem dr. Ernest, solteiro, jogava xadrez com Amberley e provavelmente outros jogos com a mulher dele. Tudo isso parece não oferecer nenhuma dificuldade e poderíamos acreditar que não há mais nada a dizer. No entanto! No entanto!

— Onde está a dificuldade?

— Talvez só na minha imaginação. Bem, fiquemos por aí, Watson. Vamos fugir deste mundo de trabalho cansativo pela porta lateral da música. Carina canta esta noite no Albert Hall e temos tempo para nos vestir, jantar e nos divertir.

Na manhã seguinte levantei-me bem cedo, mas algumas migalhas de torradas e duas cascas de ovos vazias me anunciaram que o meu amigo acordara antes que eu. Em cima da mesa encontrei um bilhete rabiscado.

Caro Watson,

Há um ou dois pontos de contato que eu gostaria de estabelecer com o sr. Josiah Amberley. Quando isso for feito, poderemos abandonar o caso, ou não. Só lhe peço que esteja disponível por volta das 15h, porque é possível que eu precise de você.

S. H.

Não vi Holmes durante o dia, mas na hora marcada ele retornou, sério, preocupado e distante. Nesses momentos era preferível deixá-lo sozinho.

— Amberley já veio?

— Não.

— Ah, estou esperando por ele.

Não ficou desapontado, pois o velho logo chegou com uma expressão de ansiedade e embaraço no seu rosto austero.

— Recebi um telegrama, sr. Holmes, e não consigo entendê-lo.

Apresentou-o a Holmes, que o leu em voz alta.

> Venha imediatamente, sem falta. Posso lhe dar informações sobre a sua perda recente.
> Elman, no presbitério.

— Expedido de Little Purlington às 14h10 — disse Holmes. — Little Purlington fica em Essex, ao que me parece, não longe de Frinton. Bem, é claro que o senhor vai partir imediatamente. Esse telegrama vem de uma pessoa responsável, o pároco do lugar. Onde está o meu *Crockford*?[2] Ah, aqui está. J. C. Elman, mestre em artes, que reside em Mossmoor, perto de Little Purlington. Veja o horário dos trens, Watson.

— Há um trem que sai da Liverpool Street às 17h20.

— Perfeito. É melhor que vá com ele, Watson. O sr. Amberley pode precisar de ajuda ou conselho. É evidente que chegamos ao momento decisivo neste caso.

Mas nosso cliente não parecia nada disposto a viajar.

— É totalmente absurdo, sr. Holmes — alegou. — O que pode esse homem saber do que aconteceu? É desperdício de tempo e dinheiro.

— Ele não lhe teria telegrafado se não soubesse alguma coisa. Mande um telegrama imediatamente dizendo que está a caminho.

— Acho que não devo ir.

Holmes assumiu a sua expressão mais severa.

— O senhor causaria à polícia e a mim a pior impressão, sr. Amberley, se, quando surge uma pista tão evidente, se

---

[2] O *Crockford's Clerical Directory* (Guia Crockford do Clero) é o anuário oficial da Comunhão Anglicana no Reino Unido, com detalhes sobre a Igreja e biografias dos seus sacerdotes. (N. do T.)

recusasse a segui-la. Deveríamos então pensar que não está levando a sério essa investigação.

Nosso cliente pareceu horrorizado com a insinuação.

— Ah, é claro que vou, se o senhor vê as coisas dessa maneira — retorquiu. — À primeira vista, parece absurdo supor que esse pároco saiba alguma coisa, mas, se o senhor pensa...

— Sim, eu penso! — interrompeu Holmes com ênfase.

E assim a nossa viagem foi decidida. Holmes me chamou de lado antes de sairmos da sala e me deu uma recomendação que mostrava a importância que atribuía a ela.

— Faça você o que fizer, cuide para que ele vá *realmente* — sussurrou-me. — Se ele fugir ou voltar, corra à central telefônica mais próxima e me envie uma simples palavra: "fugiu". Arranjarei para que essa palavra chegue a mim onde eu estiver.

Little Purlington não é lugar de acesso fácil, porque está situado numa ferrovia secundária. A lembrança que guardei da viagem não é agradável. O tempo estava quente, o trem lento e meu companheiro de estrada, soturno e calado, quase não falava, a não ser para fazer observações ocasionais sobre a estupidez dessa viagem. Quando finalmente desembarcamos na pequena estação, tivemos de alugar um carro para nos levar até o presbitério, a mais de três quilômetros. Fomos recebidos por um clérigo grande, solene e um tanto afetado no seu gabinete de trabalho. Tinha o nosso telegrama à sua frente.

— Bem, senhores — perguntou —, em que posso servi--los?

— Viemos em resposta ao seu telegrama — expliquei.

— Meu telegrama? Não lhes enviei telegrama nenhum.

— Refiro-me ao telegrama que expediu ao sr. Josiah Amberley sobre a sua mulher e o seu dinheiro.

— Se isso é uma brincadeira, senhor, ela me parece de muito mau gosto — respondeu o clérigo, irritado. — Nunca ouvi pronunciar o nome desse cavalheiro e não mandei telegrama a ninguém.

Nosso cliente e eu nos olhamos com espanto.

— Talvez haja um engano — disse eu. — Não haverá dois presbitérios? Aqui está o telegrama que recebemos, assinado por Elman e proveniente do presbitério.

— Há um só presbitério, senhor, e um só vigário. Esse telegrama é uma falsificação vergonhosa, cuja origem certamente será investigada pela polícia. Enquanto isso, não vejo motivo para prolongar esta entrevista.

Assim, o sr. Amberley e eu nos encontramos à beira da estrada, num lugarejo que me pareceu o mais primitivo da Inglaterra. Dirigimo-nos à agência de telégrafos, mas ela já estava fechada. Entretanto, havia um telefone na pequena estalagem em frente à estação, a "Brasão Ferroviário". Graças a ele entrei em contato com Holmes, que compartilhou a nossa surpresa com o resultado da viagem.

— Muito estranho! — disse a voz distante. — Muito interessante! Receio, meu caro Watson, que não haja trem esta noite para voltar. Involuntariamente o condenei aos horrores de uma estalagem do campo. Todavia, há sempre a natureza, Watson. A natureza e Josiah Amberley. Você pode ficar em comunhão plena com os dois.

Ouvi a sua risada reprimida quando desligou.

Não demorei a perceber que a fama de sovina do meu companheiro era merecida. Ele resmungara contra as despesas da viagem, insistira em viajar de terceira classe e na manhã seguinte reclamou de maneira ruidosa da conta da hospedagem. Quando chegamos finalmente a Londres, era difícil dizer qual de nós dois estava de pior humor.

— É melhor que o senhor passe pela Baker Street — recomendei. — O sr. Holmes pode ter novas instruções para lhe dar.

— Se elas não valerem mais que as últimas, não serão de muita utilidade — respondeu Amberley, fazendo cara feia.

Entretanto, seguiu na minha companhia. Eu já avisara a Holmes por telegrama a hora da nossa chegada, mas encontramos um bilhete informando que ele nos esperava em Lewisham. Foi uma surpresa, mas ela foi ainda maior ao descobrirmos que ele não estava sozinho na sala de estar do nosso cliente. Um homem impassível, de aparência severa, estava sentado ao lado dele. Usava óculos escuros e um grande alfinete de gravata maçônico.

— Apresento-lhe meu amigo, o sr. Barker — anunciou Holmes. — Ele também se interessou pelo seu problema, sr. Amberley, embora estejamos trabalhando de forma independente. Mas temos os dois a mesma pergunta a lhe fazer.

O sr. Amberley sentou-se pesadamente. Pressentia a iminência de um perigo. Adivinhei-o por seus olhos tensos e suas feições contraídas.

— Qual é essa pergunta, sr. Holmes?

— Simplesmente esta: o que fez com os corpos?

O homem ergueu-se soltando um grito rouco. Tentou agarrar o ar com as mãos ossudas. Tinha a boca aberta e, por um momento, pareceu uma ave de rapina horrível. Num brilho passageiro, tivemos a visão do verdadeiro Josiah Amberley, demônio disforme cuja alma era tão distorcida quanto o corpo. Quando voltou a cair na cadeira, levou a mão à boca como para abafar um acesso de tosse. Holmes saltou como um tigre na sua garganta e lhe curvou o pescoço até que o seu rosto quase tocasse o soalho. Uma pílula branca desprendeu-se dos seus lábios ofegantes.

— Nada de atalhos, Josiah Amberley. As coisas devem ser feitas com decência e em ordem. E então, Barker?

— Um cabriolé espera à porta — respondeu nosso companheiro taciturno.

— Estamos a apenas algumas centenas de metros da delegacia. Vou acompanhá-lo. Você pode ficar aqui, Watson. Estarei de volta daqui a meia hora.

O velho fabricante de tintas tinha a força de um leão na parte superior do corpo, mas foi reduzido à impotência pelas mãos de dois profissionais experientes. Forcejando e contorcendo-se, ele foi arrastado até o cabriolé que o aguardava e eu fiquei em vigília solitária naquela casa de mau agouro. Holmes voltou pouco depois em companhia de um inspetor de polícia jovem e elegante.

— Deixei Barker cuidando das formalidades — disse Holmes. — Você ainda não conhece Barker, Watson? É o meu grande rival na costa de Surrey. Quando você me falou de um homem alto e moreno, não foi difícil para mim completar o retrato. Ele tem vários bons casos no seu ativo, não tem, inspetor?

— Ele certamente interveio diversas vezes — respondeu o inspetor com alguma reserva.

— Sim, os seus métodos nem sempre são regulares. Os meus também não. Mas os irregulares às vezes são úteis, o senhor sabe. O senhor, por exemplo, com a sua advertência obrigatória de que tudo o que ele disser poderá ser usado contra ele, nunca poderia ter blefado com esse canalha, obrigando-o a fazer o que virtualmente constitui uma confissão.

— Talvez não. Mas chegaríamos lá do mesmo jeito, sr. Holmes. Não pense que não formaríamos a nossa opinião sobre o caso e não teríamos botado a mão nesse homem. O senhor nos desculpe se não ficamos contentes quando intervém com métodos que não podemos empregar e nos priva do crédito que obteríamos com um sucesso mais tardio.

— Eu não o privarei de nenhum crédito, MacKinnon. Afirmo-lhe que, de agora em diante, vou desaparecer. Quanto a Barker, só fez o que eu lhe disse para fazer.

O inspetor pareceu consideravelmente aliviado.

— É muito elegante da sua parte, sr. Holmes. O elogio ou a crítica pouco lhe importam, mas para nós é bem diferente, quando os jornais começam a fazer perguntas.

— De acordo. De qualquer maneira, eles farão perguntas e é melhor ter as respostas. O que vai dizer, por exemplo, se um repórter inteligente e desenvolto lhe perguntar os pontos concretos que despertaram as suas suspeitas e, finalmente, o convenceram da realidade dos fatos?

O inspetor pareceu embaraçado.

— Sr. Holmes, parece que até agora não temos nenhum fato concreto. O senhor diz que o prisioneiro, na presença de três testemunhas, praticamente confessou, tentando suicidar-se, que havia assassinado a sua mulher e o amante dela. Que outros fatos possui?

— O senhor deu ordem para revistar a casa?

— Três policiais estão a caminho.

— Então logo terá o fato mais evidente de todos. Os cadáveres não podem estar muito longe. Vasculhe o porão e o jardim. Não deve levar muito tempo para escavar os lugares mais prováveis. Esta casa é mais antiga que as tubulações de água. Portanto, deve haver um poço abandonado em alguma parte. Tente a sua sorte por esse lado.

— Mas como soube disso e de que maneira o crime foi cometido?

— Vou lhe mostrar primeiro como ele foi cometido. Em seguida vou lhe dar a explicação que lhe é devida, e ainda mais ao meu amigo paciente aqui, cuja ajuda foi inestimável o tempo todo para mim. Mas, antes, gostaria de lhe dar uma ideia da mentalidade desse indivíduo. Ela é muito peculiar, a tal ponto que acho que o seu destino mais provável seja Broadmoor[3] e não o patíbulo. Possui em alto grau o tipo de mente que caracteriza mais o temperamento de um italiano da Idade Média do que o de um inglês de hoje.

"Ele era um avarento desprezível que tornou a sua mulher tão infeliz com as suas mesquinharias que fez dela presa fácil para qualquer aventureiro. Esse personagem apresentou-se na pessoa do médico que jogava xadrez. Amberley se distinguia nesse jogo, o que é indício, Watson, de uma inteligência hábil em armar ciladas. Como todos os avarentos, era ciumento e o seu ciúme converteu-se em obsessão furiosa. Com razão ou sem ela, suspeitou de uma intriga. Decidiu vingar-se e planejou a desforra com uma esperteza diabólica. Venham cá."

Holmes nos conduziu por um corredor com tanta segurança como se tivesse morado na casa e parou em frente à porta aberta do quarto-forte.

---

[3] Broadmoor é um hospital psiquiátrico de segurança máxima localizado em Berkshire, na Inglaterra. (N. do T.)

— Arre! Que cheiro horrível de tinta! — exclamou o inspetor.

— Esse foi o nosso primeiro indício — revelou Holmes. — O senhor pode agradecer ao dr. Watson, que percebeu o odor, sem no entanto deduzir a sua razão. Foi isso que pôs o meu pé na pista. Por que esse homem, num momento semelhante, enchia a sua casa com odores fortes? Evidentemente para cobrir outro odor que ele queria esconder, um odor culpado, que despertaria suspeitas. Depois me veio a ideia de um quarto como esse que o senhor vê aqui, com porta e persiana de ferro, um quarto hermeticamente fechado. Associe esses dois fatos. Para onde eles levam? Eu só poderia estabelecer isso examinando a casa pessoalmente.

"Eu já tinha certeza de que o caso era grave, porque havia examinado o gráfico de bilheteria no Teatro Haymarket, outro tiro certeiro do dr. Watson, e verifiquei que nem o número 30 nem o 32 da fila B do balcão tinham sido ocupados naquela noite. Portanto, Amberley não fora ao teatro e o seu álibi caía por terra. Ele cometeu um grande erro ao deixar que o meu amigo astuto visse o número da poltrona que comprara para a mulher.

A questão que se apresentava em seguida era saber como eu poderia examinar o local. Enviei um agente ao lugarejo mais inimaginável em que consegui pensar e fiz o meu homem ir até lá numa hora em que não poderia voltar no mesmo dia. Para prevenir qualquer contratempo, o dr. Watson o acompanhou. Tirei o nome do vigário do meu *Crockford*, como é natural. Está tudo claro para o senhor?"

— Está perfeito! — respondeu o inspetor, admirado.

— Não tendo nenhuma interrupção, arrombei a casa. O arrombamento sempre foi uma profissão alternativa para mim, se quisesse adotá-la, e não tenho dúvida de que me sairia bem. Observem o que descobri. Estão vendo a tubulação de gás que corre ao longo do rodapé? Muito bem. Ela sobe junto à parede e há uma torneira aqui no canto. O cano entra no quarto-forte, como podem ver, e termina naquela rosácea de gesso no meio do teto, onde está escondido pela decoração.

"Essa extremidade do cano está aberta. A qualquer momento, girando a torneira do lado de fora, o quarto pode ser inundado de gás. Com a porta e as persianas fechadas e a torneira completamente aberta, eu não daria dois minutos para que a pessoa trancada nesse pequeno quarto perdesse a consciência. Com que expediente demoníaco os fez cair na armadilha não sei, mas, uma vez dentro, ficaram à sua mercê."

O inspetor examinou o cano com interesse.

— Um dos nossos policiais mencionou o cheiro de gás — lembrou. — Mas então a porta e a janela estavam abertas e a pintura, ou parte dela, já iniciada. De acordo com a sua história, ele havia começado o trabalho de pintura no dia anterior. E o que mais, sr. Holmes?

— Bem, então ocorreu um incidente inesperado. Ao nascer do sol, eu saía pela janela da despensa quando senti uma mão agarrar-me pelo pescoço e ouvi uma voz que me dizia:

"— O que está fazendo aqui dentro, seu malandro?

Quando consegui virar a cabeça, reconheci os óculos escuros do meu amigo e rival, o sr. Barker. Foi um encontro estranho, que nos fez rir. Parece que ele fora contratado pela família do dr. Ernest para fazer algumas investigações e chegara à mesma conclusão sobre o jogo sujo. Vigiava a casa havia alguns dias e identificara o dr. Watson entre os visitantes obviamente suspeitos. Não podia prender Watson, mas, quando viu um homem saindo pela janela da despensa, não pôde conter-se. Comuniquei-lhe as minhas descobertas e prosseguimos o caso juntos.

— Por que ele? Por que não nós?

— Porque eu tinha a intenção de realizar o pequeno teste que se revelou tão admirável. Tinha receio de que o senhor se recusasse a ir tão longe.

O inspetor sorriu.

— Bem, talvez eu me recusasse. Creio que tenho a sua palavra, sr. Holmes, de que deste momento em diante o senhor sai do caso e nos entrega o resultado da sua investigação.

— Certamente. Esse é sempre o meu costume.

— Bem, em nome da polícia, eu lhe agradeço. Tal como o senhor nos apresentou o caso, ele parece claro, e acho que não vai haver muita dificuldade para encontrar os corpos.

— Vou mostrar-lhe uma pequena prova, um tanto macabra — disse Holmes. — Estou certo de que o próprio Amberley não a viu. Se quer obter bons resultados, inspetor, coloque-se sempre no lugar do outro e pense o que o senhor mesmo faria. Esse método exige um pouco de imaginação, mas vale a pena. Vamos supor, então, que esteja fechado neste pequeno aposento, que tem só dois minutos de vida, mas quer acertar as contas com o demônio que provavelmente está zombando do senhor do outro lado da porta. O que faria?

— Escreveria uma mensagem.

— Exatamente. O senhor gostaria que as pessoas soubessem como foi morto. Mas não escreveria em papel, porque ele descobriria. Mas, se escrevesse na parede, talvez alguém visse. Agora olhem aqui. Logo acima do rodapé está rabiscado com lápis vermelho indelével: "Nós fo...". Isso é tudo.

— O que conclui disso?

— A mensagem está a 30 centímetros acima do soalho. O pobre-diabo já estava no chão e agonizando quando a escreveu. Perdeu os sentidos antes de terminar a frase.

— Ele queria escrever: "Nós fomos assassinados".

— Eu também leio desse modo. Se encontrarem sobre o cadáver um lápis vermelho...

— Nós vamos procurá-lo, pode ter certeza. Mas e os títulos? Na verdade, não houve roubo algum. No entanto, ele os possuía. Verificamos isso.

— Pode ter certeza de que ele os escondeu em lugar seguro. Quando a história da fuga tivesse caído no esquecimento, ele os descobriria de repente, anunciaria que o casal culpado se arrependeu e lhe devolveu o que roubara ou o perdeu no caminho.

— O senhor parece ter feito frente a todas as dificuldades — observou o inspetor. — Ele, naturalmente, foi obrigado a nos chamar. Mas o que não entendo é por que se dirigiu ao senhor.

— Fanfarronice pura — respondeu Holmes. — Ele se sentiu tão esperto, tão seguro de si, que imaginou que ninguém poderia botar a mão nele. Poderia dizer a qualquer vizinho desconfiado: "Veja as providências que tomei. Procurei não só a polícia, mas até Sherlock Holmes".

O inspetor se pôs a rir.

— Devemos perdoar-lhe esse "até", sr. Holmes. É o trabalho mais benfeito de que tenho lembrança.

Dois dias mais tarde, meu amigo jogou-me um exemplar do bissemanário *North Surrey Observer*. Embaixo de uma série de manchetes inflamadas, que começavam com "O horror do Oásis" e terminavam com "Uma investigação brilhante da polícia", havia uma coluna comprimida que fazia o primeiro relato completo do caso. O parágrafo final era típico do conjunto. Li o seguinte:

A perspicácia notável com que o inspetor MacKinnon deduziu do cheiro de tinta que outro cheiro, o de gás, por exemplo, poderia estar ocultando; a dedução ousada de que o quarto-forte poderia ser também a câmara da morte; a investigação a seguir que levou à descoberta dos cadáveres num poço fora de uso, habilmente escondido debaixo de uma casinha de cachorro, ficarão na história do crime como exemplo digno de ilustrar a inteligência dos nossos detetives profissionais.

— Bem, bem, MacKinnon é um bom rapaz — comentou Holmes com um sorriso indulgente. — Você pode juntar este caso aos nossos arquivos, Watson. Algum dia a história verdadeira será contada.

A INQUILINA DE ROSTO COBERTO

Quando se considera que o sr. Sherlock Holmes exerceu a sua atividade durante 23 anos, e que, durante 17 pude colaborar com ele e tomar notas das suas façanhas, fica claro que disponho de uma grande quantidade de material. O problema sempre foi escolher, e não encontrar. Aqui há a fila longa de agendas anuais que enche uma estante e ali arquivos carregados de documentos, fonte perfeita de informações para quem queira dedicar-se a estudar não só os crimes, mas também os escândalos sociais e oficiais do final da era vitoriana.

Quanto aos escândalos, posso afirmar aos que escrevem cartas angustiadas, suplicando-me que não comprometa a honra de sua família nem a reputação de antepassados famosos, que nada têm a temer. A discrição e o senso elevado dos seus deveres profissionais, que sempre animaram o meu amigo, presidem à escolha dessas memórias. Nenhum abuso de confiança será cometido. Todavia, desaprovo com a maior energia as tentativas recentes para se apoderar desses documentos e destruí-los. Conheço a sua origem. Se elas se repetirem, estou autorizado pelo sr. Holmes a declarar que toda a história sobre o político, o farol e o alcatraz amestrado será entregue à curiosidade do público. Há pelo menos um leitor que vai entender.

Não é razoável supor que cada um desses casos tenha dado a Holmes a oportunidade para desenvolver os dons excepcionais de intuição e observação que procurei realçar nestas memórias. Havia vezes em que ele tinha de colher o fruto com muita dificuldade, e vezes em que este caía facilmente no seu colo. Mas, com frequência, as tragédias humanas mais terríveis estavam envolvidas nos casos que menos oportunidades pessoais lhe ofereciam. É um desses que desejo relatar agora. Modifiquei ligeiramente os nomes e os lugares, mas contarei os fatos tais como ocorreram.

Numa manhã do fim do ano de 1896 recebi um bilhete de Holmes pedindo a minha presença urgente na Baker Street. Quando cheguei, encontrei-o sentado numa atmosfera carregada de fumaça de tabaco. Na cadeira à sua frente encontrava-se uma mulher de idade e de aspecto maternal, o tipo convencional de donas de pensão de Londres.

— Esta é a sra. Merrilow, de South Brixton — disse meu amigo, com um aceno de mão. — A sra. Merrilow não se incomoda com a fumaça. Por isso, Watson, se quiser, pode entregar-se ao seu vício abominável. A sra. Merrilow tem uma história interessante para nos contar. Essa história pode muito bem ter desdobramentos nos quais a sua presença seria útil.

— Tudo o que eu puder fazer...

— Deve compreender, sra. Merrilow, que, se vou ver a sra. Ronder, prefiro ter uma testemunha. A senhora vai fazer com que ela entenda isso antes da nossa visita.

— Que Deus o abençoe, sr. Holmes! — exclamou a nossa visitante. — Ela está tão ansiosa para vê-lo que pode levar todo o bairro com o senhor.

— Iremos, então, no início da tarde. Vamos ver, antes de partir, se conhecemos com exatidão todos os fatos. Se os repassarmos agora, isso ajudará o dr. Watson a entender a situação. A senhora disse que tem a sra. Ronder há sete anos como inquilina e, durante esse tempo, só viu o rosto dela uma vez.

— E melhor seria que não o tivesse visto! — exclamou a sra. Merrilow.

— Ele estava, pelo que entendi, horrivelmente mutilado.

— Meu Deus, sr. Holmes, o senhor dificilmente diria que era um rosto. Essa foi a impressão que causou em mim. O nosso leiteiro a viu certa vez, não mais que um segundo, olhando com curiosidade pela janela do andar de cima. Deixou o vasilhame cair e o leite se esparramou pelo jardim da frente. Esse é o tipo de rosto que ela tem. Quando a vi, deparando com ela de surpresa, cobriu o rosto rapidamente e me disse:

"— Agora, sra. Merrilow, sabe finalmente por que nunca levanto o véu."

— Conhece alguma coisa do seu passado?

— Absolutamente nada.

— Quando se apresentou em sua casa, deu-lhe alguma referência?

— Não, senhor, mas ofereceu dinheiro vivo, e muito dinheiro. Colocou sobre a mesa o valor de um trimestre adiantado, sem discutir as condições. Nos tempos em que vivemos, uma mulher pobre como eu não pode se dar ao luxo de recusar uma oportunidade como essa.

— Mencionou algum motivo para escolher a sua casa?

— Minha casa está situada longe da estrada e é mais isolada que a maioria. Além disso, ela é a única inquilina e não tenho família. Imagino que tenha visitado outras e achou a minha mais apropriada. Ela quer viver em um lugar afastado e está disposta a pagar por isso.

— A senhora disse que ela nunca deixou ver-lhe o rosto, a não ser naquela ocasião, por acaso. Bem, é uma história extraordinária, muito extraordinária, e não me admira que deseje esclarecê-la.

— Não, sr. Holmes, não desejo. Estou muito satisfeita, desde que receba o aluguel. Não poderia ter uma inquilina mais tranquila ou que dê menos problemas.

— Então, o que ocorreu para vir aqui?

— A saúde da minha inquilina, sr. Holmes. Ela parece estar definhando. E guarda algo terrível na cabeça. "Assassino!", ela gritou. "Assassino!" E outra vez a ouvi gritar: "Você é uma fera cruel, um monstro!" Era noite e os seus gritos ressoaram por toda a casa, causando-me arrepios. Então fui vê-la de manhã.

"— Sra. Ronder — eu disse —, se tem alguma coisa que perturba a sua alma, há o padre e há a polícia. Deve buscar ajuda de um dos dois.

— Pelo amor de Deus, a polícia não — respondeu. — E o padre não pode mudar o passado. No entanto — acrescentou —, eu tiraria um peso da minha alma se alguém conhecesse a verdade antes que eu morra.

— Bem — sugeri —, se a senhora não quer a polícia, há esse detetive sobre o qual lemos tanto, com o seu perdão, sr. Holmes. Ela aceitou imediatamente a ideia.

— Esse é o homem. Como não pensei nele antes? Traga-o aqui, sra. Merrilow. E, se ele não quiser vir, diga-lhe que sou a mulher de Ronder, o domador de feras. Diga isso a ele e mencione o nome de Abbas Parva.

Aqui está como ela o escreveu: Abbas Parva.

— Isso fará com que ele venha, se é o homem que imagino."

— E eu irei — disse Holmes. — Muito bem, sra. Merrilow. Gostaria de ter uma pequena conversa com o dr. Watson. Isso nos ocupará até a hora do almoço. Às três horas estaremos na sua casa em Brixton.

Assim que a nossa visitante deixou o aposento com o seu andar bamboleante — não há outra expressão para descrever a sua forma de caminhar —, Sherlock Holmes atirou-se com uma energia furiosa sobre a pilha de livros vulgares que havia num canto. Durante alguns minutos, o farfalhar constante das páginas que folheava encheu a sala. Um grunhido de satisfação informou-me que ele havia encontrado o que procurava. Tão agitado estava que nem se deu ao trabalho de levantar-se. Sentou-se no soalho como um Buda estranho, com as pernas cruzadas e rodeado de volumes grossos, um dos quais aberto em cima dos joelhos.

— O caso me preocupou na época, Watson. Aqui estão as minhas notas nas margens para comprovar isso. Confesso que não pude entender nada. No entanto, estava convencido de que o *coroner*[1] se enganava. Não se lembra da tragédia de Abbas Parva?

— Não, Holmes.

— No entanto, você morava comigo naquele tempo. Mas a minha impressão pessoal foi muito superficial, porque não pude estabelecer nada e nenhuma das partes contratou os meus serviços. Talvez queira ler estes jornais.

— Não poderia apresentar-me os pontos principais?

— Isso é muito fácil de fazer. Os fatos provavelmente voltarão à sua memória à medida que eu for falando. Ronder era um nome muito conhecido. Rival de Wombwell e de Sanger, era um dos maiores empresários de circo do seu tempo. Há provas, entretanto, de que se entregou à bebida. O seu circo e ele estavam em declínio quando a tragédia ocorreu. A caravana havia parado para passar a noite em Abbas Parva, pequeno vilarejo de Berkshire. Dirigia-se para Wimbledon, viajando pela estrada, e somente acampou, sem montar um espetáculo, porque havia tão poucos habitantes em Abbas Parva, que a renda não cobriria as despesas de uma apresentação.

"Entre os animais, havia um leão belíssimo da África do Norte, chamado Rei do Saara. Ronder e a sua mulher tinham o costume de se exibir na sua jaula. Aqui você vê uma foto tirada durante uma apresentação. Observe que Ronder era enorme, com aparência porcina, e a sua esposa, uma mulher de beleza notável. Alguém depôs no inquérito que o leão havia manifestado sinais de que era perigoso. Mas, como de costume, a familiaridade com a fera ocasionou confiança excessiva e não se deu importância ao fato.

Ronder ou a mulher alimentavam o leão toda noite. Algumas vezes um dos dois ia sozinho, outras vezes davam a comida juntos, mas nunca permitiam que outra pessoa o fizesse, porque acreditavam que, enquanto fossem eles

---

[1] Juiz encarregado de investigar os casos de mortes suspeitas. (N. do T.)

que levassem o alimento, o leão os consideraria benfeitores e não os molestaria jamais. Naquela noite, há sete anos, dirigiram-se os dois à jaula. Um acidente terrível ocorreu e os detalhes nunca foram esclarecidos.

Parece que todo o acampamento foi acordado em torno da meia-noite pelos rugidos da fera e pelos gritos da domadora. Os diversos tratadores de animais e empregados saíram correndo das suas barracas com lanternas. As suas luzes lhes revelaram um espetáculo horroroso. Ronder jazia, com a parte de trás do crânio esmagada e marcas profundas de garras no couro cabeludo, a cerca de dez metros da jaula, que estava aberta.

Perto da porta da jaula, a sra. Ronder se encontrava deitada de costas, com a fera agachada e rosnando por cima dela. Havia rasgado o seu rosto de tal forma que não se acreditava que conseguisse sobreviver. Vários artistas do circo, comandados por Leonardo, o homem forte, e por Griggs, o palhaço, afastaram o leão com varas e o fizeram saltar de volta para a jaula, que se apressaram em trancar.

Como o animal se soltara era um mistério. Chegou-se a supor que o casal pretendia entrar na jaula, mas, no instante em que a porta foi aberta, a fera saltou em cima deles. Nenhum outro detalhe de interesse apareceu no inquérito, a não ser que a domadora não parava de gritar no delírio das suas dores atrozes: 'Covarde! Covarde!' quando a transportavam para a carroça em que viviam. Seis meses transcorreram antes que ela tivesse condições de prestar depoimento, mas o inquérito já fora encerrado com o veredicto óbvio de morte por acidente."

— Outra hipótese poderia ser considerada? — indaguei.

— Você tem razão em fazer essa pergunta. Havia ainda um ou dois pontos que preocuparam o jovem Edmunds, da polícia de Berkshire. Um rapaz inteligente, aquele. Ele foi enviado depois para Allahabad. Foi graças a ele que me interessei pelo caso. Passou por aqui e fumamos um ou dois cachimbos falando sobre o assunto.

— Um indivíduo magro, de cabelos loiros?

— Exatamente. Eu tinha certeza de que você logo se recordaria dele.

— Mas o que o preocupava?

— Bem, nós dois estávamos preocupados. Era extremamente difícil reconstituir o caso. Olhe-o do ponto de vista do leão. Ele se vê em liberdade. O que faz? Dá meia dúzia de saltos para a frente que o levam em direção a Ronder. Este dá meia-volta para fugir, pois as marcas das garras estão situadas na parte de trás da sua cabeça, mas o leão o deita ao chão. Então, em vez de dar outros saltos e escapar, volta até a domadora, que ficara perto da jaula, derruba-a e desfigura o seu rosto. Há, ainda, os gritos da sra. Ronder, que parecem insinuar que o marido de alguma forma não a ajudou. Mas o que o pobre-diabo poderia fazer para socorrê-la? Vê a dificuldade?

— Plenamente.

— Houve também outro detalhe, que me ocorre agora que volto a pensar no assunto. Algumas pessoas declararam que, no momento em que o leão rugia e a mulher gritava, um homem soltava gritos de terror.

— Seriam de Ronder, sem dúvida.

— Com o crânio esmagado, dificilmente se poderia esperar que ouvissem a sua voz. Duas testemunhas, pelo menos, disseram que gritos de um homem se misturavam aos gritos da domadora.

— Suponho que o acampamento inteiro devia estar berrando naquele momento. Quanto aos outros pontos, acho que poderia sugerir uma solução.

— Terei prazer em considerá-la.

— Os dois domadores estavam juntos, a dez passos da jaula, quando o leão escapou. O homem quis fugir e foi abatido. A mulher teve a ideia de entrar na jaula e fechar a porta. Era o seu único refúgio. Ela tentou, mas, quando já chegava à porta, a fera saltou sobre ela e a jogou no chão. A mulher ficou furiosa com o marido porque ele encorajou o animal ao virar-se para fugir. Se o tivesse enfrentado, poderia tê-lo intimidado. Daí os seus gritos de "covarde".

— Brilhante, Watson! Só há um defeito na sua exposição.
— Qual é o defeito, Holmes?
— Se os dois se encontravam a dez passos da jaula, o que o leão fez para ficar solto?
— Eles talvez tivessem um inimigo que o soltou.
— E por que a fera os atacaria de maneira tão selvagem quando estava acostumada a brincar com eles e exibir com eles as suas habilidades dentro da jaula?
— O mesmo inimigo talvez tenha feito algo para enfurecê-la.

Holmes ficou pensativo e permaneceu em silêncio durante alguns instantes.

— Bem, Watson, há algo a dizer em favor da sua teoria. Ronder era um homem que tinha muitos inimigos. Edmunds me disse que era terrível quando bebia. Valentão enorme, xingava e expulsava a chicotadas quem atravessasse o seu caminho. Suponho que os gritos de monstro, de que a sra. Merrilow nos falou, eram reminiscências noturnas do falecido. Entretanto, as nossas especulações são inúteis enquanto não conhecermos todos os fatos. Watson, há no bufê uma perdiz fria e uma garrafa de Montrachet.[2] Restauremos as nossas energias antes de recorrer novamente a elas.

Quando o nosso cabriolé nos deixou na frente da casa da sra. Merrilow, encontramos a senhora roliça bloqueando com o seu corpo o vão da porta da sua modesta porém retirada residência. Estava muito claro que a sua preocupação principal era não perder uma inquilina valiosa. Suplicou-nos, antes de nos conduzir ao andar de cima, que não disséssemos nem fizéssemos nada que pudesse levar a um resultado tão indesejável para ela. Depois de a tranquilizarmos, nós a seguimos pela escada reta e mal acarpetada e fomos introduzidos no quarto da hóspede misteriosa.

---

[2] Vinho da Borgonha, região vinícola da França, considerado um dos melhores vinhos brancos do mundo. (N. do T.)

Era um lugar estreito, com cheiro de mofo e mal arejado, como seria de esperar, já que a sua ocupante raramente saía. Depois de manter feras em jaula, a mulher parecia, por algum castigo do destino, ter-se tornado um animal dentro de uma jaula. Sentou-se numa poltrona vacilante, no canto mais escuro do quarto. Longos anos de inatividade tinham tirado algo da graça da sua silhueta, mas devia ter sido muito bonita, pois o seu corpo ainda conservava sua plenitude e sensualidade. Um véu preto e espesso cobria o seu rosto, descendo até a altura do lábio superior e deixando ver uma boca perfeita e um queixo delicadamente arredondado. Pude muito bem imaginar que ela fora uma mulher notável. A sua voz também era bem modulada e agradável.

— O meu nome não lhe é estranho, sr. Holmes — disse ela. — Pensei que era suficiente para que viesse.

— É verdade, madame, mas não sei como descobriu que me interessei pelo seu caso.

— Fiquei sabendo quando me restabeleci e fui interrogada pelo sr. Edmunds, o detetive do condado. Lamento ter mentido para ele. Talvez tivesse sido mais sensato se lhe contasse a verdade.

— É sempre mais sensato dizer a verdade. Mas por que mentiu para ele?

— Porque o destino de alguém dependia do meu depoimento. Sei que era uma pessoa indigna, mas não queria ter a sua destruição na minha consciência. Estivemos tão próximos, tão próximos!

— E esse impedimento foi removido?

— Sim, senhor. A pessoa que mencionei morreu.

— Por que, então, não conta agora à polícia tudo o que sabe?

— Porque há outra pessoa a ser considerada. Essa outra pessoa sou eu mesma. Não poderia suportar o escândalo e a publicidade que ocorreriam com uma investigação policial. Não tenho mais muito tempo de vida e gostaria de morrer tranquilamente. No entanto, queria encontrar um homem com discernimento a quem pudesse contar a minha história terrível, de modo que, quando eu me for, tudo o que aconteceu possa ser compreendido.

— A senhora me elogia. Mas sou uma pessoa responsável. Não lhe prometo que, depois de me falar, eu não julgue de meu dever levar o seu caso ao conhecimento da polícia.

— Acho que não, sr. Holmes. Conheço muito bem o seu caráter e os seus métodos, porque acompanho o seu trabalho há alguns anos. Ler é o único prazer que o destino me deixou e, portanto, estou a par de quase tudo o que ocorre no mundo. Em todo caso, corro o risco quanto ao uso que o senhor possa fazer da minha tragédia. Contá-la vai aliviar a minha consciência.

— Meu amigo e eu gostaríamos de ouvi-la.

A mulher levantou-se e pegou numa gaveta a fotografia de um homem. Era evidentemente um acrobata profissional, com um físico magnífico. A fotografia o representava com os braços musculosos cruzados no peito estufado. Um sorriso se desenhava debaixo de um bigode cerrado, o sorriso envaidecido de um homem de muitas conquistas.

— Este é Leonardo — disse ela.

— Leonardo, o homem forte que prestou declaração?

— Ele mesmo. E este... este é o meu marido.

O rosto era horroroso. Um porco humano, ou melhor, um javali selvagem feito homem, pois era formidável na sua bestialidade. Podia-se imaginar facilmente aquela boca repugnante rangendo e espumando nos momentos de raiva e aqueles pequenos olhos malignos disparando maldade pura sobre tudo o que olhavam. Valentão, tirano e estúpido, tudo estava escrito naquele rosto de mandíbula grande.

— Essas duas fotografias ajudarão os senhores a compreender a minha história. Eu era uma menina pobre de circo criada na serragem da pista. Dava saltos na argola antes de completar dez anos. Quando me tornei mulher, esse homem me amou, se é que se pode chamar de amor o seu desejo. Num momento infeliz, casei-me com ele.

"Daquele dia em diante, passei a viver no inferno. Ele foi o demônio que me atormentou. Não havia ninguém no circo que não soubesse como ele me tratava. Abandonava-me para ir com outras. Quando eu me queixava, amarrava-me e me açoitava com o seu chicote de montar. Todos tinham pena de mim e o detestavam, mas o que podiam fazer? Tinham medo dele, todos sem exceção, pois se mostrava terrível o tempo todo e cruel quando estava bêbado.

Diversas vezes foi condenado por agressão ou porque maltratava os animais. Mas ganhava muito dinheiro e as multas não representavam nada para ele. Os melhores artistas nos deixaram e o circo começou a entrar em decadência. Só Leonardo e eu o mantínhamos, além do pequeno Jimmy Griggs, o palhaço. Pobre-diabo, ele não tinha muitas razões para ser engraçado, mas fazia o impossível para desempenhar bem o seu papel.

Leonardo entrou cada vez mais na minha vida. Os senhores viram como era fisicamente. Sei agora como era pobre o espírito que se escondia dentro daquele corpo esplêndido. Comparado com o meu marido, parecia o anjo Gabriel. Teve pena de mim e me ajudou, até que a nossa intimidade se transformou em amor. Um amor profundo, apaixonado, o amor com o qual eu sempre sonhara, mas que nunca esperava sentir.

O meu marido desconfiou, mas acho que era tão covarde quanto valentão, e Leonardo era o único homem que ele temia. Vingou-se à sua maneira, torturando-me mais do que nunca. Uma noite os meus gritos trouxeram Leonardo até a porta da nossa carroça. Chegamos perto da tragédia naquela noite, e logo o meu amante e eu compreendemos que não era possível evitá-la. Como o meu marido não merecia viver, decidimos que deveria morrer.

Leonardo era inteligente e tinha um cérebro calculista. Foi ele quem planejou tudo. Não digo isso para responsabilizá-lo, pois estava disposta a acompanhá-lo em cada passo do caminho. Mas eu nunca teria cabeça para traçar um plano daqueles. Preparamos uma clava — foi Leonardo quem a fabricou — e na extremidade de chumbo ele prendeu cinco longos pregos de aço, com as pontas para fora, exatamente como uma pata de leão. Daríamos com ela o golpe mortal no meu marido, deixando supor que seria o leão, solto por nós, que o teria matado.

A noite estava escura como breu quando o meu marido e eu saímos, como de costume, para dar de comer à fera. Levamos a carne crua num balde de zinco. Leonardo esperava no canto da carroça diante da qual devíamos passar antes de chegar à jaula. Ele foi lento demais e passamos por ele antes que estivesse em condições de assentar o golpe, mas nos seguiu na ponta dos pés e ouvi o ruído que a pancada da clava produziu ao rachar o crânio do meu marido. O meu coração saltou de alegria. Saí correndo e abri o ferrolho que fechava a porta da jaula.

Então ocorreu a coisa terrível. Os senhores devem ter ouvido falar como esses animais são rápidos para sentir o sangue humano e como o seu cheiro os excita. Um instinto estranho avisou à fera numa fração de segundo que um ser humano havia sido morto. No momento em que retirei as barras, o leão saltou para fora e, num instante, estava em cima de mim. Leonardo poderia salvar-me. Se tivesse corrido depressa e batido na fera com a clava, poderia tê-lo intimidado. Mas perdeu a coragem. Ouvi-o gritar aterrorizado. Depois o vi dar meia-volta e fugir.

No mesmo instante senti no meu rosto os dentes do leão. O seu bafo quente e nauseabundo já me havia sufocado e quase não experimentei dor alguma. Com as palmas da mão, tentei afastar as suas enormes mandíbulas fumegantes, manchadas de sangue, e gritei por socorro. Tive a sensação de que todo o acampamento se agitava e me lembro vagamente de que um grupo de homens, com Leonardo, Griggs e outros, tirou-me das garras da fera. Foi a minha última recordação, sr. Holmes, durante vários meses de depressão.

Quando voltei a mim e me olhei no espelho, amaldiçoei aquele leão. Oh, como o amaldiçoei! Não porque destruíra a minha beleza, mas porque não destruíra a minha vida. Eu só tinha um desejo, sr. Holmes, e possuía dinheiro suficiente para satisfazê-lo: cobrir esse pobre rosto para que não fosse visto por ninguém e morar num lugar onde nenhum daqueles que conheci pudesse me encontrar. Não me restava outra coisa a fazer. E foi o que fiz. Um pobre animal ferido que se arrastou até a sua toca para morrer. Este é o fim de Eugenia Ronder."

Depois que a infeliz mulher acabou de contar a sua história, permanecemos por algum tempo em silêncio. Então Holmes estendeu o seu longo braço e acariciou-lhe a mão com uma demonstração de simpatia que raramente o vi externar.

— Pobre menina! — disse. — Os caminhos do destino são realmente impenetráveis. Se não houver algum tipo de compensação no além, então o mundo é uma piada cruel. Mas o que aconteceu com esse Leonardo?

— Nunca mais o vi nem ouvi falar dele. Talvez eu tenha errado em sentir tanto rancor por ele. Talvez ele tenha amado logo depois uma dessas excêntricas que levamos de lugar em lugar pelo país, como antes amara esta coisa que o leão deixou. Mas o amor de uma mulher não termina facilmente. Ele me abandonou debaixo das garras do leão. Fugiu quando eu mais precisava dele. No entanto, não fui capaz de entregá-lo à forca. Quanto a mim, não me preocupava com o que poderia acontecer comigo. O que poderia ser pior do que a minha vida atual? Mas, mesmo assim, me interpus entre Leonardo e o seu destino.

— E ele morreu?

— Afogou-se no mês passado quando tomava banho perto de Margate. Soube da sua morte pelo jornal.

— E o que ele fez com a clava de cinco garras, que é o detalhe mais curioso e criativo de todo o seu relato?

— Não sei dizer, sr. Holmes. Havia uma jazida de cal ao lado do acampamento, com uma lagoa esverdeada e profunda na sua base. Talvez no fundo dessa lagoa...

— Ah, isso não tem importância agora. O caso está encerrado.

— Sim — repetiu a mulher —, o caso está encerrado.

Levantamo-nos para retirar-nos, mas havia na voz da mulher uma inflexão que chamou a atenção de Holmes. Ele se virou rapidamente para ela.

— A sua vida não lhe pertence — disse. — Não atente contra ela.

— Que utilidade ela pode ter para alguém?

— Como pode dizer uma coisa dessas? O exemplo do doente que sofre é a lição mais preciosa que pode ser dada a um mundo impaciente.

A resposta da sra. Ronder foi terrível. Levantou o véu e deu um passo em direção à luz.

— Eu me pergunto se o senhor suportaria isso — disse ela.

Era horrível. Não há palavras para descrever a conformação de um rosto quando o rosto não existe mais. Dois olhos castanhos lindos e cheios de vida olhando tristemente daquela ruína pavorosa tornavam a visão ainda mais horrenda. Holmes ergueu as mãos num gesto de compaixão e de protesto. Juntos deixamos o quarto.

Dois dias mais tarde, quando fui visitar o meu amigo, apontou-me com certo orgulho um pequeno frasco azul em cima da lareira. Peguei-o e o examinei. Tinha o rótulo vermelho de veneno. Um cheiro agradável de amêndoa se fez sentir quando o abri.

— Ácido prússico? — perguntei.

— Exatamente — respondeu Holmes. — Chegou pelo correio. "Envio-lhe a minha tentação. Vou seguir o seu conselho." Essa era a mensagem que o acompanhava. Creio, Watson, que podemos adivinhar o nome da mulher corajosa que o mandou.

O VELHO SOLAR DE SHOSCOMBE

Sherlock Holmes permaneceu debruçado por longo tempo sobre um microscópio de baixa potência. Depois se endireitou e me lançou um olhar de triunfo.

— É cola, Watson — disse. — Não há dúvida de que é cola. Dê uma olhada nestes objetos espalhados no campo de visão.

Aproximei o meu rosto do ocular e ajustei-o à minha vista.

— Estes pelos são fios de um casaco de lã enxadrezado. As massas cinzentas irregulares são poeira. Há escamas epiteliais do lado esquerdo. Essas manchas marrons no centro são cola, com certeza.

— Bem — disse eu, rindo —, estou disposto a acreditar no que diz. Alguma coisa depende disso?

— É uma demonstração muito bonita — respondeu. — No caso de Saint Pancras, você deve lembrar-se de que um boné foi encontrado ao lado do policial morto. O acusado nega que seja dele. Mas ele produz molduras para quadros e lida regularmente com cola.

— É um dos seus casos?

— Não. Meu amigo Merivale, da Scotland Yard, pediu-me para examinar o caso. Depois que apanhei aquele moedeiro falso pela limalha de zinco e cobre que se encontrava na costura do punho da sua camisa, começaram a perceber a importância do microscópio.

Holmes olhou o relógio com impaciência.

— Um novo cliente vem ver-me, mas está atrasado. Por falar nisso, Watson, conhece alguma coisa sobre corridas de cavalos?

— Deveria conhecer. Contribuo para elas com quase metade da minha pensão por ferimentos de guerra.

— Então será o meu "Guia prático do turfe". Quem é sir Robert Norberton? O nome lhe diz alguma coisa?

— Bem, eu diria que sim. Ele mora no Velho Solar de Shoscombe, que conheço bem, porque em outros tempos costumava passar ali o verão. Certa vez, Norberton quase caiu na sua área de ação.

— Como foi isso?

— Foi quando chicoteou Sam Brewer, o conhecido agiota da Curzon Street, em Newmarket Heath. Quase matou o homem.

— Ah, isso parece interessante. Ele se entrega muitas vezes à violência?

— Em todo caso, tem a fama de ser um homem perigoso. É o ginete mais ousado da Inglaterra, o segundo no Grande Prêmio Nacional há alguns anos. É um desses homens que se anteciparam à sua geração. Teria sido um janota no tempo da Regência... um boxeador, um atleta, um apostador temerário no turfe, um conquistador de belas damas. Pelo que dizem, estaria numa situação financeira tão difícil que poderia nunca mais encontrar o caminho de volta.

— Excelente, Watson! Um esboço perfeito. Parece-me que já o conheço. Agora pode me dar uma ideia do Velho Solar de Shoscombe?

— Somente que está situado no centro do Shoscombe Park e que o famoso haras e o campo de treinamento de Shoscombe se encontram lá.

— E o treinador principal — acrescentou Holmes — chama-se John Mason. Não precisa ficar surpreso com os meus conhecimentos, Watson. É uma carta dele que estou abrindo. Mas conte-me mais detalhes de Shoscombe. Tenho a impressão de que descobrimos um filão rico.

— Há os *spaniels* de Shoscombe — eu disse. — Você ouve falar deles em cada exposição canina. A raça mais pura da Inglaterra. São o orgulho da senhora do Velho Solar de Shoscombe.

— A mulher de sir Robert Norberton, suponho.

— Sir Robert nunca se casou. Ainda bem, penso eu, considerando as suas perspectivas. Ele mora com a irmã viúva, lady Beatrice Falder.

— Você quer dizer que ela mora com ele.

— Não, não. O lugar pertencia ao seu falecido marido, sir James. Norberton não tem nenhum direito à propriedade. A irmã tem somente o usufruto e ele reverterá ao irmão de sir James. Enquanto isso, ela retira as rendas a cada ano.

— E o irmão Robert, suponho, gasta essas rendas.

— É mais ou menos o que acontece. É um demônio de homem, que não deve proporcionar à irmã uma vida muito tranquila. Apesar disso, ouvi dizer que ela é dedicada a ele. Mas o que há de errado em Shoscombe?

— Ah, é justamente isso que quero saber. Mas ouço os passos, espero, do homem que pode nos dizer.

A porta abriu-se e o criado fez entrar um homem alto, bem barbeado, com a expressão firme e austera que só se vê naqueles que lidam com crianças ou cavalos. O sr. John Mason tinha um bom número de crianças e cavalos sob sua influência e parecia à altura da tarefa. Inclinou-se com um autocontrole frio e sentou-se na cadeira que Holmes lhe indicara.

— Recebeu o meu bilhete, sr. Holmes?

— Sim, mas não explica nada.

— Trata-se de uma coisa muito delicada para confiar os detalhes ao papel. E muito complicada. Eu só poderia expô-la na sua presença.

— Bem, estamos à sua disposição.

— Antes de mais nada, sr. Holmes, acho que o meu patrão, sir Robert, ficou louco.

Holmes ergueu as sobrancelhas.

— Estamos na Baker Street e não na Harley Street[1] — observou. — Mas por que diz isso?

— Bem, senhor, quando um homem faz uma coisa estranha uma vez, duas vezes, isso pode ser explicado. Mas, quando tudo o que faz é estranho, então o senhor começa a ficar preocupado. Acho que o Príncipe de Shoscombe e o Derby o fizeram perder a cabeça.

— É o potro que o senhor está treinando?

— O melhor da Inglaterra, sr. Holmes. Se alguém sabe disso sou eu. Vou ser franco com os senhores, pois sei que são homens honrados e que o que eu revelar não sairá desta sala. Sir Robert tem de ganhar o Derby. Está endividado até o pescoço. É a sua última chance. Todo o dinheiro que pôde juntar ou pedir emprestado investiu no cavalo, e com grandes probabilidades. Hoje ainda é possível obter 40 para 1, mas quando ele começou a apostar estava perto de 100.

— Como pode ser isso, se o cavalo é tão bom?

— O público não sabe que o cavalo é bom. Sir Robert é mais esperto que os espiões. Leva o meio-irmão do Príncipe para dar uma volta. Não dá para distinguir um do outro. Mas há entre eles uma diferença de dois corpos em um oitavo de milha[2] quando se trata de galope. Ele não pensa em outra coisa, a não ser no cavalo e na corrida. Joga toda a sua vida nela. Até aqui manteve os agiotas a distância. Se o Príncipe fracassar, ele estará perdido.

— Parece uma aposta um tanto desesperada. Mas onde a loucura intervém?

— Bem, em primeiro lugar é só olhar para ele. Acho que não dorme à noite. Desce toda hora à cocheira. Os seus olhos estão sempre transtornados. Tudo isso tem sido de-

---

[1] A Harley Street é conhecida, em Londres, por ter vários hospitais e a maior concentração de serviços médicos e clínicas do mundo. (N. do T.)

[2] Um oitavo de milha, ou um *furlong* inglês, equivale, no Brasil, a 201,17 metros. (N. do T.)

mais para os seus nervos. Depois, há o seu comportamento em relação a lady Beatrice.

— Ah, que tipo de comportamento?

— Eles sempre foram grandes amigos. Tinham os mesmos gostos e ela apreciava os cavalos tanto quanto ele. Todos os dias, na mesma hora, descia de carro para vê-los. Gostava principalmente do Príncipe. O potro erguia as orelhas quando ouvia as rodas no cascalho e saía trotando todas as manhãs, até o veículo, para receber o torrão de açúcar. Mas tudo isso está acabado, agora.

— Por quê?

— Bem, lady Beatrice parece ter perdido o interesse pelos cavalos. Há uma semana passa pela cocheira sem nem mesmo dar um bom-dia.

— Acha que houve uma briga?

— Sim, uma briga áspera, feroz, com muito rancor. Se não, por que sir Robert se livraria do *spaniel* que a irmã amava como se fosse um filho? Há alguns dias, ele o deu ao velho Barnes, dono da estalagem Dragão Verde, a cerca de cinco quilômetros de Shoscombe, em Crendall.

— Isso realmente parece estranho.

— É claro que, com o coração fraco e a hidropisia,[3] não se podia esperar que lady Beatrice andasse por aí com o irmão, mas ele passava duas horas todas as noites no seu quarto. Ele podia fazer o que queria, porque a irmã sempre foi para ele uma verdadeira amiga. Tudo isso acabou. Não vai vê-la mais. E a pobre senhora está magoada com isso. Está deprimida e mal-humorada, e bebe. Bebe, sr. Holmes, como uma esponja.

— Ela bebia antes desse distanciamento?

— Bem, tomava um copinho, mas agora é uma garrafa inteira numa noite. Foi o que Stephens, o mordomo, me contou. Tudo mudou, sr. Holmes, e há nessa mudança algu-

---

[3] A hidropisia é uma doença causada por distúrbios na circulação do sangue. (N. do T.)

ma coisa muito podre. Além disso, pode me dizer por que o patrão desce toda noite à cripta da igreja velha? E quem é o homem que ele encontra lá?

Holmes esfregou as mãos.

— Prossiga, sr. Mason. Está ficando cada vez mais interessante.

— Foi o mordomo quem o viu ir até lá. À meia-noite e debaixo de uma chuva muito forte. Na noite seguinte fiquei perto da casa e, evidentemente, o patrão voltou a sair. Stephens e eu fomos atrás dele, mas era arriscado, porque faríamos um mau negócio se ele nos visse. É um homem terrível com os punhos e, quando se aborrece, não poupa ninguém. Por isso procuramos não chegar muito perto, mas seguimos a sua pista mesmo assim. Era à cripta mal-assombrada que se dirigia e um homem o esperava lá.

— Uma cripta mal-assombrada?

— Sim, senhor. Uma capela velha em ruínas no parque. Tão antiga que ninguém sabe dizer quando foi construída. Debaixo dela há uma cripta que tem má fama entre nós. De dia é um local escuro, úmido e isolado, mas poucos voluntários teriam coragem de ir lá durante a noite. O patrão não tem medo. Ele nunca teve medo de nada na sua vida. Mas o que faz ali naquela hora da noite?

— Espere um pouco — atalhou Holmes. — O senhor disse que há outro homem. Deve ser um de seus moços de cocheira ou alguém da casa. Só tem que o identificar e interrogar.

— Não é ninguém que eu conheça.

— Como pode afirmar isso?

— Porque o vi, sr. Holmes. Foi na segunda noite. Sir Robert deu meia-volta e passou perto da moita onde Stephens e eu tremíamos como dois coelhos assustados, pois havia um pouco de luar naquela noite. Ouvimos o outro que caminhava atrás. Não tínhamos medo dele. Quando sir Robert desapareceu, saímos da moita fingindo que estávamos dando um passeio ao luar. Fomos direto ao encontro dele, com tanta naturalidade e inocência quanto nos era possível.

"— Olá, companheiro, quem é você? — perguntei. Imagino que ele não nos ouviu chegando e olhou para nós por cima do ombro com uma cara como se tivesse visto o diabo saindo do inferno. Soltou um berro e safou-se tão depressa quanto pôde na escuridão. Como corria o danado! Um minuto mais tarde o perdemos de vista e deixamos de ouvi-lo. Não sabemos quem era nem o que queria."

— Mas o senhor o viu claramente à luz do luar.

— Sim. Eu poderia jurar pela sua aparência amarela que é um indivíduo vulgar, se ouso dizer. O que pode ter em comum com sir Robert?

Holmes permaneceu por algum tempo perdido em seus pensamentos.

— Quem faz companhia a lady Beatrice Falder? — perguntou por fim.

— A sua criada Carrie Evans. Está com ela há cinco anos.

— E certamente lhe é dedicada.

O sr. Mason pareceu embaraçado e pouco à vontade.

— Ela é muito dedicada — respondeu por fim. — Mas não vou dizer a quem.

— Ah! — murmurou Holmes.

— Não posso ficar contando fofocas por aí.

— Entendo perfeitamente, sr. Mason. Naturalmente, a situação é muito clara. Segundo a descrição que o dr. Watson fez de sir Robert, deduzi que nenhuma mulher está em segurança perto dele. Não acha que a desavença entre o irmão e a irmã pode encontrar a sua explicação aí?

— Bem, o escândalo já é público há muito tempo.

— Mas ela pode não ter visto antes. Suponhamos que o tenha descoberto de repente. Quer se livrar da mulher. O irmão não permite. A inválida, com o coração fraco e incapaz de andar por aí, não consegue fazer cumprir a sua vontade. A moça detestada continua ao seu serviço. Lady Beatrice se recusa a falar, fica aborrecida e começa a beber. Sir Robert, em seu mau humor, retira-lhe o seu *spaniel* de estimação. Tudo isso não é lógico?

— Sim, pode ser... até esse ponto.

— Exatamente. Até esse ponto. Mas que relação tudo isso poderia ter com as visitas noturnas à velha cripta? Não podemos encaixá-las em nosso esquema.

— Não, senhor. E há ainda outra coisa que não combina. Por que sir Robert quer desenterrar um cadáver?

Holmes endireitou-se num movimento brusco.

— Só descobrimos ontem, depois que escrevi ao senhor. Ontem, sir Robert tinha ido a Londres e Stephens e eu descemos à cripta. Estava tudo em ordem, senhor, a não ser que havia um pedaço de corpo humano num canto.

— Suponho que o senhor informou à polícia.

Nosso visitante sorriu de maneira sombria.

— Bem, senhor, acho que os policiais dificilmente se interessariam. Eram apenas a cabeça e alguns ossos de uma múmia, que poderia ter uns mil anos. Mas não estavam ali antes. Isso eu juro, e Stephens também. Encontravam-se dispostos num canto e cobertos com uma tábua. Mas aquele canto esteve sempre vazio.

— O que os dois fizeram?

— Nós os deixamos lá.

— Foi muito sensato. O senhor disse que sir Robert esteve ausente ontem. Já voltou?

— Esperamos que volte hoje.

— Quando sir Robert se desfez do cão da sua irmã?

— Hoje faz exatamente uma semana. O *spaniel* uivava do lado de fora do velho abrigo do poço e sir Robert estava naquela manhã numa de suas crises de mau humor. Apanhou-o e pensei que ia matá-lo. Mas o deu a Sandy Bain, o jóquei, dizendo-lhe que o levasse ao velho Barnes do Dragão Verde e que não o queria ver nunca mais.

Holmes permaneceu por algum tempo calado, meditando. Acendera o mais velho e o mais malcheiroso dos seus cachimbos.

— Ainda não tenho bem claro o que o senhor quer que eu faça neste caso, sr. Mason — declarou por fim. — Não pode explicar melhor?

— Isto talvez torne as coisas mais definidas, sr. Holmes — respondeu o visitante.

Tirou do bolso um jornal, que desdobrou com cuidado, e mostrou a Holmes um pedaço de osso carbonizado. Meu amigo o examinou com interesse.

— Onde o encontrou?

— No porão, debaixo do quarto de lady Beatrice, há o forno do aquecimento central. Ficou algum tempo sem ser utilizado, mas sir Robert se queixou do frio e ele voltou a ser aceso. É Harvey, um dos meus filhos, que o põe em funcionamento. Esta manhã ele veio trazer-me esse osso, que encontrou ao remover as cinzas. Não gostou nada disso.

— Nem eu — disse Holmes. — O que lhe parece, Watson?

Estava queimado até se reduzir a cinza escura, mas não havia dúvida quanto ao seu significado anatômico.

— É o côndilo superior de um fêmur humano — afirmei.

— Exatamente.

Holmes assumiu uma expressão muito séria.

— Quando o rapaz lida com o forno?

— Ele o abastece todo dia, à tardinha, e vai embora.

— Então qualquer um pode visitá-lo durante a noite.

— Sim, senhor.

— É possível entrar pelo lado de fora?

— Há uma porta externa e outra abre para uma escada que vai dar no corredor onde se encontra o quarto de lady Beatrice.

— Estamos em águas profundas, sr. Mason. Profundas e turvas. O senhor disse que sir Robert não estava em casa na noite passada.

— Não estava, senhor.

— Então não foi ele quem queimou os ossos.

— É verdade, senhor.

— Como se chama a estalagem de que nos falou?

— Dragão Verde.

— Há boa pesca nessa região de Berkshire?

O honrado treinador deu a entender, pela expressão

do rosto, que estava convencido de que um novo maluco acabava de entrar na sua vida atormentada.

— Bem, senhor, ouvi dizer que há truta no riacho do moinho e lúcio no lago do solar.

— Isso é suficiente. Watson e eu somos pescadores famosos, não é mesmo, Watson? Daqui por diante, poderá nos encontrar no Dragão Verde. Devemos estar lá hoje à noite. Não preciso dizer-lhe, sr. Mason, que não queremos vê-lo, mas poderá fazer chegar até nós um bilhete e, se for necessário, saberei como achá-lo. Quando examinarmos um pouco mais a fundo o caso, eu lhe transmitirei uma opinião abalizada.

E foi assim que, num cair de tarde esplêndido de maio, Holmes e eu nos encontramos a sós num vagão de primeira classe em direção à pequena estação com "parada a pedido" de Shoscombe. O bagageiro acima de nossas cabeças estava abarrotado de uma profusão formidável de varas de pesca, molinetes e cestas. Ao chegarmos ao destino, uma viagem curta nos levou a uma hospedaria à moda antiga, onde um estalajadeiro com espírito esportivo, Josiah Barnes, aderiu com entusiasmo ao nosso plano de extirpar os peixes dos arredores.

— O que diz do lago do solar? Há lúcios dentro dele? — perguntou Holmes.

O rosto do estalajadeiro perdeu o bom humor.

— Não conte com eles, senhor. Pode encontrar-se dentro do lago antes de pôr os olhos em um.

— Por quê?

— Por causa de sir Robert, senhor. Ele tem um ódio terrível dos observadores clandestinos. Se dois estranhos como os senhores se aproximarem dos centros de treinamento, ele irá ao seu encalço, tão certo como o destino. Sir Robert não quer correr nenhum risco. Ele não.

— Disseram-me que tem um cavalo inscrito no Derby.

— Sim, e um belo potro. Apostamos nele todo o nosso dinheiro, e sir Robert também. Por falar nisso...

Ele olhou para nós com um olhar profundo.

— Suponho que os senhores não são ligados ao turfe.

— Não, seguramente. Somos apenas dois londrinos cansados que precisam muito de um pouco de ar puro de Berkshire.

— Então encontraram o local certo para isso. Há muito ar por aqui. Mas não se esqueçam do que lhes falei sobre sir Robert. Ele é do tipo que bate primeiro e se explica depois. Não se aproximem do parque.

— Faremos isso com certeza, sr. Barnes. A propósito, é um cão muito bonito o *spaniel* que choramingava na entrada.

— Devo concordar. É da verdadeira raça de Shoscombe. Não há outra melhor na Inglaterra.

— Eu também gosto muito de cães — disse Holmes. — Se não sou indiscreto, quanto pode valer um cão de raça como esse?

— Mais do que eu poderia pagar, senhor. Foi o próprio sir Robert quem me deu de presente. Por isso tenho de o manter na corrente. Se o soltasse, voltaria ao solar num instante.

— Estamos recebendo algumas cartas na mão, Watson — disse Holmes, quando o estalajadeiro nos deixou. — Não é nada fácil jogar, mas em um dia ou dois veremos qual é o nosso caminho. Ouvi dizer que sir Robert ainda está em Londres. Talvez possamos entrar no domínio sagrado esta noite sem o risco de uma agressão física. Há um ou dois detalhes que eu gostaria de confirmar pessoalmente.

— Tem alguma teoria, Holmes?

— Só esta, Watson: alguma coisa ocorreu há cerca de uma semana, que transformou profundamente a vida do Velho Solar de Shoscombe. Que coisa é essa? Não podemos imaginá-la a não ser por suas consequências, que me parecem ser de caráter curiosamente heterogêneo. Mas isso certamente deve nos ajudar. Somente quando o caso não tem substância e é rotineiro não tem esperança. Vamos reconsiderar os nossos elementos. O irmão não visita mais a querida irmã inválida. Livra-se do seu cão de estimação. Do cão de estimação da sua irmã, Watson. Esse detalhe não lhe sugere nada?

— Nada, a não ser o rancor do irmão.

— Bem, pode ser assim. Ou então... Sim, vejo outra alternativa. Retomemos a nossa análise da situação a partir do momento em que começou a briga, se houve uma briga. Lady Beatrice permanece no quarto, modifica os seus hábitos, só é vista quando sai de carruagem com a sua criada, recusa-se a parar na cocheira para cumprimentar o seu cavalo preferido e aparentemente se põe a beber. Isso abrange todo o caso, não é?

— Falta o assunto da cripta.

— Esta é outra linha de pensamento. Há duas linhas, e peço que não as confunda. A linha A, que se refere a lady Beatrice, tem um tempero vagamente sinistro, não acha?

— Não sei o que pensar.

— Então, vamos pegar a linha B, que se refere a sir Robert. Ele está empenhado como um louco em ganhar o Derby. Encontra-se nas mãos dos agiotas. A qualquer momento a propriedade pode ser vendida e as suas cocheiras apreendidas pelos seus credores. É um homem audacioso e desesperado. A sua renda provém da sua irmã. A criada da sua irmã é o seu instrumento dócil. Até aqui parece que estamos em terreno sólido, não é?

— E a cripta?

— Ah, sim, a cripta. Suponhamos, Watson... É só uma suposição escandalosa, uma hipótese que apresento só pelo prazer de argumentar. Suponhamos que sir Robert tenha eliminado a sua irmã.

— Meu caro Holmes, isso está fora de questão.

— Muito provavelmente, Watson. Sir Robert pertence a uma família ilustre. Mas às vezes se encontra um abutre entre as águias. Deixe-me argumentar por um momento sobre essa hipótese. Ele não pode deixar o país antes de obter a sua fortuna, e só pode conseguir essa fortuna ganhando o Derby com o Príncipe de Shoscombe. Portanto, tem que permanecer na propriedade. Para isso, deve desfazer-se do corpo da vítima e achar uma substituta que se faça passar por ela. Com a criada como confidente, não é impossível. O corpo de lady Beatrice pode ser transportado para a cripta, local raramente visitado, e queimado em segredo durante a noite no forno, deixando vestígios do tipo daquele que vimos. O que diz disso, Watson?

— Bem, a partir do momento em que você admite uma hipótese tão monstruosa, tudo é possível.

— Penso numa pequena experiência que podemos tentar amanhã, Watson, para lançar um pouco de luz sobre o assunto. Nesse meio-tempo, se quisermos manter os nossos personagens, sugiro que convidemos o nosso anfitrião para um copo do seu próprio vinho e uma conversa elevada sobre enguias e tainhas, que parece ser o caminho direto ao seu coração. Talvez possamos descobrir alguma fofoca local útil para a investigação.

De manhã, Holmes percebeu que partimos sem as iscas especiais para lúcios, o que nos dispensou de pescar durante o dia. Pelas onze horas, saímos para dar uma volta e ele obteve autorização para levar o *spaniel* preto.

— Este é o lugar — apontou quando chegamos em frente de duas grades altas do parque encimadas por grifos heráldicos. — O sr. Barnes me informou que, pelo meio-dia, a velha senhora deixa a casa para passear de carruagem, a qual deve diminuir a marcha enquanto as grades são abertas. Quando ela chegar, e antes que recupere a velocidade, quero que você, Watson, pare o cocheiro fazendo a pergunta que lhe vier à cabeça. Não se incomode comigo. Ficarei atrás desta moita de azevinho e verei o que for possível ver.

Não tivemos de esperar muito tempo. Quinze minutos mais tarde, avistamos o grande landau amarelo sem a capota descendo pela longa avenida, puxado por dois cavalos cinzentos esplêndidos. Holmes agachou-se atrás do azevinho com o cão. Eu permaneci indiferente na estrada, balançando a bengala. Um porteiro saiu correndo e abriu as grades.

A carruagem reduziu o ritmo e pude dar uma boa olhada nos seus ocupantes. Uma mulher jovem muito corada, com cabelos loiros e olhos insolentes, estava sentada à esquerda. À sua direita ia uma pessoa idosa, de costas encurvadas e um amontoado de xales que lhe cobriam o rosto e os ombros. Era certamente a inválida. Quando os cavalos atingiram a estrada grande, levantei a mão com um gesto enérgico. O cocheiro parou e lhe perguntei se sir Robert estava no Velho Solar de Shoscombe.

No mesmo instante, Holmes saiu do esconderijo e soltou o *spaniel*, que, com um latido alegre, correu em direção à carruagem e subiu no degrau. Em menos de um segundo, porém, a sua saudação animada transformou-se em raiva furiosa e ele tentou morder a saia preta em cima.

— Siga em frente! Em frente! — ordenou uma voz áspera.

O cocheiro chicoteou os cavalos e nós permanecemos parados na estrada.

— Bem, Watson, deu certo — comentou Holmes, enquanto prendia a corrente no pescoço do *spaniel* agitado. — Ele imaginou que era a sua dona e descobriu que era outra pessoa. Os cães não se enganam.

— Mas era a voz de um homem! — exclamei.

— Exatamente. Temos mais um trunfo na mão, Watson, mas, mesmo assim, precisamos agir com cautela.

Meu amigo não parecia ter outros planos para o dia. Assim, levamos o nosso equipamento de pesca até o riacho do moinho e à noite tivemos um prato de trutas no jantar. Só depois da refeição Holmes manifestou a intenção de retomar as atividades. Mais uma vez nos encontramos na estrada que seguimos de manhã e chegamos à grade do parque. Uma figura alta e sombria nos aguardava. Era o nosso conhecido de Londres, sr. John Mason, o treinador.

— Boa noite, senhores — cumprimentou-nos. — Recebi o seu bilhete, sr. Holmes. Sir Robert ainda não voltou, mas ouvi dizer que é esperado esta noite.

— A que distância do solar a cripta se encontra? — perguntou Holmes.

— A 400 metros no mínimo.

— Então acho que não temos que nos preocupar com ele.

— Não posso me dar ao luxo de fazer isso, sr. Holmes.

Assim que ele chegar, vai querer ver-me para ter notícias do Príncipe de Shoscombe.

— Compreendo. Nesse caso devemos trabalhar sem o senhor. Pode mostrar-nos a cripta e deixar-nos em seguida.

Estava completamente escuro e sem luar, porém Mason nos conduziu através dos pastos até que uma forma confusa apareceu à nossa frente. Era a capela antiga. Entramos pela abertura que fora outrora o pórtico, e o nosso guia, tropeçando nos montes de alvenaria solta, abriu caminho até o canto do edifício, onde uma escada íngreme descia para a cripta.

Riscando um fósforo, iluminou o local melancólico, desolado e malcheiroso. As paredes em ruínas eram feitas de pedras grosseiramente talhadas. Caixões de chumbo e de pedra estendiam-se para o lado direito, empilhados até o teto abobadado e cheio de arestas que se perdia nas sombras acima das nossas cabeças. Holmes acendera a sua lanterna, que projetava um raio minúsculo de luz amarela viva neste cenário fúnebre. O raio refletia-se nas placas dos caixões, a maioria delas ornadas com o grifo e a coroa da família antiga que exibia os seus emblemas até as portas da morte.

— O senhor falou em ossos, sr. Mason. Poderia mostrá-los antes de ir embora?

— Estão aqui, neste canto.

O treinador caminhou a passos largos para o lado oposto e ficou surpreso e em silêncio quando a nossa lanterna voltou-se para o local indicado.

— Eles sumiram! — exclamou.

— Eu já esperava — disse Holmes, com um riso reprimido. — Imagino que agora as cinzas deles podem ser encontradas no forno, que já consumiu uma parte.

— Mas por que diabo iria alguém querer queimar os ossos de um cadáver de mil anos? — indagou John Mason.

— É para descobrir isso que estamos aqui — respondeu Holmes. — Como a nossa busca pode ser longa, não desejamos retê-lo. Calculo, entretanto, que encontraremos a solução antes do amanhecer.

Assim que John Mason nos deixou, Holmes se pôs a trabalhar. Primeiro examinou com muita atenção os túmulos uns depois dos outros, começando por um caixão muito antigo, que parecia ser de um saxão, no centro, passando por uma longa fileira normanda de Hugos e de Odos, até chegarmos aos de sir William e de sir Denis Falder, do século XVIII.

Já havia passado uma hora ou mais quando Holmes chegou a um caixão de chumbo que se encontrava em pé na entrada da cripta. Ouvi o seu pequeno grito de satisfação e percebi pelos seus gestos apressados, mas precisos, que alcançara o seu objetivo. Com a sua lente, examinou ansiosamente as bordas da tampa pesada. Em seguida tirou do bolso um pé de cabra curto, que introduziu numa brecha, até levantar toda a parte da frente, que parecia estar presa só por dois grampos. A tampa cedeu com um ruído de coisa arrancada ou rasgada. Mas, mal fora erguida, revelando uma parte do interior do caixão, ocorreu uma interrupção inesperada.

Alguém caminhava na capela em cima. O passo era rápido e firme, de uma pessoa que vinha com intenção definida e conhecia bem o chão que pisava. A luz de uma lanterna moveu-se escada abaixo e, um instante depois, o homem que a carregava apareceu, emoldurado pela arcada gótica. Era uma figura terrível, de estatura enorme e aparência feroz. A lanterna grande de cocheira que segurava à sua frente iluminava um rosto severo, de bigodes grossos e olhos raivosos que inspecionaram todos os recantos da cripta e, por fim, fixaram-se com expressão implacável no meu amigo e em mim.

— Quem diabo são vocês? — trovejou. — E o que fazem na minha propriedade?

Como Holmes não respondesse, deu dois passos à frente e levantou a bengala pesada que trazia.

— Estão me ouvindo? — gritou. — Quem são vocês? O que estão fazendo aqui?

O seu bastão vibrou no ar. Mas Holmes, em vez de recuar, dirigiu-se ao seu encontro.

— Eu também tenho uma pergunta a lhe fazer, sir Robert — retrucou no seu tom mais severo. — Quem é ela? E o que faz aqui?

Virou-se e abriu, arrancando, a tampa do caixão que estava atrás dele. À luz da lanterna, vi um cadáver envolto num lençol da cabeça aos pés. Uma feição horrível, igual à de uma bruxa, só nariz e queixo, apareceu numa extremidade com os olhos vagos e vidrados olhando num rosto sem cor e se decompondo.

O baronete recuou cambaleando. Soltou um grito e se apoiou num sarcófago de pedra.

— Como soube disso? — bradou.

E logo recuperou em parte os seus modos agressivos.

— O que o senhor tem a ver com isso?

— O meu nome é Sherlock Holmes — declarou o meu companheiro. — É um nome que o senhor talvez conheça. Em todo caso, é assunto meu, como de todo bom cidadão, fazer observar a lei. Parece-me que o senhor tem muita explicação a dar.

Sir Robert lançou um olhar furioso para Holmes, mas a voz calma do detetive e a sua atitude fria e segura produziram o seu efeito.

— Por Deus, sr. Holmes, está tudo bem — disse ele. — As aparências são contra mim, admito, mas não pude agir de outro modo.

— Gostaria de compartilhar a sua opinião, mas receio que as suas explicações devam ser dadas à polícia.

Sir Robert encolheu os seus ombros largos.

— Bem, se deve ser assim, assim será. Venham até a minha casa e poderão julgar o caso por si mesmos.

Quinze minutos mais tarde encontramo-nos no que me pareceu, pelas fileiras de canos polidos atrás de anteparos de vidro, a sala de armas do velho solar. Estava confortavelmente mobiliada e ali sir Robert nos deixou por alguns instantes. Quando retornou, veio acompanhado por duas pessoas. Uma era a jovem corada que vimos na carruagem e a outra um homem baixo com cara de rato que tinha maneiras desagradavelmente furtivas. Os dois pareciam com semblante de espanto, o que revelava que o baronete não tivera tempo para explicar-lhes o novo rumo dos acontecimentos.

— Aqui estão — disse sir Robert, com um aceno de mão —, o sr. e a sra. Norlett. A sra. Norlett, com o sobrenome de solteira Evans, foi durante alguns anos a criada de confiança da minha irmã. Pedi que viessem aqui porque me parece que o melhor a fazer é explicar-lhes a verdadeira situação, e porque são as duas únicas pessoas no mundo que podem confirmar o que vou dizer.

— É necessário, sir Robert? Pensou no que está fazendo? — perguntou a mulher.

— Quanto a mim, nego toda a responsabilidade — afirmou o marido.

Sir Robert lançou-lhe um olhar de desprezo.

— Assumirei toda a responsabilidade — disse. — Agora, sr. Holmes, ouça uma exposição franca dos fatos. O senhor está bem a par dos meus negócios, senão não o teria encontrado onde o encontrei. Portanto, com toda a probabilidade já sabe que inscrevi no Derby um cavalo que ninguém conhece e em cujo sucesso aposto. Se eu ganhar, tudo será mais fácil. Se eu perder... bem, não quero nem pensar.

— Compreendo a sua situação — disse Holmes.

— Dependo para tudo da minha irmã, lady Beatrice. Mas todos sabem que o usufruto da propriedade é só dela enquanto viver. Quanto a mim, estou inteiramente nas mãos dos agiotas. Eu sempre soube que, no dia em que a minha irmã morresse, os meus credores se atirariam sobre os meus bens como um bando de abutres. Tudo seria tomado: as minhas cocheiras, os meus cavalos, tudo. Pois bem, sr. Holmes, a minha irmã morreu há exatamente uma semana.

— E o senhor não disse a ninguém!

— O que eu poderia fazer? A ruína completa me ameaçava. Se eu pudesse manter essa morte em segredo durante três semanas, tudo ficaria bem. O marido da criada dela, este homem aqui, é ator. Ocorreu-nos a ideia... ocorreu-me a ideia de que, nesse curto período, ele poderia fazer-se passar pela minha irmã. Era só o caso de aparecer todos os dias no landau dela, porque ninguém precisava entrar no seu quarto, a não ser a criada de confiança. Não foi difícil realizar o arranjo. A minha irmã morreu da hidropisia que a fazia sofrer havia muito tempo.

— Isso caberá a um magistrado decidir.

— O médico dela atestará que havia meses os seus sintomas indicavam esse fim.

— O que o senhor fez, então?

— O corpo não podia permanecer no quarto. Na primeira noite, Norlett e eu o transportamos para o abrigo do poço velho, que agora nunca é usado. Mas fomos seguidos pelo seu *spaniel* de estimação, que gania continuamente em frente à porta. Era preciso encontrar um local mais seguro. Livrei-me do cão e carregamos o corpo para a cripta da capela. Não houve aí nada de indigno ou desrespeitoso, sr. Holmes. Não sinto que tenha ofendido a morta.

— A sua conduta me parece imperdoável, sir Robert.

O baronete sacudiu a cabeça com impaciência.

— Pregar sermão é muito fácil — retorquiu. — Se o senhor se encontrasse na minha situação, talvez julgasse de maneira diferente. Não se pode ver todas as esperanças e todos os projetos destruídos no último instante e não fazer nenhum esforço para salvá-los. Pareceu-me que não seria um lugar desonroso de repouso se a depositássemos por algum tempo num dos caixões dos antepassados do seu marido, num solo ainda consagrado.

"Abrimos um desses caixões, retiramos os ossos que continha e nele colocamos a minha irmã, como o senhor viu. Quanto aos ossos que retiramos, não podíamos deixá-los no chão da cripta. Norlett e eu os removemos para o solar, e à noite ele descia para queimá-los no forno central. Esta é a minha história, sr. Holmes, embora eu ainda não entenda como me forçou a contá-la."

Holmes permaneceu algum tempo meditando em silêncio.

— Há um ponto fraco no seu relato, sir Robert — observou ele por fim. — As suas apostas na corrida, e portanto as suas esperanças no futuro, continuariam valendo, mesmo que os seus credores se apoderassem dos seus bens.

— O cavalo fazia parte do patrimônio. E o que lhes importavam as minhas apostas? Provavelmente eles não o deixariam correr. O meu credor principal é, infelizmente, o meu pior inimigo, um indivíduo velhaco, Sam Brewer, a quem já fui obrigado a bater com chicote uma vez em Newmarket Heath. O senhor acha que ele ia tentar salvar-me?

— Bem, sir Robert — disse Holmes, levantando-se —, este caso deve, naturalmente, ser levado ao conhecimento da polícia. Era o meu dever esclarecer os fatos e agora tenho de deixá-lo. Quanto à moralidade ou decência da sua conduta pessoal, não cabe a mim expressar um julgamento. É quase meia-noite, Watson, e acho que podemos fazer o caminho de volta à nossa modesta residência.

Todos sabem que esse episódio singular terminou de modo mais feliz do que mereciam as ações de sir Robert. O Príncipe de Shoscombe venceu o Derby e o seu proprietário ganhou oitenta mil libras em apostas. Os credores esperaram que a corrida chegasse ao fim, foram pagos integralmente e ainda sobrou o suficiente para restabelecer sir Robert numa posição decente na vida. A polícia e o tribunal consideraram com indulgência o que ocorreu. Depois de receber uma repreensão leve pela demora em notificar a morte da irmã, o feliz proprietário escapou ileso desse incidente estranho, numa trajetória que resistiu a suas sombras e promete acabar numa velhice honrada.

O objetivo, a filosofia e a missão da Editora Martin Claret

O principal objetivo da Martin Claret é contribuir para a difusão da educação e da cultura, por meio da democratização do livro, usando os canais de comercialização habituais, além de criar novos.

A filosofia de trabalho da Martin Claret consiste em produzir livros de qualidade a um preço acessível, para que possam ser apreciados pelo maior número possível de leitores.

A missão da Martin Claret é conscientizar e motivar as pessoas a desenvolver e utilizar o seu pleno potencial espiritual, mental, emocional e social.

O livro muda as pessoas. Revolucione-se: leia mais para ser mais!

MARTIN CLARET